AF221818

Rachedurst

Band III der Reihe um KHK Weber

Bisher erschienen:

Webers Kinder (KHK Weber Band I)

Skalp   (KHK Weber Band II)

© 2021, Michael Giezek

Herstellung und Verlag: BoD – Books on Demand, Norderstedt
ISBN: 9783754340271

Fotos: privat

Cover: Martin Pfeil

Lektorat: Susanne Bielsteiner

"Well if I had one wish in this god forsaken world, kids
It'd be that your mistakes would be your own
Yea your sins would be your own"

Kapitel 1

Sie lag auf dem Rücken und ließ sich die Sonne auf den Bauch scheinen.

Endlich durfte sie alleine an den Strand.

Ihre Eltern und ihr Bruder wollten ein altes Fort besichtigen, doch sie hatte keine Lust gehabt.

Die letzten fünf Jahre hatten sie ihren Sommerurlaub hier verbracht und jedes Mal waren sie zu dem dämlichen Fort gefahren, weil ihr Bruder unbedingt dahin wollte.

Die ersten Jahre hatte sie es dort spannend gefunden, vor allem die unterirdischen Gänge waren toll gewesen, weil man immer neue Wege und Abzweigungen entdeckte.

Aber im Laufe der Zeit hatten sie sämtliche Labyrinthe erforscht und im Fort hatte es nichts mehr zu entdecken gegeben.

Wäre dort zumindest jedes Jahr eine andere Ausstellung gewesen, hätte sie es verstehen können, immer wieder hinzufahren.

Aber nicht einmal das gab es.

Schon im letzten Urlaub hatte sie nicht mehr mitfahren wollen, doch ihre Eltern waren hart geblieben und alles bitten, im Ferienhaus bleiben zu dürfen, hatte nichts gebracht.

Sie hatten die Meinung vertreten, dass sie mit 15 Jahren zu jung dafür gewesen war.

Diesmal hatte sie ihren Eltern im Vorfeld des Urlaubs deutlich gemacht, dass sie den Ausflug auf keinen Fall mitmachen würde.

Ihr Bruder, zehn Jahre alt, hatte früh verkündet, dass sie dieses Mal wieder zum Fort fahren müssten, um zu sehen, ob es was Neues gab.

„Das glaubst du doch selbst nicht", hatte sie geschnaubt.
Mittlerweile war sie 16 und ihre Eltern hatten ihr
erlaubt, im Ferienhaus zu bleiben.
Es hatte sie dann ihre ganze Überredungskunst gekostet,
sie davon zu überzeugen, dass sie ohne Begleitung an
den Strand durfte.
„Zu Hause darf ich auch bis 19 Uhr wegbleiben", hatte
sie argumentiert.
„Aber da liegst du auch nicht nur im Bikini am Strand",
hatte ihre Mutter dagegengehalten.
Schließlich war es ihr gelungen, vor allem Mama zu
überzeugen, indem sie ihr versprochen hatte, sich auf
keinen Fall von einem Jungen oder Mann ansprechen zu
lassen.
„Anquatschen kann ich nicht vermeiden", hatte sie
gesagt.
„Ich kann ja schlecht ein Schild aufstellen: Bitte nicht
anquasseln, Lebensgefahr!'"
Da hatte sogar ihr Vater lachen müssen.
Sie hatte ihrer Mutter versprochen, jeden
Kontaktversuch einer männlichen Person
abzuschmettern und erst recht mit keinem mitzugehen.
Jetzt lag sie auf ihrem Badetuch am Strand.
Sie hatte Glück, da die Sonne schien und es warm war,
was in Holland nicht so oft vorkam.
Hatte das mit dem Klimawandel zu tun?, fragte sie sich.
Wenn ja, dann her damit.
Sie wurde nach einem kurzen Schläfchen ins Wasser
gehen, um sich abzukühlen.
Sie träumte von einem Jungen aus ihrer Schulklasse, den
sie supersüß fand, als jemand sie schüttelte.
Oh nein, dachte sie.
Mein Bruder.
Sie sind schon wieder zurück.

Sonst bleiben sie immer den ganzen Tag beim Fort, warum nicht auch heute?

„Steh auf", drang eine männliche Stimme zu ihr vor.

„Ach Papa, lass mich doch noch etwas schlafen."

„Beweg dich endlich, oder ich verpasse dir eine."

Ihr Vater drohte ihr Schläge an?

Das hatte er noch nie getan!

„Los du kleine Schlampe."

Das war nicht ihr Papa.

Langsam wurde sie wach und nahm ihre Umgebung wahr.

Kein Strand, keine Sonne, kein Urlaub.

„Na endlich. Zeit, an die Arbeit zu gehen. Du wirst schon erwartet", verkündete der Mann mit einem Grinsen im Gesicht.

Kein Papa.

Schlagartig wurde ihr wieder bewusst, wo sie war.

Und alles Elend, das sie in den letzten Wochen erlebt hatte, brach wie eine Welle über ihr zusammen.

Sie lag auf dem alten, quietschenden Bett und hatte die Augen geschlossen. Sie versuchte wieder, an ihren letzten Urlaub zu denken, um das, was mit ihr geschah, auszublenden und ertragen zu können. Das Gestöhne, die Bewegungen, den Geruch, die Schmerzen. So, wie sie es immer in den letzten Monaten getan hatte, wenn der Besuch da war.

Meistens gelang ihr das und oft war es schnell vorbei. Doch danach fühlte sie sich erniedrigt und gedemütigt und nicht selten blieben die Schmerzen über mehrere Stunden oder Tage.

Man hatte ihr gesagt, dass es mit der Zeit einfacher würde. Aber das war nicht der Fall, im Gegenteil. Es wurde mit jedem Mal schlimmer und sie fragte sich, wie lange sie das noch mitmachen musste.

Natürlich hatte sie in den Nachrichten von solchen Fällen gehört, von Mädchen in ihrem Alter. Aber nie im Leben hatte sie damit gerechnet, dass sie einmal in eine ähnliche Situation geraten könnte. Sie stammte doch aus einer guten Familie, ihre Eltern und ihre Schwester waren ok, obwohl die Kleine oft nervte. Sie ging zum Gymnasium, hatte prima Noten und ein angenehmes Leben vor sich. Sie war keins von diesen Kindern aus erbärmlichen Verhältnissen, deren Eltern Umgang mit dem Abschaum der Gesellschaft hatten, oder die ihren Nachwuchs an diese Leute verkauften.

Ein letztes Stöhnen und der Typ lag ruhig auf ihr. Nach einigen Augenblicken wälzte er sich von ihr herunter. Er stand auf und zog sich an. Bevor er das Zimmer verließ, sagte er zu ihr:

„Beim nächsten Mal erwarte ich etwas mehr Initiative von dir, oder ich beschwere mich über dich."

Sie drehte sich auf die Seite und nun ließen sich die Tränen nicht mehr zurückhalten. Kurz darauf öffnete sich ihre Zimmertür erneut.

„Geh duschen und dann komm runter. Essen ist fertig", sagte der Mann.

Wie hatte es nur so weit kommen können? Sie konnte jetzt nicht darüber nachdenken. Ihr war klar, dass sie sich beeilen musste, wollte sie nicht den Zorn des Mannes auf sich ziehen. Sie ging ins Badezimmer und machte die Dusche an. Dann zog sie sich aus, stieg hinein und versuchte sich den Dreck abzuwaschen, den der Typ auf ihr hinterlassen hatte. Sie wusste, dass es nichts bringen würde, da sie das Gefühl, beschmutzt worden zu sein, nicht mit Duschgel abwaschen konnte und dieses für immer an ihr haften würde.

Kapitel 2

Montag, 16.05.2016; 9:00 Uhr

„Bitte nennen sie ihren Namen, ihr Alter und ihren Beruf", verlangte der vorsitzende Richter Günter Gering.

„Mein Name ist Marc-Andre Weber, ich bin 38 Jahre alt und arbeite als Kriminalhauptkommissar bei der Polizei in Bielefeld."

„Herr Weber", fuhr der Richter fort, „Da sie bei der Polizei arbeiten, muss ich sie nicht ausführlich als Zeuge belehren. Sie wissen selber, was ihre Rechte und Pflichten als Zeuge sind."

Weber nickte.

„Ich sehe das etwas anders", meldete sich Dr. Oliver Zellner, der Verteidiger von Renner, zu Wort.

„Aufgrund der Wichtigkeit der Aussage des Zeugen und der Schwere des Tatvorwurfs, bestehe ich darauf, dass der Zeuge Weber ausführlich belehrt wird."

Zellner sah zuerst den Kommissar und dann den Richter an.

„Zumal ich mir nicht sicher bin, ob der Zeuge den genauen Wortlaut der Belehrung kennt und bei seinen eigenen Vernehmungen wiedergibt."

„Herr Dr. Zellner", setzte der Richter entgegen.

„Ich denke, dass Herr Weber genau weiß, wie die Rechte und Pflichten eines Zeugen im Einzelnen aussehen."

„Ich bestehe trotzdem auf einer ausführlichen Belehrung", insistierte Zellner.

„Also gut", lenkte Richter Gering ein.

„Vor seiner Vernehmung ist dem Zeugen Marc-Andre Weber der Gegenstand der Untersuchung und die Person des Beschuldigten eröffnet worden. Ich muss Sie darüber aufklären, dass Sie keine Angaben zur Sache machen müssen, wenn Sie mit dem Betroffenen verwandt oder verschwägert sind. Weiterhin können Sie die Antwort auf solche Fragen verweigern, deren Beantwortung Sie selbst oder einen nahen Angehörigen in die Gefahr bringen würden, wegen einer Straftat oder Ordnungswidrigkeit verfolgt zu werden. Wenn Sie Angaben zur Sache machen können, sind sie angehalten, die Wahrheit zu sagen, andernfalls könnten Sie sich gegebenenfalls strafbar machen. Haben sie die Belehrung verstanden, Herr Weber?"

Dabei sah er Zellner an.

„Ja, das habe ich."

„Können sie Angaben zur Sache machen?"

„Ja."

„Sehr schön", atmete Gering auf.

„Können wir dann fortfahren?" fragte er, an Zellner gewandt.

Dieser nickte nur knapp.

„Herr Weber, sie sind heute hier als Zeuge vorgeladen, da sie an den Ermittlungen gegen Herrn Renner beteiligt waren."

„Das stimmt", sagte Weber.

„Dann erzählen sie uns doch zuerst bitte, welche Ermittlungen sie genau gegen Herrn Renner durchgeführt haben und wie es dazu kam."

„Dazu muss ich etwas weiter ausholen," begann Weber und atmete tief durch.

„Im August dieses Jahres habe ich von meinem Chef den Auftrag erhalten, eine Reihe von Strafanzeigen zu bearbeiten, die gegen Anton Lesniak erstattet worden waren. Ich habe zu der Zeit im Bereich Betrug gearbeitet und die Strafanzeigen waren alle wegen des Verdachts auf Warenbetrug erstattet worden. Die Staatsanwaltschaft Bielefeld hatte die Strafanzeigen zu einem Sammelverfahren zusammengefasst und einen Durchsuchungsbeschluss für die Werkstatt und die Wohnung von Herrn Lesniak ausgestellt.

Herr Lesniak betrieb damals einen Autohandel mit angeschlossener Werkstatt und dort sollte er auch manipulierte Pkw verkauft haben.

Die angezeigten Manipulationen bezogen sich auf verfälschte Tachostände, die nach unten korrigiert worden waren und auf verschwiegene Vorschäden oder sogar Totalschäden, indem die Fahrzeuge als unfallfrei verkauft wurden. Den Kunden fielen die Manipulationen häufig dadurch auf, dass die Pkw bereits nach kurzer Zeit in die Werkstatt mussten und dort die verschwiegenen Unfälle oder der tatsächliche Kilometerstand festgestellt werden konnten.

Da Herr Lesniak sich auf keinen Handel mit den Kunden einließ und alles abstritt, erstatteten die meisten Kunden eine Strafanzeige. Dazu muss man sagen, dass Herr Lesniak bereits früher wegen gleicher Delikte angezeigt und verurteilt worden war. Da die Beweise auch in diesem Verfahren eindeutig waren, hatte die Staatsanwaltschaft die Durchsuchungsbeschlüsse ausgestellt. Die Beschlüsse wurden von mir und einigen Kollegen umgesetzt. Dabei wurden zahlreiche Unterlagen sichergestellt.

Nachdem ich diese durchgearbeitet hatte, wollte ich sie Herrn Lesniak zurückbringen. Ich bin dann mit meinem Kollegen Phil Anderson zur Werkstatt gefahren. Dort haben wir dann die Leiche von Herrn Lesniak gefunden. Zur Ermittlung des Täters wurde eine Mordkommission gebildet, in welcher ich dann mitgearbeitet habe. Im Laufe der Ermittlungen ergab sich eine Verbindung zwischen dem Opfer und einem Andreas Simon. Herr Simon hat zum damaligen Zeitpunkt für Herrn Renner gearbeitet.

Durch weitere Ermittlungen konnte die Verbindung zwischen dem Opfer und Herrn Simon weiter bekräftigt werden. Doch bevor wir Herrn Simon mit dem

Tatgeschehen direkt in Verbindung bringen konnten, verschwand er. Es gab zunächst Hinweise, dass Herr Simon sich mit seiner Freundin und deren Kindern nach Kalifornien absetzen wollte. Kurz darauf wurde Herr Simon tot aufgefunden.

Wir fanden heraus, dass seine Freundin die Ehefrau von Herrn Renners Mitarbeiter Urs Fischer war. Frau Fischer hielt sich zu der Zeit in der Ukraine bei ihren Eltern auf. Dort wurde sie entführt und vermutlich ermordet. Ihre Leiche wurde bis heute nicht gefunden.

Frau Fischer musste mit so etwas gerechnet haben, denn sie hatte ihrer Mutter einen USB-Stick übergeben, den sie zuvor von Herrn Simon erhalten hatte. Sie hatte ihrer Mutter aufgetragen, sich mit mir in Verbindung zu setzen, falls ihr etwas zustoßen sollte. Dies tat ihre Mutter auch, nachdem Frau Fischer entführt worden war. Daraufhin bin ich mit dem Kollegen Laschek in die Ukraine gefahren, wo uns Frau Fischers Mutter den Stick übergab.

Auf dem Stick befanden sich die Unterlagen, aufgrund deren wir nachweisen konnten, dass Herr Renner und Herr Krüger einen Handel mit minderjährigen Flüchtlingen im großen Stil betrieben. Die Staatsanwaltschaft hat dann aufgrund der Beweise die Haftbefehle gegen Herrn Renner und Herrn Krüger ausgestellt."

„Wie genau kam es zu dem Kontakt mit Frau Fischers Mutter?", forschte Richter Gerling nach.

„Sie hatte von Frau Fischer außer dem USB-Stick auch einen Zettel mit meinem Namen und meiner dienstlichen Rufnummer bekommen. Da sie kein deutsch spricht, wandte sie sich an einen Polizisten in Kiew, der aus dem Ort stammte, in dem sie wohnt. Sie erklärte ihm kurz, dass sie mit mir sprechen müsste und der Kollege, der gut deutsch spricht, rief für sie in Bielefeld an.

Da der Anruf am Wochenende erfolgte, konnte er mich nicht erreichen und wurde schließlich mit der Kriminalwache verbunden. Der Kollege dort notierte sich eine Rückrufnummer und rief mich auf meinem privaten Handy an. Ich rief dann wiederum den Kollegen in Kiew zurück und erfuhr so von dem Stick."

„Was passierte dann?", verlangte der Richter mehr Information.

„Ich habe dann meinen Chef und meinen Kollegen Laschek informiert und wir haben uns darauf verständigt, dass ich zusammen mit dem Kollegen Laschek in die Ukraine fahre, um den Stick zu holen."

„Gut. Sie sind dann nach…", Gering blätterte in seinen Akten, „nach Pisky gefahren und haben den Stick abgeholt. Was befand sich darauf?"

„Es waren zahlreiche Ordner mit Unterlagen zu den verschiedenen Geschäftsbereichen von Herrn Renner dort. Unter anderem ein Verzeichnis, das mit ‚Meine Kinder' beschriftet war."

Ein Raunen ging durch die Zuschauer.

„Was befand sich in dem Ordner?", hakte Gering nach.

„In dem Ordner befand sich eine Excel-Liste mit 4 Spalten. In der ersten Spalte stand ein Datum, in der zweiten der Name eines Kindes oder Jugendlichen, in der dritten der Name des Käufers und in der letzten der Kaufpreis."

Wieder ging ein Raunen durch den Saal und Richter Gering warf einen warnenden Blick in Richtung der Zuschauer.

„Allerdings waren die Namen der Kinder und Jugendlichen sowie der Käufer verschlüsselt", fügte Weber hinzu, nachdem wieder Ruhe im Saal herrschte.

„Fünf Namen von Käufern waren aus irgendeinem Grund aber nicht verschlüsselt."

„Wissen sie, warum?", fragte Gering.

„Nein", antwortete Weber.

„Aber unsere IT-Experten vermuten, dass das Verschlüsselungsprogramm einen Fehler hatte und deshalb nicht alle Namen verschlüsselt worden waren."

„Wie viele Namen standen auf der Liste?", setzte Gering die Befragung fort.

„Es waren 27 Namen, in einem Zeitraum von nur anderthalb Monaten."

Der Vorsitzende machte eine kurze Pause, bevor er die nächste Frage stellte.

„Die Spalte mit den Kaufpreisen war nicht verschlüsselt. Können sie uns etwas zu den Summen sagen, die dort eingetragen waren?"

Weber musste schlucken, bevor er die Frage beantworten konnte.

„Zwischen 15.000 € und 500.000 €."

Ein bedrücktes Schweigen machte sich im Saal breit. Weber konnte sich vorstellen, dass viele Besucher geschockt waren von dem, was sie bisher gehört hatten. Und nun mussten sie erfahren, welchen Preis ein Kind oder Jugendlicher in Deutschland derzeit hatte. Er hatte selber lange gebraucht, um die Information zu verarbeiten, bevor er begriffen hatte, dass es einen Preis für ein Kinderleben gab. Klar hatte er schon vor den Ermittlungen von diesen Machenschaften gehört. Er lebte ja nicht hinter dem Mond. Der Fall Renner hatte ihm aber erst die wirklichen Abgründe aufgezeigt. Was mussten da die Zuschauer im Gerichtssaal denken, die von solchen Geschäften, wenn überhaupt, dann nur im Fernsehen gehört hatten. Jetzt hatten sie mit Renner einen Mann vor sich, der mit diesen Machenschaften viel Geld gescheffelt hatte.

Gering unterbrach schließlich das unangenehme Schweigen mit seiner nächsten Frage.

„Wie sind sie dann weiter vorgegangen?"

Weber erzählte kurz von den Vorbereitungen und der Durchführung der Verhaftungen. Als er geendet hatte, warf Richter Gering einem Blick auf die Uhr.

„Es ist jetzt kurz vor zwölf Uhr. Wir machen eine Pause bis 14 Uhr und fahren dann mit der Vernehmung des Zeugen fort."

Da weder die Staatsanwaltschaft noch die Verteidigung einen Einwand hatten, wurde die Sitzung unterbrochen.

14 Uhr

„Erzählen sie uns nun von der Übergabe des USB-Sticks", eröffnete Richter Gering den zweiten Teil der Sitzung.

Weber schilderte ausführlich, wie er mit Laschek nach Pisky gefahren war und erzählte von ihrem Treffen mit dem ukrainischen Kollegen und dem Besuch bei Frau Fischers Eltern. Bei alldem erwähnte er Nasti nicht. Nastasia war eine Prostituierte, die aus der Ukraine stammte und in dem Bordell gearbeitet hatte, in dem Laschek damals gewohnt hatte. Sein Kollege hatte sie als Dolmetscherin mitgenommen, was Weber zuerst gar nicht gefallen, sich im Nachhinein aber als Glücksgriff erwiesen hatte. Martinas Eltern waren gegenüber den deutschen Polizisten nämlich anfangs misstrauisch gewesen und Nasti hatte das Eis brechen können.

Sie war auf der Rückfahrt bei einem Verkehrsunfall gestorben. Einem Unfall, bei dem auch Laschek und Weber hätten sterben sollten. Das Unglück war durch einen von Renners Leuten verursacht worden, da war sich der Kommissar sicher. Der Nachweis dieses Umstandes war ihnen aber leider nicht gelungen. Dieser Mann hatte auf Nasti geschossen und den Wagen von der Straße abgedrängt. Laschek und er hatten den Unfall wie durch ein Wunder unverletzt überstanden. Was Weber bei der Verhandlung ebenfalls nicht erwähnte, war, dass der Mann, der geschossen und sie von der Straße abgedrängt hatte, auch Laschek und ihn hatte erschießen wollen. Doch bevor er dazu gekommen war, war er von einem anderen beseitigt worden.

Mittlerweile wusste Weber, wer sie in dieser heiklen Situation gerettet hatte. Genau das war auch der Grund, warum er davon lieber nichts erwähnte, denn er wollte auf keinen Fall mit diesem Mann in Verbindung gebracht werden.

„Wir haben unsere Erkenntnisse per Mail nach Bielefeld gesandt und dort wurden dann aufgrund des umfangreichen Beweismaterials die Haftbefehle gegen Herrn Krüger und Herrn Renner ausgestellt."

Richter Gering blätterte in der Akte, die vor ihm auf dem Tisch lag.

„Außer dem bereits erwähnten Ordner mit dem Titel ‚Kinder', gab es weitere auf dem USB-Stick?"

„Ja", antwortete Weber.

„Wir haben noch einige andere Ordner dort gefunden."

„Wie waren diese beschriftet und was befand sich in den Ordnern?"

„Ich kann mich nicht mehr an die Namen aller Ordner erinnern, aber einige waren mit ‚Bordelle', ‚Lieferungen' und ‚Autohäuser' benannt. Was sich genau in diesen Ordnern befand, kann ich nicht sagen, da ich mit den Ermittlungen zu diesen Bereichen nichts zu tun hatte. Aber ich habe bei einer ersten Durchsicht festgestellt, dass sich zum Beispiel in dem Ordner ‚Lieferungen' Aufstellungen von Drogentransporten befanden."

„Gut", schloss Gering diesen Punkt.

„Dann sind sie nach Deutschland zurückgekehrt. Was passierte dann?"

„Die Haftbefehle gegen Herrn Krüger und Herrn Renner lagen bereits vor, als wir zurückkamen. Darüber hinaus gab es noch Haftbefehle gegen zwei weitere Personen, Herrn Fischer und Herrn Craig, die zu Herrn Renners Helfern gehörten.

Wir wurden dann für die Verhaftung der beiden Erstgenannten eingeteilt, während andere Kollegen versuchten, Herrn Fischer und Herrn Craig festzunehmen.

Da uns bekannt war, dass sich Herr Renner und Herr Krüger in einem Hotel in Rietberg aufhielten, trafen wir uns mit Kollegen aus Gütersloh und fuhren dann nach Rietberg.

Dort konnten wir Herrn Krüger und Herrn Renner antreffen, während sie augenscheinlich mit einem Kunden verhandelten. Der Kunde blätterte bei unserem Eintreffen in einem Katalog, in dem viele Kinder und Jugendliche auf Fotos zu erkennen waren."

„Was für Fotos waren das?", bohrte Gering nach.

„Das waren Nacktfotos", antwortete Weber.

Wieder ging ein Raunen durch den Gerichtssaal. Der Vorsitzende ermahnte jedoch nicht zur Ruhe. Nachdem Stille eingekehrt war fuhr er fort:

„Wie genau sahen diese Fotos aus und was stand sonst noch in dem Katalog?"

Weber musste einmal tief durchatmen, bevor er antworten konnte:

„Von einem Kind oder Jugendlichen waren das Gesicht und die Genitalien zu sehen."

Weber hörte entsetzte Aufschreie aus dem Publikum.

„Unter den Bildern der Kinder waren ihr Alter und der Preis aufgelistet."

Erneute erschrockene Ausrufe im Saal.

„Wissen sie, wie viele Kinder und Jugendliche in dem Katalog abgebildet waren?"

„Soweit ich mich erinnere, waren es jeweils zehn Kinder und zehn Jugendliche. Sowohl Jungen als auch Mädchen."

„Wie alt waren die Jungen und Mädchen?"

Wieder musste Weber eine kurze Pause einlegen.

„Von drei bis 16 Jahren."

„Wie hoch waren die Kaufpreise?"

„Soweit ich mich erinnere von 25.000 € bis 500.000 €."

Im Saal breitete sich ein bedrücktes Schweigen aus. Selbst Richter Gering, der sicher schon einiges im Laufe seiner Arbeit gehört und gelesen hatte, schwieg einen Moment, bevor er fortfuhr.

„Sie haben also erst von dem USB-Stick erfahren, als sie den Anruf aus der Ukraine erhielten?"

„Ja", antwortete Weber.

„Herr Simon hatte ihnen zuvor nichts von dem Stick erzählt?", fragte Gering skeptisch.

„Nein."

„Hat man ihnen in der Ukraine erzählt, wie Marina Fischer in den Besitz des Sticks und der darauf gespeicherten Daten gelangt ist?"

„Nein", musste Weber den Richter enttäuschen.

„Wir haben nur erfahren, dass Frau Fischer den Stick ihren Eltern gegeben hat, zusammen mit dem Zettel, auf dem meine Rufnummer stand. Die Eltern wussten nicht, woher die Daten stammten."

„Sie konnten also nicht klären, wie Frau Fischer Zugriff auf die Daten erhalten hat?", fragte Gering weiter nach.

„Nein", antwortete Weber.

„Wir sind aber davon ausgegangen, dass Herr Simon ihr den Stick gegeben hat, bevor sie zu ihren Eltern in die Ukraine gefahren ist.

Aber wie Herr Simon an die Daten gekommen ist, konnten wir nicht klären", kam Weber der nächsten Frage zuvor.

Gering nickte. Er schien einen Moment nachzudenken, bevor er weitersprach.

„Herr Weber, die Büroräume und das Haus von Herrn Renner sind im Anschluss an die Verhaftungen durchsucht worden. Ist dabei der PC oder Laptop aufgefunden worden, von dem die Daten stammen?"

„Nein," musste Weber eingestehen.

„Wir haben vermutet, dass Herr Renner die Daten selber auf einem USB-Stick oder ähnlichem gespeichert und Herr Simon diesen dann kopiert hat."

„Wurden bei der Durchsuchung des Hauses von Herrn Krüger die entsprechenden Dateien gefunden?", fragte Gering weiter nach Beweisen.

Weber musste wieder verneinen.

„Sie habe nach der Verhaftung von Herrn Renner und Herrn Krüger drei Personen festnehmen können, die Kunden bei Herrn Renner waren", führte Gering die Befragung fort.

„Gewesen sein sollen", schaltete sich Zellner zum ersten Mal ein.

„Bis jetzt ist es noch nicht bewiesen, dass Herr Renner tatsächlich diese Taten begangen hat."

Gering nickte.

„Gut. Sie haben also drei Personen verhaftet, die Kunden bei Herrn Renner gewesen sein sollen. Hat einer dieser Männer zugegeben, Kunde bei Herrn Renner, oder auch bei Herrn Krüger, gewesen zu sein?"

„Nein", antwortete Weber und schüttelte zugleich den Kopf.

„Die Männer haben gar keine Aussage gemacht."

Der Kommissar warf einen Blick zu Zellner, da zwei der Tatverdächtigen von seiner Kanzlei vertreten wurden. Er war sich nicht sicher, ob dies rechtlich korrekt war und sich daraus nicht ein Interessenkonflikt ergab. Aber das war heute nicht entscheidend.

„Gilt das auch für die Person, die mit dem Beschuldigten zusammen in Rietberg festgenommen wurde?"

„Ja", antwortete Weber.

Richter Gering schaute auf einen Zettel, der vor ihm auf dem Tisch lag. Anscheinend hatte er sich dort die Fragen notiert, die er dem Zeugen stellen wollte. Wie sich zeigte, hatte er alles abgearbeitet, denn er sagte:

„Ich habe keine weiteren Fragen."

Er warf einen Blick auf seine Armbanduhr.

„In Anbetracht der Uhrzeit würde ich vorschlagen, dass wir die Sitzung für heute beenden und morgen mit den Fragen der Staatsanwaltschaft und der Verteidigung weitermachen."

Weber warf selber einen Blick auf seine Uhr und stellte mit Erschrecken fest, dass es bereits kurz nach 15:30 Uhr war. Da weder Zellner noch der Staatsanwalt Einwände hatten, wurde die Verhandlung beendet. Weber war froh, dass es zumindest für heute vorbei war. So lange hatte ihn noch nie ein Richter befragt. E hatte bis jetzt allerdings auch noch nie in einem Prozess ausgesagt, der ein solches Interesse in der Öffentlichkeit und den Medien ausgelöst hatte.

Er konnte sich gut vorstellen, dass es morgen genauso lange gehen würde. Zellner würde ihn ins Kreuzverhör nahm, wovor er schon seit Bekanntgabe des Verhandlungstermins Bammel hatte.

Der Anwalt war bekannt dafür, dass er ein hervorragender Konfliktverteidiger war, der nicht davor zurückschreckte, den Zeugen Fragen zu stellen, die unter die Gürtellinie gingen.

Und vor allem die Aussagen von Polzisten zu zerpflücken machte ihm einen Heidenspaß, wie Weber von anderen Kollegen gehört hatte. Als er den Gerichtssaal verließ, warteten davor zahlreiche Reporter mit Mikrofonen und Kameras, die ihm alle gleichzeitig Fragen zuriefen.

Der Kommissar ignorierte diese, so gut es ging und drängelte sich durch die Menge. Dabei rempelte er den einen oder anderen Journalisten, der ihm zu nahe kam, unsanft zur Seite. Er wollte nur weg von hier. Hinter seiner Stirn meldeten sich die ersten Anzeichen seiner Migräne. Als er an der Menge vorbei war, rannte er fast Richtung Ausgang und stürmte auf den Niederwall hinaus.

Doch vor dem Haupteingang des Amtsgerichts hatten sich jene Berichterstatter versammelt, die keinen Zutritt mehr zum Gebäude erhalten hatten. Das Medieninteresse an der Verhandlung war so groß gewesen, dass ausgelost worden war, wer Zugang zum Gericht erhielt. Weber war mittlerweile so genervt, dass er keine Rücksicht mehr auf die Journalisten nahm und sich seinen Weg durch das Gedränge freistieß. Dann rannte er tatsächlich den Niederwall hinunter und blieb erst vor dem Rathaus stehen. Fast befürchtete er, dass ihm die Reporter gefolgt waren, aber als er sich umsah entdeckte er keinen von ihnen. Weber stützte die Hände auf die Knie und atmete ein paar Mal tief durch, um seinen Herzschlag zu beruhigen. Er war schon lange nicht mehr so weit gerannt. Da er seit etwa einem halben Jahr kaum noch zum Rennradfahren kam, war seine Kondition nicht die Beste.

Nach fünf Minuten hatte sich sein Puls zwar verlangsamt, dafür waren seine Kopfschmerzen endgültig durchgebrochen. Er ging zu einem nahegelegenen Kiosk und kaufte sich eine Flasche Mineralwasser. Er drückte zwei Schmerztabletten, die er immer dabeihatte, aus der Packung und schluckte sie mit einem Schluck Wasser hinunter. Dann machte er sich auf den Weg zum Polizeipräsidium.

16:15 Uhr
„Wie lief es?", fragte Carola Klein, die auf Weber gewartet hatte. Caro war die kommissarische Leiterin der Abteilung 1, nachdem deren eigentlicher Chef Oskar Schwarzbach einen Herzanfall erlitten und wegen seiner Reha immer noch krankgeschrieben war. Soweit Weber wusste, sollte er im nächsten Monat einen Arbeitsversuch starten. Allerdings war nicht geklärt, ob er auf seinen alten Platz zurückkehren, oder eine ruhigere Aufgabe übernehmen würde. Weber erzählte Caro ausführlich von der Verhandlung.

„Dann geht der Spießrutenlauf also erst morgen los?", stellte seine Chefin fest, nachdem er geendet hatte.

„Ich fürchte, ja. Ich bin auf das Schlimmste vorbereitet."

„Wen haben wir als Prozessbeobachter dabei?", erkundigte sich Caro.

„Anderson", sagte er.

„Dein alter Kumpel aus der Abteilung III?"

Er nickte. Der Kommissar hatte zusammen mit Phil Anderson lange Jahre Betrugs- und Fälschungsdelikte bearbeitet. Sie hatten sich nicht nur ein Büro geteilt, sondern waren auch gute Freunde geworden. Der Kollege war sogar der Pate seines jüngsten Sohnes Leon. Nach der Verhaftung Renners hatte Weber zusammen mit einer Kollegin aus der Abteilung I an der Aufbereitung dessen illegaler Geschäfte gearbeitet. Dabei hatten sich die beiden insbesondere um den Kinderhandel gekümmert. Es war Ihnen gelungen, einige der Käufer aufzuspüren, zu verhaften und die Kinder und Jugendlichen zu befreien. Gleichzeitig hatte es in Bielefeld eine Mordserie gegeben, deren Opfer „Kunden" bei Renner gewesen waren. Nach Abschluss des sogenannten Skalp-Falles, alle Opfer der Serie wurden skalpiert, waren die Ermittlungen vom LKA übernommen worden. Caro hatte ihm daraufhin angeboten, in der Abteilung I zu bleiben, da dort ein Sachbearbeiter in Pension gegangen war.

Laschek war als Täter der Skalp-Morde überführt und bei der Verhaftung durch Weber angeschossen worden. Derzeit lag er in einer Bielefelder Klinik im Koma und die Ärzte hatten wenig Hoffnung, dass er daraus nochmal erwachen würde. Weber war schockiert gewesen, dass sein ehemaliger Partner der Täter war. Allerdings konnte er ihn tief in seinem Inneren auch verstehen.

Er hatte das Angebot angenommen und bearbeitete nun in der A1 Sexualdelikte.

„Hast du nach der Verhandlung heute mit ihm gesprochen?", erkundigte sich Caro nach seinem ehemaligen Kollegen.

Weber schüttelte den Kopf.

„Aber heute lief ja auch alles ruhig. Ich habe vor ein paar Tagen mit Anderson gesprochen und er hat mich vor Zellner gewarnt. Der geht gerne auf Konfrontationskurs mit den Zeugen und das insbesondere bei Polizisten."

„Aber dafür gibt es den Richter und den Staatsanwalt, die dann Eingreifen sollten."

Weber nickte.

„Grundsätzlich ja, aber Gering ist dafür bekannt, dass er vieles durchgehen lässt, insbesondere, wenn es sich bei dem Zeugen um einen Polizeibeamten handelt. Anscheinend ist er der Meinung, dass Polizisten mehr aushalten können als andere. Und der Staatsanwalt scheint mir noch ziemlich jung und unerfahren zu sein. Dass von ihm viel Hilfe zu erwarten ist, bezweifle ich."

„Ich verstehe nicht, warum sie den Fall nicht einem von den erfahrenen Staatsanwälten gegeben haben. Gerade bei so einem großen Fall, wo auch die Öffentlichkeit und die Medien genau draufschauen."

Weber zuckte die Schultern.

„Das Verfahren ist in die allgemeine Abteilung gekommen und dort wird nach Buchstaben verteilt. Und somit war bei Renner eben Staatsanwalt Wollny an der Reihe. Hätte mir auch lieber Jaqueline Fähr im Prozess gewünscht."

Die fähige Staatsanwältin hatte Weber während der Ermittlungen gegen Renner als ständige Ansprechpartnerin zur Verfügung gestanden. Mit ihr hatte er gut zusammengearbeitet und sie als taffe und kompetente Frau kennengelernt.

„Ist halt kein Wunschkonzert", seufzte Weber.

„Wenn es zu arg wird, können wir immer noch durch Anderson Beschwerde einlegen", beschwichtigte Caro.

Zu jedem größeren Prozess wurde von der Behörde ein Beamter abgestellt, der während der Verhandlungstage im Gerichtssaal anwesend war und aus Sicht der Polizei aufpasste, wie die Befragungen und die Beweisaufnahme verliefen.

„Ich werde dir morgen berichten", wollte Weber das Gespräch kurzerhand beenden.

„Ich hatte mir eigentlich vorgenommen, selber zur Verhandlung zu kommen", entschuldigte sich Caro.

„Aber ich habe morgen Vormittag zwei Besprechungen, die ich weder verschieben noch absagen kann."

Weber stand auf.

„Gehen wir noch was trinken?", fragte Caro schnell, bevor er sich verabschieden konnte.

„Wir waren doch erst letzte Woche zusammen unterwegs", antwortete er verdutzt.

„Außerdem muss ich nach Hause. Yuna hat heute Nachtdienst."

Webers Frau arbeitete als Kinderkrankenschwester auf der Säuglingsstation der Kinderklinik in Osnabrück. Caro wirkte enttäuscht.

„Dann morgen", schlug sie hoffnungsvoll vor.

„Auch Nachtdienst", wich Weber aus.

„Übermorgen?", ließ Caro nicht locker.

Er überlegte einen Moment.

„Mal schauen", antwortete er dann diplomatisch.

„Sage dir morgen Bescheid."

Der Kommissar verließ Caros Büro und ging direkt zu seinem Auto, um nach Hause zu fahren.

20:25 Uhr

Arne Greb hatte es sich mit einer Flasche Bier auf dem Sofa gemütlich gemacht und schaute sich eine Game-Show im Fernsehen an. Seine Frau war beim Sport und würde nicht vor 22 Uhr zu Hause sein. Greb nutzte die Zeit, um das Fernsehprogramm zu schauen, dass ihm gefiel, ohne dass seine Frau dauernd umschalten wollte. Er liebte sie, aber bei der Auswahl der TV-Sender hatten sie absolut unterschiedliche Interessen.

Deshalb genoss er die Tage, an denen sie zum Sport ging. Er nahm gerade einen großen Schluck von seinem Bier, als sein Handy klingelte.

„Verdammt!", schimpfte er, „Hat man denn hier nie seine Ruhe."

Wütend griff er nach dem iPhone und schaute auf das Display. Der Anruf kam von seinem Bruder Andreas. Arne ließ das Handy aufs Sofa fallen, als ob er sich die Hände daran verbrannt hätte.

„Was will der denn?", fragte er laut ins leere Zimmer.

Er und sein Bruder hatten seit über einem Jahr nicht miteinander gesprochen. Genauer gesagt nicht mehr seit der Testamentseröffnung ihrer Mutter.

Andreas, der 5 Jahre älter war als Arne, hatte gehofft, dass er mehr erben würde als sein Bruder. Er hatte sich in den letzten Lebensjahren aufopfernd um ihre Mutter gekümmert. Arne hingegen hatte sich maximal einmal im Monat bei ihr sehen lassen.

Andreas hatte sie nicht in ein Heim bringen wollen und sie in ihrem Haus gepflegt. Er hatte während dieser Zeit sogar auf einen lukrativen Job im Ausland verzichtet, da Arne nicht bereit gewesen war, seinen Beitrag zu leisten. Deshalb hatte es schon vor dem Tod der Mutter häufig Unstimmigkeiten zwischen ihnen gegeben. Als Andreas dann bei der Eröffnung des Testaments erfahren hatte, dass er zwar das Haus seiner Mutter geerbt hatte, von ihrem Barvermögen - fast 750.000 € - nur 50.000 € bekommen sollte, war er ausgeflippt.

Wütend hatte er dem Notar und Arne gedroht, das Testament anzufechten, da er seiner Meinung nach durch die ihm entstandenen finanziellen Einbußen während der Pflege ein Anrecht auf den größten Teil des Erbes hatte.

Sein Bruder hatte das Haus verkauft, da er über ein komfortables Eigenheim verfügte. Da er allein lebte, reichte ihm dieses auch völlig aus. Der Verkauf hatte ihm einen maximalen Erlös von 250.000 € eingebracht.

Damit hatte er noch immer weniger Geld als sein Bruder erhalten. Andreas hatte das Testament nicht angefochten, aber seit dem Tag kein Wort mehr mit Arne gesprochen und alle Kontaktversuche seinerseits abgeblockt.

Mittlerweile klingelte das Handy seit fast einer Minute. Anscheinend hatte sein Bruder ein dringendes Gesprächsbedürfnis. Er trank noch einen Schluck Bier und gab sich dann einen Ruck. Er griff zu seinem Handy und nahm den Anruf an.

„Was willst du?", fragte er unfreundlich.

Statt einer Antwort hörte er einen lauten Knall. Zuerst glaubte Arne, dass sich sein Bruder einen blöden Scherz mit ihm erlaubte, doch dann wurde ihm bewusst, woher er das Geräusch kannte. Es war ein Schuss.

Erschrocken rief er in den Hörer: „Andreas! Was ist passiert?"

Er erhielt keine Antwort.

„Melde dich doch!"

Anstelle einer Erwiderung wurde das Gespräch beendet. Arne wählte sofort die Rufnummer seines Bruders und ließ es bis zum Ende durchklingeln. Andreas meldete sich nicht. Er versuchte es noch zweimal, mit demselben, unbefriedigenden Ergebnis. Danach rief er ihn auf dem Festnetz an und hinterließ eine Nachricht auf dem Anrufbeantworter. Mittlerweile war er sich nicht mehr sicher, ob es wirklich ein Schuss gewesen war. Es handelte sich wohl doch um einen Scherz seines Bruders. Er würde versuchen, ihn am nächsten Tag nochmal anzurufen. Ohne weiteres würde er den bescheuerten Spaß nicht auf sich beruhen lassen.

Der Mann griff nach dem auf dem Boden liegenden Handy und schaltete es aus und steckte es in seine Jackentasche. Er fühlte an der Halsschlagader nach dem Puls seines Opfers. Er fand keinen Pulsschlag.

Zufrieden mit dem Ergebnis richtete er sich auf und steckte seine Pistole in das Schulterholster. Dann zog er seine Einweghandschuhe aus und nahm die Sturmhaube ab. Dabei fuhr er sich automatisch über die lange Narbe, die vom linken Ohr bis zum Kinn verlief. Er warf einen letzten Blick auf die Leiche, bevor er durch den Wald zu seinem Auto zurückging.

„Nummer eins erledigt", sagte er zufrieden und stieg ein.

Kapitel 3

„Herr Weber", eröffnete Richter Gering die Verhandlung.
„Ich habe sie ja bereits gestern ausführlich über ihre Rechte und Pflichten als Zeuge belehrt. Deshalb verzichte ich heute auf eine erneute Belehrung und erinnere sie an dieser Stelle nur an meine gestrigen Ausführungen. Sind alle damit einverstanden?"
Gering sah dabei Renners Anwalt Zellner lange an, bevor dieser nickte. Staatsanwalt Wollny hatte ebenfalls keine Einwände.
„Gut. Hat die Staatsanwaltschaft Fragen an den Zeugen?"
„Nein", antwortete Wollny.
„Herr Weber hat gestern ausgiebig geschildert, wie es zur Ermittlung gegen den Angeklagten gekommen ist. Weitere Ausführungen dazu sind für uns nicht notwendig."
Weber hatte damit gerechnet, dass Wollny ihm keine Fragen stellen würde. Nun war er gespannt, was ihn von Seiten Zellners erwartete. Der Kommissar war schon nervös gewesen, als er sich heute Morgen auf den Weg zum Gericht gemacht hatte. Seine Nervosität hatte sich gesteigert, als er sah, wie viele Reporter sich wieder vorm Amtsgericht und vor dem Saal versammelt hatten. Einige Berichterstatter hatten ihn erkannt und waren direkt mit ihren Mikrofonen und Kameras zu ihm gekommen. Er hatte jeden Kommentar abgelehnt, war schnurstracks in den Gerichtssaal gegangen und hatte sich auf seinen Platz vor der Richterbank gesetzt.
Dort saß er nun auf einem Stuhl, vor sich einen Tisch mit einem Mikrofon. Rechts und links von ihm waren die Sitzplätze für die Staatsanwaltschaft und die

Verteidigung. Auf der rechten Seite saß Staatsanwalt Wollny, links von ihm Zellner und Renner. Hinter den beiden gab es eine weitere Sitzreihe, in der zwei Mitarbeiter aus der Kanzlei des Strafverteidigers saßen. Sie hörten aufmerksam zu, was die Zeugen aussagten und reichten Zellner ab und zu einen Zettel. Hinter Weber waren die Plätze für die Besucher, welche heute wieder alle besetzt waren.

Im Saal waren keine Reporter mit Kameras zugelassen. Diese mussten vor der Tür warten. Hinein durften lediglich 10 ausgewählte Journalisten. Wer reindurfte, war durch das Los entschieden worden.

Weber versuchte, die Anwesenheit der Besucher und Zuhörer so gut wie möglich auszublenden.

Als sich Gering an Zellner wandte, steigerte sich seine Nervosität nochmals. Wie er befürchtet hatte, meldete sich ein leichtes Pochen hinter seinem linken Auge, welches im Allgemeinen eine neue Migräneattacke ankündigte. Er griff automatisch an seine Hosentasche, in der er vier Schmerztabletten aufbewahrte.

Mist, dachte er, *ich hätte schon vor der Verhandlung zwei nehmen sollen.*

„Herr Zellner", sagte der Richter.

„Ich denke, dass sie einige Fragen haben."

Der Angesprochene lächelte und nickte.

„Auch wenn Herr Weber gestern sehr ausführlich ausgesagt hat, so habe ich tatsächlich noch einige, wenige Fragen."

Weber war sich sicher, dass es nicht bei „einigen, wenigen Fragen" bleiben würde.

Er wurde nicht enttäuscht.

Arne Greb steckte beunruhigt sein Smartphone in die Hosentasche. Er hatte heute schon vier Mal versucht, seinen Bruder anzurufen. Er hatte auf dessen Handy und

Festnetzanschluss angerufen. Dabei hatte er zwei
Nachrichten auf den Mailboxen hinterlassen. Aber
weder hatte er Andreas erreicht, noch hatte dieser sich
zurückgemeldet. Was war da los? Warum meldete er
sich nicht? Er konnte doch nicht so stur sein, dass er
trotz Arnes zahlreicher Anrufe und Nachrichten nicht
wenigstens kurz antwortete. Und wenn es nur per SMS
war, was er ihm angeboten hatte. Immerhin hatte er
sich ja zuerst gemeldet.

Greb hatte seiner Frau nichts von dem Anruf seines
Bruders und dem Geräusch, das er gehört hatte, erzählt.
Sie hätte nicht verstanden, warum er sich, nach allem,
was in den letzten Jahren passiert war, mittlerweile
Sorgen um seinen Bruder machte. Greb nahm sich vor,
später bei ihm vorbeizufahren.

„Herr Weber", begann Zellner.

„Sie haben uns ja gestern erklärt, wie sie in den Besitz
des USB-Stick gekommen sind. Könnten sie ihre
Ausführungen von gestern noch einmal kurz
zusammenfassen, damit wir wieder ins Thema
reinkommen?"

Weber tat, worum Zellner ihn gebeten hatte. Nachdem
er geendet hatte, sagte der Anwalt.

„Und sie haben weder auf dem Laptop meines
Mandanten noch auf dem PC oder Laptop von Herrn
Krüger die entsprechenden Daten gefunden, die sich auf
dem Stick befanden?"

„Das stimmt", antwortete Weber.

„Also haben sie keine Ahnung, woher die Daten
stammen und wie Herr Simon an diese gekommen ist?"

„Herr Zellner", fuhr Wollny dazwischen.

„Das Ganze hat der Zeuge doch gestern schon
ausführlich dargelegt. Das können wir uns doch heute
sparen."

„Herr Staatsanwalt", antwortete der Verteidiger.

„Wie sie richtig sagen, hat der Zeuge Weber seine Aussage gestern gemacht. Mit meinen Fragen will ich nur erreichen, dass wir uns alle heute nochmal seine Antworten vergegenwärtigen."

„Ok", mischte sich Richter Gering vermittelnd ein.

„Aber jetzt sollten wir auf dem aktuellen Stand der Aussage von Herrn Weber sein. Also fahren sie bitte fort."

„Herr Weber", fuhr Zellner fort.

„Haben sie auch überprüft, ob sich die Daten auf dem PC oder Laptop von Herrn Simon befanden?"

„Nein", antwortete Weber zögernd.

Zellner zog eine Augenbraue hoch.

„Warum nicht?", fragte er gespielt überrascht.

Der Ermittler überlegte einen Moment.

„Natürlich ist der Laptop von Herrn Simon auch ausgewertet worden", sagte er dann.

„Wir wollten feststellen, ob sich darauf möglicherweise der Code für die Entschlüsselung der Listen befand."

„Und?", hakte der Anwalt nach.

„Und was?", fragte Weber eine Spur zu gereizt zurück.

Zellner seufzte, als hielte er den Zeugen für begriffsstutzig.

„Haben sie den Code gefunden?"

„Natürlich nicht", sagte Weber.

„Sonst hätten wir die Listen ja entsperren können."

„Also ist nicht gezielt danach geschaut worden, ob sich die gleichen Daten wie auf dem USB-Stick auch auf dem Laptop von Herrn Simon befanden?", bohrte Zellner weiter.

„Nein", sagte Weber erneut.

Der Anwalt stützte sich mit den Unterarmen auf dem Tisch ab und beugte sich nach vorne.

„Demnach wäre es durchaus möglich, dass die Daten vom Laptop von Herrn Simon stammen?"

„Ich denke, den Kollegen wäre es aufgefallen, wenn dort die gleichen Daten vorhanden gewesen wären", hielt er dagegen.

Zellner lächelte und lehnte sich in seinem Stuhl zurück.

Weber wusste, dass er etwas gesagt hatte, das dem Verteidiger in die Karten spielte.

Er nahm zwei Blätter aus dem Ordner, der vor ihm lag und wedelte damit dramatisch in der Luft herum.

„Ich habe hier die Auswerteberichte des USB-Stick und des Laptops von Herrn Simon. Demnach wurde der Stick von einem Mitarbeiter des PP Bielefeld ausgewertet, während der Laptop zur Auswertung zum LKA nach Düsseldorf geschickt wurde."

Er machte eine Pause.

„Glauben sie wirklich, dass ihrem Kollegen beim LKA die Auswertung ihres Kollegen aus Bielefeld vorlag?"

Weber wusste nicht, was er darauf antworten sollte, deshalb sagte er wahrheitsgemäß:

„Das kann ich nicht mit Sicherheit sagen."

Zellner nahm ein anderes Blatt aus dem Ordner.

„Ich habe hier auch den Auftrag für die Auswertung, der mit dem Laptop zum LKA geschickt wurde. Daraus geht hervor, dass dieser ganz allgemein ausgewertet werden sollte. Es gab also keinen speziellen Auftrag, nach den Daten vom Stick zu suchen."

„Worauf wollen sie hinaus?", meldete sich Wollny erneut.

Zellner sah von Weber zu ihm hinüber.

„Ich will darauf hinaus, dass Herr Simon die Daten selber auf seinem Laptop erstellt, verschlüsselt und dann auf den USB-Stick überspielt hat. Die Daten stammen gar nicht von meinem Mandanten. Herr Simon wollte Herrn

Renner belasten, um von sich selber, oder von Herrn Krüger abzulenken."

„Wollen sie damit andeuten, dass Simon für den Kinderhandel verantwortlich war?", fragte Gering.

„Ich will nichts andeuten, ich bin fest davon überzeugt. Mehr noch. Ich gehe davon aus, dass Herr Simon und Herr Krüger zusammen das Geschäft aufgebaut haben. Mein Mandant hatte nichts damit zu tun. Die Beweise gegen ihn wurden durch Herrn Simon gefälscht."

Ein Raunen ging durch den Saal.

„Können sie ihre Behauptungen beweisen?", fragte der Richter nach.

„Wir sind nicht dafür da, Beweismaterial gegen eine andere Person zu beschaffen."

Zellner sah den Zeugen an.

„Das wäre die Aufgabe der Polizei gewesen. Aber wie es aussieht, wurde hier schlampig gearbeitet. Für Herrn Weber und seine Kollegen war es von Anfang an klar, dass die Daten vom Rechner meines Mandanten stammen. Sie haben sich erst gar nicht die Mühe gemacht, nach einer anderen Erklärung zu suchen. Zudem werde ich weiter aufzeigen, welche Methoden die Polizei anwandte, um an Aussagen von Zeugen zu kommen."

Weber bekam ein unangenehmes Gefühl in der Magengegend und hinter seiner Stirn begann es wie wild zu pochen als er versuchte, das Vorgehen der Polizei zu erklären.

„Es gab für uns keine Notwendigkeit daran zu zweifeln, dass die Daten von Herrn Renner stammten. Er wurde verhaftet, als er dabei war, ein Geschäft mit einem Kunden abzuschließen."

„Aber Herr Krüger war auch dabei", warf Zellner ein.

„Und was sagen sie zur Anwesenheit ihres Mandanten bei dem Geschäft?", mischte sich der Staatsanwalt ein.

Die Verhandlung nahm einen ungewöhnlichen Verlauf. Von einer normalen Zeugenvernehmung konnte keine Rede mehr sein. Aber anscheinend gefiel es Richter Gering, denn er unternahm nichts, um die Diskussion zu unterbrechen.

„Wir streiten ja gar nicht ab, dass Herr Renner von den Geschäften wusste", lenkte Zellner ein.

„Aber wir streiten ab, dass mein Mandant daran beteiligt war, geschweige denn dafür verantwortlich. Das er in dem Hotel angetroffen wurde, war ein Zufall. Mein Mandant wurde von Herrn Krüger dorthin eingeladen. Er wusste nicht, was Herr Krüger dort vorhatte."

„Sie wollen somit alles auf zwei Personen abwälzen, die sich nicht verteidigen können, da sie passender Weise tot sind?", unterstellte Wollny.

„Wir wollen gar nichts abwälzen", antwortete Zellner. „Wir wollen nachweisen, dass mein Mandant nichts mit dem Kinderhandel zu tun hatte und dass Herr Krüger und Herr Simon dafür verantwortlich waren. Und dass die beiden Personen verstorben sind, dafür können wir ja nichts."

„Beide wurden glücklicherweise für sie ermordet", sagte der Staatsanwalt ironisch.

„Wollen sie damit andeuten", begann Zellner, als Gering sich doch einmischte.

„Meine Herren!", meldete er sich mit lauter und autoritarer Stimme zu Wort.

„Das reicht jetzt. Lassen sie uns zur Vernehmung des Zeugen zurückkommen. Wir sind hier nicht im Zirkus." Gering sah Zellner und Wollny an, die zustimmend nickten.

„Ich schlage vor, dass wir die Sitzung für zwei Stunden unterbrechen, damit sich die Gemüter wieder beruhigen können."

Gering sah auf seine Armbanduhr.

„Wir treffen uns um 13 Uhr wieder."

Da Weber keine Lust hatte, die Pause im Gericht zu verbringen, fuhr er mit seinem Auto zum Präsidium. Er hatte gerade den Flur betreten, auf dem sich die A1 befand, als ihm auch schon Caro entgegenkam.

„Brett", sprach sie ihn mit seinem Spitznamen an.

Den hatte er erhalten, da er ein großer Fan der Football-Mannschaft der Green Bay Packers war und Brett Favre war ein legendärer Quarterback, der für dieses Team gespielt hatte.

„Wie war's im Gericht?", zeigte sie Interesse an seinem Befinden.

„Geht so. Ich muss um 13 Uhr wieder da sein", antwortete Weber wenig ausführlich.

Caro sah auf ihre Armbanduhr.

„Dann hast du ja noch etwas Zeit und kannst dich um eine Anzeige kümmern? Wir sind heute so wenige Leute, dass ich derzeit niemand habe, der das übernehmen kann. Falls es länger dauert, überlegen wir uns spontan was anderes."

Weber verdrehte die Augen.

„Ich dachte eigentlich, ich könnte etwas Ruhe haben, um mich auf die weitere Vernehmung vorzubereiten."

„Je schneller du fertig bist, desto mehr Zeit hast du zum Ausruhen", antwortete seine Chefin kokett und zwinkerte ihm zu.

Dann trat sie dicht an ihn heran und flüsterte ihm ins Ohr: „Ich mache das wieder gut."

Bevor Weber sich um die Anzeige kümmerte, goss er sich einen Kaffee ein und trank genüsslich ein paar Schlucke. Dann ging er zur Pforte und holte den Anzeigenerstatter ab. Der Mann saß als Einziger auf der

Holzbank im Eingangsbereich. Besuchern des Präsidiums war es nicht möglich, dieses unkontrolliert zu betreten. Am Haupteingang gab es eine Schleuse, an die ein Pförtnerhäuschen anschloss. Man konnte zwar in den Vorraum hineingehen, kam aber erst weiter, wenn einem die Tür zum Foyer des Gebäudes durch den Pförtner geöffnet wurde. Außerhalb der Bürodienstzeiten und am Wochenende hatten sich Besucher auf der nebenan gelegenen Wache zu melden. In der Schleuse befand sich ein Scanner, durch den die Leute gehen mussten, bevor sie eingelassen wurden. Zuvor hatten sie ihre Taschen zu leeren und den Inhalt in einen kleinen Plastikbehälter zu legen, der durch einen weiteren Scanner geschoben wurde. So sollte ausgeschlossen werden, dass Waffen mit ins Gebäude gebracht wurden. Diese Geräte hatte es im alten Präsidium nicht gegeben, sie waren beim Neubau als zusätzliche Schutzmaßnahmen für die Beamten installiert worden. Der Pförtner war ein Polizeibeamter in Uniform, der auch die Kontrollen durchführte. Wenn die Besucher diese überstanden hatten, konnten sie auf der Holzbank Platz nehmen und warten, bis sie abgeholt wurden.

Weber sprach den Mann auf der Bank an.

„Sie wollen eine Anzeige erstatten?", fragte er.

„Ja", sagte dieser entschlossen und erhob sich.

„Dann kommen sie bitte mit", fuhr Weber fort und reichte dem Mann die Hand.

„Weber", stellte er sich vor.

Der Anzeigenerstatter nahm die ausgestreckte Hand und schüttelte sie.

Greb," nannte er dann seinen Namen.

„Arne Greb."

Weber ging voran und führte ihn in sein Büro.

„Kommen sie herein und nehmen sie Platz." Er deutete auf einen der Besucherstühle.

Weber selbst setzte sich in seinen Schreibtischstuhl.

„Was kann ich für sie tun?"

Greb sah ihn unsicher an.

„Es geht um meinen Bruder", begann er langsam.

„Andreas Greb."

Er machte eine Pause, bevor er weitersprach.

„Ich glaube, dass ihm etwas zugestoßen ist."

„Wie kommen sie darauf?"

Greb atmete tief durch und erzählte dann von dem merkwürdigen Anruf am gestrigen Abend und den anschließenden, vergeblichen Versuchen, seinen Bruder zu erreichen.

„Haben Sie versucht, Kontakt zu Freunden und Bekannten ihres Bruders aufzunehmen? Oder zu anderen Verwandten?", fragte Weber, nachdem Greb geendet hatte.

„Ich habe es bei unseren Verwandten versucht, aber von denen hat auch seit Wochen niemand etwas von ihm gehört."

Greb machte eine Pause.

„Von seinen Freunden kenne ich niemanden. Da wir seit über einem Jahr keinen Kontakt mehr haben, haben wir auch keinen gemeinsamen Freundeskreis mehr."

„Wie kam es dazu, dass Sie sich kaum noch gesehen haben?"

Greb erzählte dem Kommissar von dem Testament und von der Reaktion seines Bruders.

Weber nickte.

„Wo arbeitet Ihr Bruder?"

„Er ist Inhaber einer Gaststätte oder Bar."

„In Bielefeld?" hakte Weber nach, als nicht mehr kam.

Greb zuckte die Achseln.

„Weiß ich nicht. Ich habe das auch nur von Verwandten gehört. Ich weiß weder genau, wo die Gaststätte ist, noch wie sie heißt."

„Könnten Sie bei Ihren Verwandten diesbezüglich nochmal nachfragen?"

Greb nickte.

„Vor dem Tod unserer Mutter arbeitete Andreas bei der Sparkasse Bielefeld. Er war dort für den Bereich der Geschäftskunden zuständig. Dabei hat er sich auch um die Finanzen unserer Mutter gekümmert und ziemlich gut, wie ich festgestellt habe. Das machte es für ihn natürlich noch unverständlicher, dass er von dem Barvermögen nichts bekommen hat."

„Können Sie sich vorstellen, warum Ihre Mutter das so entschieden hat?", fragte Weber.

Greb schüttelte den Kopf.

„Ich habe in der ersten Zeit nach der Testamentsvollstreckung viel darüber nachgedacht, aber mir ist nichts eingefallen. Einzige Erklärung für mich wäre, dass mein Bruder irgendetwas gemacht hat, was meine Mutter so verärgert hat, dass sie ihr Testament geändert hat. Aber ich kann Ihnen nicht sagen, um was es da gehen könnte."

„Wann hat Ihre Mutter das Testament geändert?"

„Als Andreas ins Gefängnis gekommen ist" sagte Greb. „Nach dem alten Testament wären wir zu gleichen Teilen bedacht worden. Nach seiner Haftentlassung hat sie es nicht mehr geändert, obwohl er sich um sie gekümmert hat. Sie hat ihm die Tat nie vergessen."

Weber nickte und sah auf seine Uhr. Langsam wurde es Zeit, dass er sich wieder zum Gericht aufmachte.

„Ok, Herr Greb, ich werde dazu eine Meldung aufnehmen und mich darum kümmern. Sie werden sicher verstehen, dass wir vorerst nicht den ganzen Polizeiapparat in Bewegung setzen können. Es ist ja durchaus möglich, dass Ihnen Ihr Bruder einen Schreck einjagen wollte und sich nun vor Ihnen versteckt. Oder er ist direkt nach dem Anruf in Urlaub gefahren. Ich verspreche Ihnen, dass ich zu klären versuche, wo sich Ihr Bruder derzeit aufhält. Sollte er sich zwischenzeitlich bei Ihnen melden, oder Sie sonst etwas Neues erfahren, melden Sie sich bei mir."

Weber griff in eine Schublade seines Schreibtischs und entnahm dieser eine Visitenkarte, die er Greb reichte.

„Falls Sie mich telefonisch nicht erreichen, schicken Sie mir einfach eine Mail. Und versuchen Sie bitte, den Namen und den Ort der Gaststätte herauszufinden, die Ihrem Bruder gehören soll."

„Mache ich", versprach Greb und nahm die Visitenkarte an sich.

„Danke für Ihre Mühe."

„Nicht dafür", entgegnete Weber, erhob sich und hielt Greb wieder die ausgestreckte Hand hin. Dieser ergriff und schüttelte sie.

„Herr Zellner", sagte Richter Gering und wandte sich an den Verteidiger.

„Sie können mit der Vernehmung des Zeugen Weber fortfahren."

„Danke, Herr Richter", antwortete dieser und wandte sich direkt dem Kommissar zu.

„Heute Vormittag haben wir bereits festgestellt, dass sie ihre Ermittlungen sehr einseitig durchgeführt haben, indem sie automatisch annahmen, dass die Daten auf dem USB-Stick von meinem Mandanten stammen."

„Herr Zellner," mischte sich Wollny ein.

„Wir haben überhaupt nichts in diese Richtung festgestellt."

„Meine Herren", sagte Gering entnervt.

„Nicht schon wieder! Wenn die Verhandlung ab jetzt nicht vernünftig abläuft, beende ich das Ganze sofort."
Er wandte sich an Zellner.
„Im Übrigen hat der Staatsanwalt recht. Noch ist nichts von dem bewiesen, was sie der Polizei heute Vormittag vorgeworfen haben. Aber um diese Sache ein für alle Mal zu klären schlage ich vor, dass der Laptop oder PC von Herrn Simon dahingehend nochmal überprüft wird."
Gering wandte sich an Weber.
„Das ist doch sicher möglich? Der PC befindet sich doch noch bei Ihnen?"
Der Kommissar nickte.
„Der Laptop ist noch bei uns asserviert und die Sicherung der Daten liegt auch noch vor."
„Sehr gut." Gering machte sich eine Notiz.
„Dann beauftrage ich Sie hiermit, die auf dem Laptop von Herrn Simon gesicherten Daten nochmals dahingehend zu überprüfen, ob sich dort dieselben Daten finden wie auf dem USB-Stick."
„Ich werde das an unsere IT-Experten weitergeben", sagte Weber.
„Wie lange wird die Überprüfung dauern?"
„Das kann ich nicht sagen, da ich nicht weiß, wie groß die Datenmenge auf dem Laptop ist. Aber ich werde mich erkundigen und Ihnen dann Bescheid geben."
Gering nickte.
„Gut. Dann wäre das geklärt."
Er wandte sich wieder Zellner zu.
„Sie können jetzt weitermachen, aber lassen sie diese Unterstellungen und bleiben sie bei den Fakten."
„Sehr gerne bleibe ich bei den Fakten", zischte Zellner.
„Wie diesem Fakt zum Beispiel: Der Zeuge und sein Kollege Laschek haben eine Zeugin dazu genötigt, eine Aussage zu machen."
Weber wurde unruhig.

„Mir liegt hier eine eidesstattliche Versicherung vor", fuhr der Anwalt fort und nahm ein Blatt Papier aus einem Hefter, das er in die Luft hielt.

„Darin steht, dass die beiden die Zeugin Isabell Zweig in der Frauen-JVA in Hamburg zweimal aufgesucht haben. Beim ersten Mal hat die Zeugin klar zu verstehen gegeben, dass sie keine Angaben zur Sache machen kann."

Weber brach der Schweiß aus. Woher zum Teufel hatte Zellner die Info? Er sah zu Renner, der ein hämisches Lächeln aufgesetzt hatte.

„Wenige Tage später sind die beiden wieder nach Hamburg gefahren. Frau Zweig hat ihnen erneut gesagt, dass sie nichts weiter zur Sache sagen kann. Frau Zweig hatte damals gerade einen Antrag auf vorzeitige Haftentlassung gestellt. Sie hat zwei Töchter im Alter von drei und fünf Jahren.

Herr Weber drohte ihr, dem Leiter der JVA zu sagen, dass sie in den Mord an Anton Lesniak verwickelt sei. Hätte er das getan, wäre eine vorzeitige Haftentlassung für Frau Zweig garantiert abgelehnt worden und sie hätte ihre Töchter mindesten zwei weitere Jahre nicht sehen können."

Zellner sah Weber direkt an.

„Stimmt das, was Frau Zweig gesagt hat?"

Dem Kommissar lief der kalte Schweiß mittlerweile den Rücken hinunter.

„Das Ganze hatte nichts mit dem Fall Renner zu tun. Es ging um die Mordermittlung in Sachen Lesniak. Andreas Simon war in den Fall verwickelt und Frau Zweig stellte das Bindeglied zwischen den beiden dar. Was sie auch bestätigte. Hätte sie uns diese Information verschwiegen, obwohl sie als Zeugin verpflichtet ist, Angaben zu machen, hätte sie die Ermittlungen erheblich behindert."

„Haben Sie Frau Zweig damit gedroht, dass sie ihre Kinder nicht wiedersieht, wenn sie keine Aussage macht?", bohrte Zellner weiter.

„Daran kann ich mich nicht mehr erinnern."

„Daran können Sie sich nicht mehr erinnern?", höhnte der Anwalt.

„Ja", sagte Weber nur.

Zellner wandte sich an Richter Gering.

„Wie Sie sehen, scheinen Herr Weber und sein Kollege Laschek bei ihren Ermittlungen eigene Regeln aufzustellen. Ganz davon abgesehen, dass Herr Laschek mittlerweile selbst zum Straftäter geworden ist."

Er machte eine Pause bevor er fortfuhr.

„Vor dem Hintergrund, dass auch die Ermittlungen im Zusammenhang mit dem USB-Stick möglicherweise unzureichend ausgeführt wurden, muss man sich die Frage stellen, bei wie vielen Gelegenheiten noch gegen das Strafgesetzbuch und die Strafprozessordnung verstoßen wurde. Wie viele der angeblichen Beweise gegen meinen Mandanten wurden auf diese Art und Weise erlangt und sind damit nicht zulässig?"

Gering sah Weber an.

„Möchten Sie dazu noch etwas sagen?"

„Nein", antwortete dieser.

Was für ein Fiasko, dachte er.

„Ich schlage vor, die Sitzung für 30 Minuten zu unterbrechen und dann die Befragung des Zeugen fortzusetzen."

Zellner nickte. Weber war froh, den Blicken des Anwalts und Renners für kurze Zeit entkommen zu können.

Er verließ das Gericht durch den Nebeneingang an der Gerichtstraße und ging diese einige Schritte hinunter, bevor er stehen blieb und tief durchatmete. Ihm war damals klar gewesen, dass es ein großes Risiko war,

Isabelle Zweig unter Druck zu setzen. Weber hatte seinerzeit keine andere Möglichkeit gesehen, sie zu einer Aussage zu bewegen. Und er hatte ihre Angaben gebraucht, um die Ermittlungen im Mordfall Lesniak vorwärts zu treiben.

Weber hatte dem Leiter der MK nicht erzählt, wie er an die Infos von Zweig herangekommen war. Nur Laschek, der bei der Vernehmung in der JVA in Hamburg anwesend gewesen war, hatte gewusst, welche Taktik er angewandt hatte. Anscheinend hatte Zellner Kontakt mit allen Zeugen aufgenommen, die im Rahmen der Recherchen gegen Renner und auch gegen Simon vernommen worden waren. Was verwunderlich war, da die Ermittlungen in dem Mordfall nur am Rande mit den eigentlichen Untersuchungen im Fall Renner zu tun gehabt hatten. Zwar hatten diese mit zu dessen Verhaftung beigetragen, aber die Zeugen aus diesen Recherchen waren im Prozess gegen ihn nicht relevant. Hatte Weber zumindest bis vor kurzem geglaubt.

Die Vernehmung durch Zellner hatte ihn eines Besseren belehrt. Was würde als nächstes kommen? Was hatte er noch ausgegraben, um die Ermittlungen gegen seinen Mandanten als einseitig und manipulativ darzustellen? Weber sah auf seine Uhr. Ob er wollte oder nicht, er musste zurück in den Gerichtssaal. Also atmete er einmal tief ein und machte sich dann mit einem mulmigen Gefühl auf den Weg. Wie sich schnell zeigte, war seine Befürchtung absolut begründet gewesen.

„Herr Weber", begann Zellner die Befragung nach der Unterbrechung.

„Wie kam es dazu, dass Sie so plötzlich in die Ukraine aufgebrochen sind?"

Weber schilderte nochmal, wie er von dem Anruf von Martinas Eltern erfahren und dann die Vorbereitungen für die Fahrt getroffen hatte.

„Die Dienstreise erfolgte also in Absprache mit Ihrem Abteilungsleiter?"

„Ja", antwortete Weber kurz.

„Warum haben Sie den Leiter der Mordkommission nicht ebenfalls verständigt?"

„Das wollte mein Abteilungsleiter übernehmen. Mir ging es darum, so schnell wie möglich aufzubrechen."

„Und Sie haben sich dann entschieden, Herrn Laschek mitzunehmen."

„Ja. Er war schließlich mein Partner bei den Ermittlungen."

„Sprechen Sie oder Ihr Partner ukrainisch oder russisch?"

„Nein", antwortete Weber.

„Weder er noch ich."

„Wie wollten Sie sich dann verständigen?", fragte Zellner verständnislos.

„Der Kollege aus Kiew, mit dem ich telefoniert hatte, sprach gut deutsch. Ich war der Meinung, dass das reichen würde."

Mein Gott, dachte Weber. *Was kommt denn nun? Er kann doch nicht wissen, wer uns begleitet hat!* Der Kommissar spürte wieder, wie ihm der Schweiß ausbrach.

„Und hat es geklappt?", fragte Zellner knapp.

„Ja", antwortete er nur, da er die Befürchtung hatte, dass seine Stimme versagte.

Der Verteidiger nickte mehrfach. Dann hob er den Kopf und sah Weber direkt in die Augen.

Er weiß es, dachte dieser mit Schrecken.

„Herr Weber", begann Zellner langsam.

„Mir liegt hier ein Unfallbericht der Polizei aus Pisky vor. Auf der Rückfahrt nach Kiew hatten sie einen Unfall, nicht wahr?"

„Das stimmt. Wir wurden von einem anderen Fahrzeug von der Straße gedrängt."

„Wer ist wir?", bohrte Zellner nach.

Ich muss bei meiner Geschichte bleiben, dachte Weber und schloss für einen kurzen Moment die Augen. Als er sie wieder öffnete, sagte er: „Herr Laschek und ich."

Zellner sah ihn lange an. Dann seufzte er.

„Herr Richter", wandte er sich an Gering.

„In dem Unfallbericht, der mir hier vorliegt, wird von drei Insassen in dem verunfallten Auto gesprochen. Zwei Männer und eine Frau."

Zellner stand auf und legte Gering ein Blatt vor.

„Dabei möchte ich noch hinzufügen, dass es sich dabei nicht um den offiziellen Unfallbericht handelt, der sich auch in der Ermittlungsakte befindet."

Zellner setzte sich wieder, bevor er fortfuhr.

„Herr Weber, kann es sein, dass Sie eine Prostituierte aus der Ukraine als Dolmetscherin mitgenommen und Ihren Tod bei dem Unfall vertuscht haben?"

Im Saal brach lautes Gemurmel aus.

„Eine Prostituierte, die in dem Bordell gearbeitet hat, in dem Ihr Kollege Laschek abgestiegen war?" fuhr Zellner fort, ohne auf Webers Antwort zu warten.

Er wäre sowieso nicht in der Lage gewesen, etwas zu sagen. Als es im Saal wieder ruhiger war, antwortete er: „Dazu möchte ich mich nicht äußern."

„Müssen Sie auch nicht, da Sie sich ja nicht selbst zu belasten brauchen, wie Ihnen aus der Zeugenbelehrung bekannt ist", sagte Zellner mit einem breiten Grinsen im Gesicht.

Dann wandte er sich siegessicher an Gering.

„Wie Sie sehen, Herr Richter, hat die Polizei bei ihren Ermittlungen nicht nur einmal die Grenzen des Erlaubten überschritten, sondern mehrfach. Und dabei können wir uns absolut nicht sicher sein, ob uns bereits alle unrechtmäßigen Maßnahmen bekannt sind. Ich gehe nicht davon aus."

21:45 Uhr
Weber saß mit Yuna zu Hause auf dem Sofa und schaute sich eine Serie auf Netflix an. Obwohl es ihre gemeinsame Lieblingsserie war, bekam er nicht viel davon mit. Er war zwar körperlich anwesend, gedanklich war er aber immer noch im Gerichtssaal. Nach dem Ende der Vernehmung hatte er sich absolut leer gefühlt. Zellner hatte es geschafft, ihn als skrupellosen Polizisten und die gesamten Ermittlungen als eine Aneinanderhäufung von Pannen darzustellen. Schlimmer hätte es nicht kommen können.
Weber hatte Richter Gering angesehen, dass Zellner es geschafft hatte, ihn zumindest zum Nachdenken zu bringen. War Renner wirklich an dem Kinderhandel beteiligt? Oder doch nur eine Randfigur? Der Unterschied zwischen Haupttäter und Mitwisser konnte im Strafmaß einige Jahre ausmachen. Im Moment fürchtete Weber, dass es auf ein paar weniger hinauslaufen würde.
Nachdem er das Gericht verlassen hatte, war ihm nicht mehr danach gewesen, zum Präsidium zurückzugehen, obwohl die Kollegen sicher brennend auf seinen Bericht gewartet hatten. Ihm hatte davor gegraut zu erzählen, wie er von Zellner vorgeführt worden war. Sie würden es früher oder später schon erfahren. Wahrscheinlich hatte Anderson bereits erzählt, wie es gelaufen war.
Dies wurde ihm bestätigt, als er Caro angerufen hatte, um sich abzumelden. Sie hatte Verständnis dafür

gezeigt, dass er nicht mehr ins Büro kommen wollte, ihn für den nächsten Morgen aber direkt zu einem Gespräch bestellt. Caro hatte ihn gefragt, ob sie sich auf einen Wein oder was Härteres Treffen sollten. Er hatte abgelehnt, war noch eine Stunde durch die Stadt gelaufen und hatte in einem Café zwei Tassen Kaffee getrunken. Erst danach hatte er sich in der Lage gefühlt, nach Hause zu fahren.

Da er früh da war, hatte er mit den Kindern gespielt. Dann hatten sie zusammen Abendbrot gegessen und anschließend hatte er den Kleinen ins Bett gebracht.

„Und wie hat dir die Folge gefallen?", riss ihn Yunas Frage aus seinen Gedanken.

„Äh, ganz gut", antwortete er ausweichend. Seine Frau sah ihn durchdringend an.

„Gib zu, dass du gar nichts von der Folge mitbekommen hast."

„Sorry, ich war mit meinen Gedanken woanders."

„Habe ich bemerkt. Die Gerichtsverhandlung?"

Er nickte.

„Möchtest du darüber reden?"

Weber überlegte einen Moment, schüttelte dann aber den Kopf.

„Heute nicht."

„Ok" Yuna drängte ihn nicht.

„Ich gehe ins Bett. Kommst du mit?"

„Ich komme gleich nach."

Sie gab ihm einen Kuss auf die Wange, stand auf und verließ das Zimmer. Er blieb bis Mitternacht sitzen und zappte durch die Programme, ohne wahrzunehmen, was dort lief.

Kapitel 4

Weber stand vor dem Einfamilienhaus und schaute zu den oberen Fenstern hinauf. Er hatte mehrfach geklingelt und an die Haustür geklopft. Aus dem Inneren des Hauses war keine Reaktion erfolgt.

Nachdem er ein ausführliches Gespräch mit Caro geführt hatte, war er zum Wohnhaus von Andreas Greb gefahren. Dieses befand sich in der Kastanienstraße in Bielefeld-Quelle. Es lag in der Mitte der Straße und wurde rechts und links von weiteren, freistehenden Einfamilienhäusern gesäumt.

Weber stieg die drei Steinstufen, die zur Haustür führten, hinab und wandte sich nach rechts. Dort hatte er bei seinem Eintreffen eine Garage und daneben ein Gartentor bemerkt. Er ging zu der Garage und zog am Türgriff. Verschlossen.

Dann wandte er sich zu dem Tor und stellte fest, dass dieses offen war. Kurz entschlossen betrat er den Garten. Nach wenigen Schritten kam er zu einer linksseitig von ihm gelegenen Treppe, die auf eine Terrasse führte. Er ging erst daran vorbei, um in den hinteren Teil des Grundstückes zu schauen. Dieser war von allen Seiten mit einer hohen Hecke eingefasst, so dass er vor den Blicken der Nachbarn geschützt war. Weber betrat die Rasenfläche hinter der Terrasse und schaute sich um.

Der Garten machte einen gepflegten Eindruck, allerdings gab es hier kaum Pflanzen oder Sträucher, die einer Pflege bedurften. Die Bepflanzung war die eines alleinlebenden Mannes, der sich maximal mit Rasenmähen und Heckeschneiden beschäftigen wollte. Vom Rasen führten vier Steinstufen auf die Terrasse. Hier stand ein Holztisch mit sechs passenden Stühlen.

Ansonsten war die Veranda leer und machte keinen einladenden Eindruck.

Weber trat an die Terrassentür und warf einen Blick hindurch. Weder vor der Tür noch an dem daneben angebrachten Fenster hingen Gardinen oder Vorhänge. Er sah ein aufgeräumtes Wohnzimmer, in dem sich niemand aufhielt. Die Wohnzimmertür war geschlossen, so dass er keinen Blick in den angrenzenden Raum werfen konnte. Hier kam er ebenfalls nicht weiter. Er hatte bereits vorne durch ein Fenster in die Küche geschaut. Auch dort war es, bis auf eine Tasse und einen Teller mit Messer, die auf der Spüle standen, aufgeräumt gewesen.

Weber stieg die seitlich der Terrasse gelegenen Stufen hinab und wollte den Garten verlassen, als er an der Rückseite der Garage eine Tür bemerkte, die ihm beim Betreten des Grundstücks nicht aufgefallen war.

Er ging zu der Tür und drückte die Türklinke hinunter. Entgegen seiner Erwartung war die Tür nicht abgeschlossen. Weber öffnete die Tür, betrat die Garage und blieb vor einem schwarzen Kombi stehen. Er hatte vor seinem Aufbruch festgestellt, dass auf Andreas Greb ein Pkw, Baujahr 2014, angemeldet war. Und dieses Fahrzeug stand vor ihm. Er trat an die Fahrertür, die verschlossen war. Dabei blickte er ins Wageninnere, das, bis auf eine Jacke auf der Rücksitzbank, leer war. Außer dem Pkw befanden sich zwei Fahrräder in der Garage, die an der hinteren Wand lehnten. Ein Mountain- und ein Citybike.

Weber verließ den Raum, schloß die Tür und ging wieder vors Haus. Dort überlegte er einen Moment, ob er mit den Nachbarn sprechen sollte und entschied sich dafür, zumindest die direkt daneben wohnenden Leute zu befragen.

Die Bewohner, die links von Greb wohnten, waren nicht da. In dem Haus rechts öffnete Weber eine Frau von etwa 30 Jahren mit einem ca. vier Monate alten Kind auf dem Arm. Der Kommissar stellte sich vor und legte sein Ansinnen dar.

„Kommen Sie herein", sagte die Frau freundlich.

„Dann kann ich den Kleinen in seinen Laufstall legen."

Die Mutter, nach dem Namen auf dem Klingelschild Frau Grün, führte ihn ins Wohnzimmer, wo sie ihren Sohn ablegte. Der Kleine begann direkt, mit einem Mobile zu spielen, welches über dem Stall befestigt war.

„Es geht also um unseren Nachbarn?", erkundigte sie sich.

„Genau", antwortete Weber.

„Setzen Sie sich doch", sagte sie und zeigte auf ein Sofa. Er nahm Platz und Frau Grün setze sich ihm gegenüber in einen Sessel.

„Der Bruder von Herrn Greb macht sich Sorgen um ihn, weil er seit einigen Tagen nichts mehr von ihm gehört hat."

„Das wundert mich, Andreas hat uns immer erzählt, dass er kaum noch Kontakt mit seinem Bruder hat. Sie haben sich wohl wegen einer Erbschaft zerstritten."

Weber nickte.

„Das stimmt, aber die beiden haben sich in der letzten Zeit wieder etwas angenähert."

„Das freut mich."

„Wann haben Sie Herrn Greb das letzte Mal gesehen oder mit ihm gesprochen?"

Sie überlegte einen Moment.

„Das ich mit ihm gesprochen habe, liegt sicher schon eine Woche zurück. Das letzte Mal gesehen habe ich ihn am Montagabend, als er mit seinem Auto wegfuhr. Ich habe den Müll rausgebracht und er fuhr an unserem Haus vorbei."

„Ist er mit seinem VW Kombi gefahren?"
Frau Grün nickte.
„Ich habe ihn nur mit dem VW gesehen. Wüsste nicht, dass er noch ein anderes Auto hat."
„Um welche Uhrzeit haben Sie ihn gesehen?"
„Das muss so gegen 18 Uhr gewesen sein."
„War er alleine im Auto?"
„Ja, er hatte sehr selten Besuch."
„Hatte Herr Greb eine Freundin?"
„Nicht das ich wüsste. Ich habe ihn nie zusammen mit einer Frau gesehen."
„Als Sie das letzte Mal mit ihm gesprochen haben, wie wirkte Herr Greb da auf Sie? War er anders als sonst?"
Grün schüttelte den Kopf.
„Kann ich nicht sagen", antwortete sie.
„Auf mich wirkte er wie immer. Wobei wir uns auch nie besonders lange unterhalten haben."
„Also schien er nicht besorgt oder sogar verängstigt zu sein?"
Wieder schüttelte Grün den Kopf.
„Nein."
Da Weber keine weiteren Fragen einfielen, verabschiedete er sich. Bevor er das Haus verließ, übergab er Grün eine seiner Visitenkarten mit der Bitte, dass ihr Ehemann ihn anrufen sollte, falls dieser ihre Angaben ergänzen könnte.

15:30 Uhr
Den Rest des Dienstes verbrachte Weber damit, seine neuen Vorgänge zu sichten. Da nichts Dringendes dabei war, wollte er die restliche Zeit bis zum Feierabend nutzen, weitere Infos über Andreas Greb zu sammeln. Bis jetzt hatte er nur nach auf den Vermissten angemeldete Fahrzeuge und möglichen Mitbewohnern Ausschau gehalten.

Zu mehr war er nicht gekommen. Auch hatte er noch kein Foto von Andreas. Weber rief Arne Greb an und bat ihn, ihm ein Bild seines Bruders zu schicken. Dieser gab an, dass die neueste Aufnahme, die er von ihm besaß, drei Jahre alt war. Der Kommissar bat ihn trotzdem, dieses per Mail zu übersenden. Er würde anschließend die Nachbarn von Andreas Greb fragen, ob er sich merklich verändert hätte.

Anschließend überprüfte Weber ihn in den polizeilichen Informationssystemen. Die Abfrage ergab einen Treffer. Es handelte sich um eine Strafanzeige aus dem Jahr 2012. Er rief die Anzeige auf und stieß ein überraschtes „Oh!" aus, als er den Tatvorwurf las. Andreas Greb war im August des Jahres beschuldigt worden, eine Frau vergewaltigt zu haben. Der Kommissar las sich den Kurzsachverhalt der Anzeige durch.

Andreas Greb hatte in einem Lokal in der Bielefelder Innenstadt eine junge Frau von 28 Jahren kennengelernt und mit ihr zusammen einige Gläser Wein getrunken. Gegen zwei Uhr nachts hatten sie gemeinsam die Gaststätte verlassen und noch woanders einkehren wollten.

Da man sich nicht auf eine Lokalität hatte einigen können, hatte Greb vorgeschlagen, zu ihm nach Hause zu fahren, um dort weiter zu trinken.

Die Frau hatte zunächst gezögert, doch nachdem er ihr wiederholt versichert hatte, dass er keine anderweitigen Absichten verfolgte, hatte sie zugestimmt. Über das, was letztendlich in Grebs Haus geschehen war, gab es unterschiedliche Aussagen.

Weber rief die Zeugenaussage des Opfers auf. Die Frau hatte ausgesagt, dass ihr Gastgeber nach zwei weiteren Gläsern Wein zudringlich geworden wäre. Da sie das nicht gewollt hätte, hätte sie versucht, ihn abzuwehren. Greb wäre aber zu stark gewesen, hätte sie gezwungen sich auszuziehen und sie dann vergewaltigt. Sie hätte sich gewehrt, doch er hätte sie geschlagen und wäre trotz ihrer heftigen Gegenwehr in sie eingedrungen und hätte den Geschlechtsverkehr bis zum Orgasmus durchgeführt. Nachdem er fertig gewesen wäre, hätte er sich neben sie gelegt und wäre unmittelbar eingeschlafen. Die Frau hätte die Gelegenheit genutzt, um aus dem Haus zu fliehen. Ihrer Angabe nach war sie dann direkt zur Polizei gegangen und hatte Anzeige erstattet.

Dabei hatte sie ausführlich geschildert, wie Greb sie geschlagen und missbraucht hatte. Es kam heraus, dass er brutal vorgegangen war und ihr zahlreiche Schläge versetzt hatte. Die Frau war mit starken Schwellungen im Gesicht auf der Wache in Brackwede aufgetaucht und hatte anschließend ärztlich versorgt werden müssen. Zudem hätte er die Frau gezwungen, ihn oral zu befriedigen, sich auszuziehen und sie dann vergewaltigt. Bei der Untersuchung im Krankenhaus waren massive Verletzungen im Schambereich und an den Oberschenkeln der Frau festgestellt worden.

In der Scheide und an den Beinen war Sperma gesichert worden. Am gleichen Morgen war das Haus von Greb durchsucht worden. Er war immer noch alkoholisiert gewesen. Die Beamten hatten ihn vorläufig festgenommen und zur Wache an der Kurt-Schumacher-Straße gebracht, wo er vernommen, erkennungsdienstlich behandelt und ihm eine DNA-Probe entnommen worden war. Eine anschließende Untersuchung hatte ergeben, dass seine DNA mit der am Opfer sichergestellten übereinstimmte. Somit hatte Weber noch eine andere Quelle für ein Foto von Andreas Greb, auch wenn dieses älter war als das von seinem Bruder.

Bei der Durchsuchung des Hauses wurde der zerrissene Schlüpfer des Opfers gefunden. Greb bestritt gar nicht erst, Sex mit der Frau gehabt zu haben. Er gab über seinen Anwalt an, dass der Sex in beidseitigem Einvernehmen erfolgt war. Auf die Verletzungen des Opfers angesprochen hatte Greb geäußert, dass sie es härter gewollt und er möglicherweise etwas übertrieben hätte. Doch es wäre nie zu einer Vergewaltigung gekommen.

Wie oft in solchen Fällen hatte der Anwalt Grebs vermutet, dass die Frau eine Ausrede für ihren Freund oder Ehemann gebraucht hatte, um den Sex zu erklären. Das Opfer war aber weder verheiratet gewesen, noch hatte sie zum Zeitpunkt der Tat eine Beziehung gehabt, womit dieses Argument ins Leere gelaufen war. Die Informationen zum Strafverfahren hatte Weber in der Strafakte Grebs gefunden.

Der Kollege, der den Fall damals bearbeitet hatte, hatte diese Infos nachgetragen, was nicht dem normalen Ablauf entsprach. Aus der Akte erfuhr der Kommissar, dass der Richter Grebs Ausführungen nicht geglaubt hatte und ihn zu einer Haftstrafe von 2 Jahren und 4 Monaten verurteilt hatte. Damit war er unwesentlich unter der Forderung der Staatsanwaltschaft von 2 Jahren und 8 Monaten geblieben. Da Greb Ersttäter gewesen war, war die Strafe zur Bewährung ausgesetzt worden.

Weber fragte sich, warum Arne Greb ihm diese Information vorenthalten hatte. Wusste er aufgrund des fehlenden Kontakts zu seinem Bruder nichts von der Verurteilung? War ihre Mutter damals schon krank gewesen und wenn ja, wer hatte sich in der Zeit um sie gekümmert? Da Weber nicht alle Daten im Kopf hatte, nahm er sich vor, diese bei Arne Greb nachzufragen.

Hatte er sich für seinen Bruder geschämt? Er würde ihn am nächsten Tag anrufen. Dann sah er auf seine Armbanduhr. Mittlerweile war es 17 Uhr. Er beschloss, für diesen Tag Feierabend zu machen.

Kapitel 5

Donnerstag, 19.05.2016; 9 Uhr
Weber saß wieder im großen Gerichtssaal des AG Bielefeld. Doch anders als beim letzten Mal war er diesmal nicht als Zeuge, sondern als Besucher anwesend. Da er seine Aussage gemacht hatte und nicht mehr vernommen werden würde, durfte er die Verhandlung von den Zuschauersitzen aus verfolgen. Er war früh im Gericht angekommen, da der Saal bis jetzt an allen Verhandlungstagen rappelvoll gewesen war. Damit konnte auch heute gerechnet werden. Es standen wichtige Aussagen an. Der Vorsitzende hatte sich entschlossen, aufgrund der bundesweiten Aufmerksamkeit und Bedeutung des Verfahrens, auch Zeugen aus dem Ausland vorzuladen. An diesem Tag sollten der Kollege aus Kiew, der sie nach Pisky begleitet hatte und die Eltern von Martina Fischer befragt werden. Weber freute sich darauf, den ukrainischen Polizisten wieder zu sehen. Er hatte ihnen bei ihrem Aufenthalt, insbesondere nach dem Unfall und dem Tod Nastis, sehr geholfen.
Um nicht aufzufallen, hatte sich Weber einen Platz in der hintersten Reihe ausgesucht. Nach dem Fiasko mit seinen Aussagen, die in den Medien als polizeiliche Willkür kommentiert worden waren, wollte er nicht gleich erkannt werden. Er hatte lange überlegt, ob er zu der Verhandlung gehen sollte und sich schließlich dafür entschieden, obwohl er insbesondere vor den anwesenden Pressevertretern Angst hatte, da er auf keinen Fall interviewt werden wollte.
Um Punkt 9 Uhr betrat Richter Gering den Saal. Nachdem sich alle Anwesenden wieder gesetzt hatten, ergriff er das Wort.

„Wir fahren heute mit den letzten Zeugenaussagen fort. Die Zeugen wurden auf besonderen Wunsch der Verteidigung vorgeladen, allerdings besteht auch von Seiten des Gerichts der Wunsch, diese kennenzulernen. Immerhin geht es bei den Aussagen um die Übergabe eines sehr wichtigen Beweisstückes, auf dem ein Großteil der Anklage der Staatsanwaltschaft beruht. Deshalb hat sich das Gericht entschlossen, die Zeugen, die in der Ukraine wohnen, trotz der möglichen Strapazen für diese vorzuladen. Ich hoffe, dass alles soweit geklappt hat?", fragte Gering und wandte sich an Staatsanwalt Wollny.

Dieser erhob sich und hatte dabei einen verstörten Gesichtsausdruck.

„Leider nein", begann er.

Weber horchte auf. Etwas stimmte hier ganz und gar nicht.

„Herr Semjok ist gestern Abend angekommen und wartet draußen."

Wollny machte eine Pause. Dann seufzte er einmal tief und fuhr fort.

„Leider hat Herr Semjok keine guten Nachrichten mitgebracht. Im Haus der Eltern von Martina Fischer kam es gestern Abend zu einem Feuer.

So wie es derzeit aussieht, brach das Feuer im Wohnzimmer aus. Die Feuerwehr in Pisky geht von einem defekten Kabel als Brandauslöser aus.

Den Bewohnern ist es nicht gelungen, das Haus rechtzeitig zu verlassen.

Sie sind bei dem Brand ums Leben gekommen."

18:45 Uhr

Weber saß mit Vitali Semjok in einem Restaurant in der Bielefelder Innenstadt. Sie hatten sich nach seiner Aussage kurz im Gericht unterhalten und für den Abend verabredet. Da die Angaben von Martinas Eltern hinfällig waren, wurde die Sitzung früh beendet. Richter Gering hatte nach Semjoks Aussage die Beweisaufnahme für abgeschlossen erklärt. Sowohl die Anklageseite wie die Verteidigerseite hatten keine neuen Zeugen aufgerufen oder weitere Beweisanträge gestellt. Weber hatte Renner beobachtet, nachdem Wollny vom Tod von Martinas Eltern berichtet hatte. Er hatte keine Reaktion gezeigt, doch in seinen Augen hatte es gefunkelt. Er musste bemerkt haben, dass Weber ihn beobachtete, denn er hatte den Kopf gewandt und ihn direkt angeschaut. Er war sich sicher, darin ein siegessicheres Aufblitzen erkannt zu haben.

Am Montag sollte Staatsanwalt Wollny sein Plädoyer halten und für Zellner war der Mittwoch reserviert worden. Richter Gering hatte angekündigt, dass die Urteilsverkündung am 30.05. erfolgen sollte. Weber hatte sich den Termin in seinem Handy notiert. Ob er sich die Plädoyers anhören würde, wusste er noch nicht.

Semjoks Befragung hatte nicht lange gedauert. Er hatte dem Gericht bestätigt, dass er von Martinas Eltern nach der Entführung ihrer Tochter angerufen worden war. Danach hatte er den Kontakt zu Weber in Deutschland hergestellt und ihn und seinen Kollegen nach Pisky begleitet.

Der ukrainische Polizist hatte bezeugen können, dass der deutsche Kommissar von Martinas Mutter einen USB-Stick übergeben bekommen hatte. Zellner hatte ihn gefragt, ob er gesehen hatte, was sich auf dem Speichermedium befand, was Semjok verneinen musste. Der Verteidiger hatte darauf herumgeritten, dass der Ukrainer nicht bestätigen konnte, dass sich die gegen seinen Mandanten vorgelegten Unterlagen auch tatsächlich auf dem Stick befunden hatten, als Weber diesen entgegengenommen hatte.

Im Anschluss war Semjok von Richter Gering kurz zu dem Unfall befragt worden und ob die Ermittlungen etwas ergeben hatten. Er hatte erklärt, dass er von dem Vorfall selber nichts mitbekommen hatte und erst später dazugekommen war. Leider hatten die Recherchen zu dem Unfall und dem Mord an Nasti bisher keine Ergebnisse erbracht.

Semjok erzählte Weber von dem Brand in Martinas Elternhaus. Er hatte sie gestern Abend abholen wollen, um mit ihnen zusammen zum Flughafen in Kiew zu fahren und dann gemeinsam nach Deutschland zu fliegen. Als er sich dem Haus genähert hatte, waren zahlreiche Feuerwehrautos und Rettungswägen vor dem Gebäude gestanden. Das Feuer war so stark gewesen, dass es auf das Nachbarhaus übergegriffen hatte. Die Bewohner hatten mehr Glück gehabt und sich retten können. Martinas Eltern waren in ihrem Haus verbrannt. Ihre Überreste waren beide im Wohnzimmer gefunden worden.

Als Weber von dem Brand gehört hatte, waren seine Gedanken automatisch zu Martinas Kindern gesprungen, die wie er wusste, bei den Großeltern geblieben waren. Waren sie etwa auch gestorben? Doch Semjok hatte ihm zumindest diese Sorge nehmen können. Die Kinder waren bereits voreinigen Monaten in ein Kinderheim nach Kiew gebracht worden. Die Behörden hatten es den Großeltern nicht zugetraut, sich vernünftig um diese zu kümmern. Von den finanziellen Mitteln die den alten Leuten zur Verfügung standen ganz abgesehen. Die Großeltern hatten alles versucht, um ihre Enkel bei sich zu behalten, doch es hatte nichts gebracht. Ein Umstand, der sich nun als Lebensretter für die Kinder darstellte. Der Kommissar fragte sich allerdings nicht seinen Kollegen zu fragen, wie die Zustände in den Kinderheimen in Kiew waren.

Die Feuerwehr hatte ein defektes Kabel in dem Zimmer als Brandursache ausgemacht. Weber fragte sich, warum Martinas Eltern es nicht aus dem Haus geschafft hatten. Man vermutete, dass die beiden vor dem Fernseher eingeschlafen und vom Rauch überrascht und schnell bewusstlos geworden waren. Wahrscheinlich waren sie bereits tot, oder zumindest in einer tiefen Ohnmacht gewesen, als das Feuer sie erreicht hatte, so dass sie nicht hatten leiden müssen.

Weber merkte dem Kollegen an, dass er von der Erklärung nicht überzeugt war und sprach ihn darauf an. „Nur so ein Bauchgefühl", antwortete dieser. Es war noch früh gewesen, als er zum Haus von Martinas Eltern gekommen war. Außerdem hatten sie ihn erwartet und waren wegen der anstehenden Reise aufgeregt gewesen, so dass er sich nicht vorstellen konnte, dass sie so kurz davor noch eingeschlafen waren. Und erst recht nicht beide. Hinzu kam, dass das Feuer eine unheimliche Kraft entwickelt hatte. Semjok konnte nicht glauben, dass dies ohne eine Art Brandbeschleuniger geschehen war. Die logische Schlussfolgerung, die dahintersteckte, sprach er nicht aus.

Sie blieben bis 21 Uhr im Lokal sitzen und unterhielten sich über ihre Familien und ihre Hobbys. Das Thema Arbeit kam nicht mehr zur Sprache. Nachdem sie die Gaststätte verlassen hatten, verabschiedeten sie sich voneinander. Am nächsten Morgen würde Semjok mit dem ersten Flugzeug zurück in die Heimat fliegen. Er versprach dem Kommissar, ihn über die Ermittlungen zum Brand bei Martinas Eltern auf dem Laufenden zu halten. Zum Abschluss umarmten sie sich, anschließend ging Semjok zu seinem Hotel und Weber fuhr nach Hause.

Kapitel 6

Freitag, 20.05.2016; 14:30 Uhr
Weber hatte den ganzen Tag damit verbracht, an seinen Vorgängen zu arbeiten. Die ersten Stunden waren von wenig erfreulichen Gesprächen mit Caro und dem Leiter der Kripo ausgefüllt gewesen. Natürlich war das Thema die Verhandlung gegen Renner gewesen. Auch Anderson hatte an den Beratungen teilgenommen. Man war sich einig gewesen, dass die Vernehmung von Weber alles andere als glücklich verlaufen war.

Und das war noch vorsichtig formuliert.

Der Kommissar wusste, dass bei den Gesprächen, an denen er nicht teilnahm, deutlichere Worte dafür gefunden wurden. Nämlich, dass er die Verhandlung versaut hatte. Weber wartete nur darauf, dass gegen ihn ein Disziplinarverfahren eingeleitet wurde. Aber bis jetzt hatte er davon nichts gehört.

Nach den Gesprächen war Weber in sein Büro gegangen. Er hatte sich gerade auf seinen Stuhl gesetzt, als das Diensttelefon klingelte. Es war Markus Grün, der Nachbar von Andreas Greb.

Leider konnte er nicht mehr sagen als seine Ehefrau. Auch er hatte den Nachbarn letztmalig am Montag gesehen, allerdings am Morgen, als sein Nachbar gegen 8 Uhr sein Haus verlassen hatte. Gesprochen hatte er mit ihm seit über 2 Wochen nicht mehr.

Weber hatte sich bedankt und direkt Arne Greb angerufen. Doch der hatte weiterhin nichts von seinem Bruder gehört. Von den Kollegen, die sich mit vermissten Erwachsenen beschäftigten, besorgte sich Weber einen E-Mail-Verteiler, in dem alle größeren Krankenhäuser in OWL aufgelistet waren. Er versandte eine Rundmail mit der Frage, ob sich Andreas Greb in einem der Hospitäler aufhielt.

Danach wandte er sich wieder seiner eigentlichen Arbeit zu. Die Mail sollte die letzte Maßnahme sein, die er in diesem Fall durchführte. Wenn sich dabei nichts ergab, würde er die Sache an seine Kollegen abgeben. Er hatte zwei Vorladungen geschrieben, als sein Telefon erneut klingelte. Weber war überrascht, wer sich am anderen Ende der Leitung meldete. Es war sein ehemaliger Gitarrenlehrer Rudi Bauer.

„Rudi", sagte er verblüfft.

„Wie geht es dir?"

Weber hatte vier Jahre bei ihm Unterricht genommen, bevor dieser aus Melle weggezogen war. Er hatte zuvor lange nach einem passenden Lehrer gesucht, der sowohl kompetent war als auch vernünftige Preise anbot. Sie hatten sich gut verstanden, waren aber keine Freunde geworden.

Umso mehr wunderte Weber sich über den Anruf.

„Im Moment nicht so gut", antwortete Bauer.

„Deshalb rufe ich auch an. Ich könnte deine Hilfe gebrauchen."

„Dienstlich oder privat?", fragte Weber nach.

„Dienstlich. Es geht um meine Tochter."

Es entstand eine kurze Pause, bevor der Ermittler fragte: „Wie kann ich dir helfen?"

„Können wir uns treffen? Ich würde es dir lieber persönlich sagen."

Weber überlegte einen Moment.

„Ok", sagte er dann.

„Wann und wo?"

Bauer klang erleichtert, als er antwortete.

„Vielleicht direkt heute? Im Mumpitz in Rietberg."

19:55 Uhr

Weber hatte sich überrumpelt gefühlt, als ihm Bauer den gleichen Abend für ein Treffen vorgeschlagen hatte.

Er hatte aber eine gewisse Dringlichkeit in seiner Stimme gespürt, so dass er dennoch zugestimmt hatte.

Nun saß er im Mumpitz und wartete auf den Gitarrenlehrer. Weber war nicht bewusst gewesen, dass er umgezogen war. Er erinnerte sich daran, dass Bauer ihm erzählt hatte, dass er in den Kreis Gütersloh ziehen würde. Aber ausgerechnet Rietberg! Die Stadt, die in seinem letzten Fall eine Rolle gespielt und in der er und seine Kollegen Georg Renner verhaftet hatten.

Anscheinend war der Ort zu einem Teil seines Lebens geworden. Er musste zugeben, dass ihm die Stadt, oder zumindest was er im Rahmen der Fälle davon gesehen hatte, gut gefiel. In dem Ortsteil, in dem sich das Restaurant befand, war er bis jetzt allerdings nicht gewesen.

Das Mumpitz entpuppte sich als eine urige und rustikale Gaststätte in Rietberg-Neuenkirchen. Weber setzte sich an einen Tisch rechts vom Eingang. Hier gab es Zweier- und Vierertische sowie einen großen Tisch vor einem Fenster. Er hatte sich für einen Zweiertisch am gegenüberliegenden Ende des Raums entschieden. Dieser Bereich war vom übrigen Restaurant durch eine offene Holzkonstruktion abgetrennt. Weber dachte sich, dass Bauer einen ungestörteren Platz für das Gespräch bevorzugen würde.

Kurz nachdem er sich gesetzt hatte, kam eine junge, freundliche Bedienung an den Tisch. Er bestellte sich eine Cola. Die Frage der Frau, ob er auch etwas zu Essen bestellen wollte, verneinte er. Er hatte zwar seit Mittag nichts mehr gegessen und da waren es auch nur zwei Brötchen mit Käse gewesen, aber er hatte derzeit keinen Hunger.

Die Gaststätte war gut besucht. Die meisten der Tische waren besetzt und an einem Billardtisch, der in dem größeren Raum aufgestellt war, spielten zwei Männer. Viele Gäste hatten Speisen vor sich stehen und langsam wehte der Geruch von leckerem Essen zu ihm herüber. Weber spürte, dass er doch Appetit bekam. Er überlegte, ob er sich die Karte bringen lassen sollte, als sich die Tür öffnete und Bauer das Lokal betrat. Er war drei Jahre älter als Weber, trug seine dunklen Haare kurz geschnitten und sah so fit aus wie früher. Er winkte ihm zu und der Gitarrenlehrer kam an den Tisch. Sie gaben sich die Hand und setzten sich. Als die Bedienung Webers Cola brachte, bestellte sich Bauer einen Gin Tonic. Ihm fiel auf, dass sein Gegenüber große Ringe unter den Augen hatte. Es schien, als habe er lange nicht mehr gut geschlafen. Hinzu kam, dass er ziemlich blass war und alles in allem einen vernachlässigten Eindruck machte. Weber kam es vor, als ob ihn irgendetwas derart beschäftigte und seine ganze Energie forderte, so dass für die alltäglichen Dinge keine Kraft übrigblieb. Nachdem sie einen kurzen Smalltalk geführt hatten, kam Bauer gleich zur Sache.

„Vielen Dank, dass du gekommen bist", begann er. „Ich habe mich daran erinnert, dass du bei der Kripo in Bielefeld arbeitest und mich deshalb an dich gewandt. Meine Frau und ich haben schon alles versucht, wissen aber jetzt auch nicht mehr weiter."

Weber wusste, dass Bauer verheiratet war, ansonsten nichts von seinem Privatleben.

„Wir haben zwei Kinder. Unsere älteste Tochter Sofia ist 19 Jahre alt, ihre Schwester Emma 16 Jahre. Es geht um Sofia."

Bauer machte eine Pause, da in diesem Moment die Bedienung ihm seinen Gin Tonic brachte. Er nahm einen großen Schluck, bevor er weitersprach.

„Sofia ist Schülerin hier am Gymnasium in Rietberg und will im nächsten Jahr ihr Abi machen. Sie ist eine gute

Schülerin und es sollte für sie kein Problem sein, ein gutes bis sehr gutes Abitur zu machen. Im Anschluss wollte sie Psychologie studieren. Aber seit Ende letzten Jahres hat sie sich nach und nach verändert."

Bauer machte eine Pause und nahm erneut einen großen Schluck von seinem Getränk. Weber dachte, dass er in der letzten Zeit des Öfteren seinen Trost im Alkohol gesucht haben musste. Was zum Teil seinen Zustand erklärte.

„Sie hat auf der Silvesterparty einer Freundin einen Jungen kennengelernt, der drei Jahre älter ist als sie. Meine Frau und ich kennen nur seinen Vornamen. Er heißt Ingo Wiedukind und wohnt in Gütersloh.

Wir haben ihn nicht oft gesehen, vielleicht drei bis vier Mal in der ganzen Zeit. Sofia ist lieber zu ihm gefahren, oder hat sich von uns hinbringen lassen. Er wohnt noch bei seinen Eltern.

Meine Frau Katrin hat sich einmal mit Ingos Mutter unterhalten. Sie machte einen netten Eindruck und meine Frau hatte das Gefühl, dass Sofia dort gut aufgehoben war.

Anfang März baute sie in der Schule aber ständig ab. Ihre Klassenlehrerin machte sich Sorgen um sie und rief meine Frau an. Sie erzählte ihr, dass Sofia ständig müde sei und teilweise im Unterricht einzuschlafen drohte. Außerdem habe ihre Mitarbeit im Unterricht stark nachgelassen und ihre letzten Klausuren waren auch schlecht ausgefallen. Wir brachten ihr Verhalten mit ihrem Freund in Verbindung und stellten sie zur Rede. Sofia stritt ab, dass ihr Absturz in der Schule etwas mit Ingo zu tun hatte. Im Gegenteil, er täte ihr gut, behauptete sie. Sie sei derzeit lediglich etwas überfordert mit der Schule und es würde sicher bald wieder besser werden. Doch es wurde noch schlimmer.

Zwei Wochen darauf rief ihre Klassenlehrerin erneut an. Diesmal ging es darum, dass Sofia in der Woche drei Mal nicht zum Unterricht erschienen war und keine Entschuldigung vorgelegt hatte. Katrin war wie vor den Kopf gestoßen. Sie konnte auch keine Entschuldigung vorgelegt haben, da wir nichts von ihrem Fehlen wussten. Sie hatte wie immer das Haus morgens verlassen und wir waren natürlich davon ausgegangen, dass sie zum Unterricht gegangen war.

Am gleichen Abend sprachen wir wieder mit ihr. Diesmal wurde sie richtig wütend und fragte, ob wir ihr nachspionieren würden. Als wir ihr erklärten, dass ihre Lehrerin sich bei uns gemeldet hatte, wurde sie noch wütender und sagte, dass die sich um ihre eigenen Dinge kümmern sollte. Wir konnten kein vernünftiges Gespräch mit ihr führen. Sie blockte alles ab und reagierte auf Fragen immer wütender. Schließlich stürmte sie in ihr Zimmer und schloss sich ein.

Meine Frau versuchte noch, vernünftig mit ihr zu reden, doch Sofia öffnete die Tür nicht mehr.

Wir fragten Emma, ob sie wüsste, was mit ihrer Schwester los sein, doch auch sie hatte keine Erklärung. Die nächsten Tage ließen wir sie in Ruhe und wollten, dass sie sich erstmal wieder beruhigte."

Er machte eine weitere Pause.

„Drei Tage später war sie verschwunden und ist seitdem nicht wiederaufgetaucht."

Bauer saß vor seinem zweiten Gin Tonic, während Weber noch immer von seiner ersten Cola trank.

„Ich nehme an", begann der Kommissar vorsichtig", dass du eine Vermisstenanzeige erstattet hast?"

Bauer nickte.

„Noch direkt am gleichen Abend. Nachdem sie nicht von der Schule nach Hause gekommen war, haben wir dort angerufen und erfahren, dass sie gar nicht dort gewesen ist. Ich bin daraufhin zu Ingo gefahren und habe mit seinen Eltern gesprochen.

Er selbst war noch bei der Arbeit. Er ist Kfz-Mechaniker in einem Autohaus in Gütersloh.

Seine Mutter hat ihn angerufen, aber er wusste auch nicht, wo Sofia ist. Sie hatten sich wohl schon eine Woche zuvor getrennt. Sie hatten zuvor einen heftigen Streit gehabt, in dem es um einen geplanten Ausflug am Wochenende gegangen war, den er hatte absagen müssen. Er hatte gehofft, dass sie sich schnell wieder beruhigen würde. Doch stattdessen hatte sie ihm am nächsten Morgen eine Nachricht geschickt und mit ihm Schluss gemacht. Ingo hatte immer wieder versucht mit ihr Kontakt aufzunehmen, doch sie hatte keine seiner Nachrichten oder Anrufe beantwortet. Er war sogar zu ihrer Schule gefahren, doch sie hatte ihn einfach ohne ein Wort zu sagen stehen gelassen.

Ingo versprach, sich sofort zu melden, wenn sie mit ihm Kontakt aufnimmt. Doch das passierte nicht.

Wir haben auch alle ihre Freundinnen und Freunde angerufen, aber niemand wusste, wo sie war. Bis heute hat sie sich bei keinem gemeldet.

Wir haben keine Ahnung, wo sie sein könnte."

Bauer nahm einen großen Schluck von seinem Getränk. Weber konnte nun verstehen, warum er dem Alkohol zusprach.

„Was haben die Kollegen herausgefunden?"

Bauer schüttelte den Kopf.

„Nichts", antwortete er und man hörte den Frust in seiner Stimme.

„Es wurde eine große Suchaktion mit Hunden und allem Drum und Dran durchgeführt, aber nichts gefunden. Sie haben auch versucht, ihr Handy zu orten, doch das war wohl ausgeschaltet, so dass sie nichts machen konnten."

Weber trank seine Cola aus.

„Was soll ich dann noch für dich tun? Ich denke, die Kollegen haben alles getan, was sie tun konnten."
Bauer stützte die Arme auf dem Tisch ab und vergrub das Gesicht in den Händen. Weber merkte, dass er weinte, obwohl er versuchte, dies zu verbergen. Er dachte verzweifelt darüber nach, was er sagen konnte.
„Ich kann natürlich nochmal mit den Kollegen in Gütersloh sprechen. Und danach mit meinen Kollegen, die Vermisstenfälle bearbeiten. Vielleicht fällt denen noch was ein."
Bauer hob das Gesicht und wischte sich unauffällig die Tränen ab. Dann sah er Weber an und griff nach seiner Hand.
„Das wäre uns eine große Hilfe, wenn wir wüssten, dass wirklich alles versucht wurde, um Sofia zu finden."

Kapitel 7

Samstag, 21.05.2016; 11 Uhr
Der Anruf ging am Samstagmorgen auf der
Kriminalwache des PP Bielefeld ein.
Kriminalhauptkommissar Egon Schaller nahm das
Gespräch entgegen. Der Mann am anderen Ende der
Leitung erzählte, dass er soeben im Wald eine Leiche
gefunden hätte. Der Kommissar, der seit 14 Jahren auf
der K-Wache Dienst versah, reagierte gelassen und
leitete ohne weitere Verzögerung die nächsten Schritte
ein. Er schickte seine Kollegen Klara Stein und Kilian
Helmstedt zu dem Ort, den der Anrufer angegeben
hatte.
Er bat den Mitteiler, vor Ort zu bleiben und den
Beamten bei deren Eintreffen den genauen Fundort zu
zeigen. Schaller informierte anschließend den
Kriminalrat, der Dienst hatte und über den Einsatz der
Bereitschaft für Kapitaldelikte entscheiden würde.
Danach suchte er die Liste mit den Personen heraus, die
im Falle einer Alarmierung verständigt werden mussten.
Jetzt hieß es warten, welche Feststellungen die Kollegen
vor Ort machen würden.

Stein und Helmstedt wurden vom Anrufer Max Scharf
am Wandererparkplatz Am Togdrang erwartet. Dieser
lag im Ortsteil Senne und war über die Osningstraße zu
erreichen.
Scharf erklärte ihnen, dass er mit seinem Hund, einem
Berner Sennenhund, einen Spaziergang hatte machen
wollen. Er käme jeden Samstag- und Sonntagmorgen
hierhin, um eine große Runde zu drehen. Er war gegen
10:30 Uhr am Parkplatz eingetroffen und direkt mit
seinem Hund losgelaufen. Er hatte den Berner
freilaufen lassen, da dieser gut hörte und keinen
Jagdtrieb hatte.

Sie waren etwa 10 Minuten unterwegs gewesen, als der Hund plötzlich in den Wald hineingelaufen war und sich nicht mehr zurückrufen gelassen hatte.

Scharf war dem Tier gefolgt und hatte ihn nach etwa 10 Metern an einem Holzstapel schnüffelnd vorgefunden. Beim Näherkommen hatte Scharf festgestellt, dass der Stapel aus Ästen und Zweigen bestand und keinen natürlichen Ursprung hatte. Er hatte zuerst nicht erkennen können, warum der Hund so intensiv rund um den Haufen geschnüffelt hatte. Erst als er unmittelbar davorgestanden war, hatte er gesehen, dass etwas unter dem Holz lag, dass die volle Aufmerksamkeit seines Hundes in Anspruch genommen hatte. Erst beim zweiten Hinschauen hatte Scharf gesehen, dass dort ein Mensch lag.

Er hatte sofort seinen Berner weggezogen, war zu seinem Auto zurückgegangen und hatte die Polizei verständigt. Stein bat Scharf, sie zu der Stelle zu führen, an der er in den Wald gegangen war.

Als sie den Punkt erreichten, forderten sie ihn auf zu warten und gingen alleine zu der Fundstelle. Was sie fanden, entsprach der Beschreibung des Anrufers. Augenscheinlich hatte er nichts verändert. Helmstedt leuchtete mit seiner Taschenlampe zwischen den Ästen hindurch. Unter dem Stapel lag eine männliche Person und er konnte erkennen, dass diese schon eine ganze Weile dort lag. Stein rief umgehend Schaller an, der den höheren Dienst informierte. Wie nicht anders zu erwarten, ordnete dieser die Alarmierung der Bereitschaft an.

13:15 Uhr
Helge Mutz und Peter Eldeg, die beiden Ermittler der Bereitschaft, waren die ersten am Fundort.

Kurz nach ihnen trafen auch Helga Ohlemeier und Ben Hellmich, welche die Spurensicherung übernehmen sollten, zusammen mit dem Leiter der Mordkommission Joachim „Jo" Behlau ein. Sie ließen sich kurz von den Kollegen der K-Wache in den Fundort einweisen, was nicht lange dauerte, da sie nicht viel zu berichten hatten. Es gab keinen Hinweis auf die Identität des Toten, da vor Eintreffen der Spusi nichts an dem Stapel aus Ästen und Zweigen verändert werden sollte.

„Gibt es Anhaltspunkte auf einen Pkw?", fragte Behlau.

„Nein", antwortete Stein.

„Außer dem Fahrzeug des Zeugen stand bei unserem Eintreffen dort kein anderer Pkw."

Behlau nickte.

„Wir warten noch auf den Tatortbeamten und fangen dann an", fuhr er fort.

„Wer ist das heute eigentlich?" fragte er an Hellmich gewandt.

„Brett", antwortete dieser.

Im gleichen Moment trat Weber zu ihnen.

„Tach zusammen", grüßte er.

„Wie sieht es aus?"

Behlau brachte ihn auf Stand und fügte hinzu: „Ich fahre mit Helge und Peter zurück zum PP.

Wir werden die Vermissten durchgehen und schauen, was wir dort haben. Sobald ihr einen Hinweis auf die Identität des Toten habt, sagt Bescheid."

„Versteht sich von selbst", antwortete Weber.

Sie gingen gemeinsam zu ihren Fahrzeugen zurück. Der Parkplatz war zwischenzeitlich von einer Streifenwagenbesatzung abgesperrt worden, die bis zum Ende der Spurensicherung vor Ort bleiben sollte, um Neugierige und die Presse abzuhalten, die früher oder später eintreffen würden.

Während Behlau und das Ermittlerteam den Parkplatz verließen, wandte sich der Rest der Truppe dem MK-Bulli zu. In dem Fahrzeug, einem großen, blauen Kastenwagen mit der Aufschrift „Polizei" an den Seiten, wurden alle Materialien aufbewahrt, die für eine Spurensicherung im Rahmen eines Mordfalles nötig waren. Die Spurensicherer und Weber zogen sich die aus dem Fernsehen bekannten weißen Overalls an, stülpten sich Überschuhe aus Plastik über ihre Straßenschuhe und setzten sich einen Mundschutz auf. Danach wurde das weitere benötigte Material - Bakterietten zum Sichern von Blut und DNA, Folie zum Abziehen von Fingerspuren und Gelfolie für Schuhspuren - bereitgelegt. Da der Fundort und die Umgebung mittels Video und Foto festgehalten werden mussten, wurde die entsprechende Ausrüstung ebenfalls zurechtgelegt. Da der eingeteilte Fotograf kurzfristig aufgrund einer Grippe ausgefallen war, übernahm Weber diesen Part. Seine eigentliche Aufgabe bestand darin, den Fundort und alles Drumherum genauestens zu beschreiben. Dazu benötigte er nur ein Diktiergerät, auf das er seine Feststellungen aufsprach. Der Chip mit der gespeicherten Aufnahme wurde dann im PP einer Mitarbeiterin oder einem Mitarbeiter übergeben, die den Bericht ins Reine tippten.
Der Fotograf war neben den Fotos auch für die Fertigung einer maßstabsgerechten Skizze des Fundorts zuständig. Da Weber heute in einer Doppelfunktion tätig war, sollte diese Aufgabe der zweite Spurensicherer übernehmen. Sie trugen die Materialien in den Wald und bauten dort zwei Campingtische auf, die ebenfalls zur Ausrüstung des MK-Bullis gehörten. Darauf legten sie ihr Material ab.
Währenddessen begann Weber mit der Videodokumentation. Er startete die Aufnahme auf dem

Parkplatz und schritt dann den Wanderweg bis zu der Stelle ab, an der es in den Wald ging. Von dort filmte er weiter bis zum Ablageplatz des Toten.

Bevor sie mit ihrer Arbeit dort begannen, besprachen sie ihr Vorgehen. Es wurde sich darauf geeinigt, die Äste und Hölzer einzeln abzutragen und jeden auf Faser- und Blutspuren abzusuchen. Nach 30 Minuten waren sie so weit, dass sie einen Blick auf das Gesicht des Toten werfen konnten. Oder besser gesagt auf das, was von diesem noch übrig war. Die Leiche lag bereits einige Zeit hier und Tiere hatten sich trotz des Stapels, an dem Körperteil zu schaffen gemacht. Zur Identifizierung würden die Überreste des Gesichts nicht reichen. Weitere 30 Minuten später war der gesamte Körper freigelegt. Der Tote war mit einer Jeanshose, einem Sweatshirt und Sneakers bekleidet. Nachdem Weber alles fotografiert hatte, machte er sich daran, die Taschen der Leiche zu durchsuchen. Spuren hatten sie an dem Holz nicht finden können. In der rechten hinteren Hosentasche fand er eine Geldbörse, in der sich der Ausweis des Opfers befand. Als er den Namen darauf las, entfuhr ihm ein Aufschrei.

„Verdammt, das gibt es doch nicht!"

Das Dokument war ausgestellt auf Andreas Greb.

17 Uhr

„Ok", eröffnete Behlau das Gespräch und setzte sich an das Kopfende des Tisches im SOKO-Raum der A1.

„Ich fasse mal kurz zusammen, was wir bis jetzt haben."

Außer Behlau saßen Helge Mutz, Peter Eldeg, Helga Ohlemeier, Ben Hellmich, Phil Anderson, Teresa Kleinschmidt, Weber und Caro mit am Tisch. Anderson und Teresa - ohne H, wie sie selber immer zu sagen pflegte - waren als zusätzliche Ermittler durch ihre Chefin alarmiert worden. Mehr Personal hatten sie für den heutigen Tag nicht gewinnen können. Für den nächsten Tag waren ihnen zwei weitere Kollegen versprochen.

Caro hatte mit Weber abgesprochen, dass er als Ermittler in die MK sollte, sobald seine Arbeit als Tatortbeamter erledigt war. Er hatte seinen Tatortbericht auf ein Diktiergerät gesprochen und am Montag würde der Bericht abgetippt werden.

Danach musste er diesen nochmal Korrektur lesen und war dann mit seiner Arbeit fertig. Er würde entweder mit Anderson oder mit Teresa ein Team bilden.

Nachdem Behlau mit seinen Ausführungen am Ende war, übergab er das Wort an Weber, der von Arne Grebs Auftauchen im Präsidium, bis zu seinen Nachforschungen bei den Nachbarn und beim Arbeitgeber des Opfers, berichtete.

„Glaubst du an die Geschichte mit dem Anruf und dem möglichen Schuss?", fragte Teresa, nachdem Weber mit seinem Bericht fertig war.

„Eigentlich schon", antwortete er nach einer kurzen Pause.

„Arne Greb macht nicht den Eindruck, als ob er ein Spinner sei. Ich glaube ihm, dass er etwas gehört hat, was wie ein Schuss klang, aber ob es tatsächlich der Mord an seinem Bruder war…"

Weber ließ den Satz unvollendet und zuckte nur mit der Schulter.

„Waren die Pathologen aus Münster vor Ort?", erkundigte sich Anderson.

Behlau schüttelte den Kopf.

„Die waren heute unabkömmlich. In Münster hat es heute eine Schießerei mit 3 Toten gegeben. Sie werden aber versuchen, morgen die Obduktion durchzuführen. Geplant ist 14 Uhr im städtischen Krankenhaus. Möchte jemand freiwillig daran teilnehmen?", fragte er in die Runde.

„Ich", meldete sich Teresa.

Behlau nickte.

„Gut", sagte er dann und machte sich eine Notiz.

„Falls ich es schaffe, komme ich auch dazu."

„Wie machen wir jetzt weiter?", fragte Helge Metz.

Behlau antwortete:

„Wir müssen heute auf jeden Fall noch die Wohnung des Opfers durchsuchen, den Antrag für die Handydaten fertig machen und den Bruder des Opfers verständigen."

Dabei sah er Weber an, der zur Antwort nickte.

„Brett wird letzteres übernehmen, da er den Bruder bereits kennt. Du kannst Teresa mitnehmen. Power", wandte er sich mit dessen Spitznamen an Anderson.

Phil Anderson war begeisterter Darts-Fan und Phil „The Power" Taylor, war sein absoluter Lieblingsspieler. Er war öfter zu Turnieren nach Großbritannien gereist und hatte mehrere WM-Spiele vor Ort in London gesehen. Eine Leidenschaft, die er mit seiner Freundin teilte. „Du machst bitte den Antrag für die retrograden Daten von Grebs Handy und für die Funkzelle vom Tatort fertig."

Anderson nickte.

„Gehen wir davon aus", fragte Phil dann, „dass der Fundort auch gleichzeitig der Tatort ist?"

„Ja", antwortete Behlau.

„Solange wir keine anderen Erkenntnisse haben, bleiben wir bei dieser Annahme. Helge und Peter.

Ihr fahrt zum Haus von Greb. Nehmt die Spusi-Kollegen mit. Vielleicht ist Greb ja doch in seiner Wohnung ermordet worden."

„Oder er wurde von dort entführt und in den Wald gebracht", fügte Weber hinzu.

Behlau nickte.

„Oder das. Haltet die Augen offen. Ich werde mit dem zuständigen Staatsanwalt telefonieren und seine Zustimmung für die Anträge zur Durchsuchung und für die Handy- und Funkzellendaten einholen."

„Für die Durchsuchung der Wohnung des Opfers?", fragte Mutz überrascht.

„Brauchen wir dafür jetzt auch einen Beschluss?"

„Den brauchten wir eigentlich schon immer", erklärte Behlau.

„Zumindest, wenn die Wohnung des Opfers nicht gleichzeitig der Tatort ist. Bis jetzt hat sich niemand großartig darum gekümmert, weil allgemein davon ausgegangen wurde, dass es im Interesse des Opfers war, dass in seiner Wohnung nach Hinweisen auf den Täter gesucht wurde. Aber vor kurzem hat der Verteidiger eines wegen Mordes Angeklagten das Thema in einer Verhandlung auf den Tisch gebracht. In der Wohnung des Opfers wurden Hinweise in Form von Briefen gefunden, die zu dem Verdächtigen führten. Der Verteidiger wollte durchsetzen, dass diese Briefe dem Beweisverwertungsverbot unterworfen werden, da kein Durchsuchungsbeschluss vorlag.

Letztendlich wurden die Briefe zugelassen, da der Staatsanwalt angab, die Durchsuchung mündlich angeordnet zu haben, es später jedoch vergessen wurde, dies im Durchsuchungsbericht zu erwähnen und den Antrag nachträglich zu stellen.

Der Verteidiger hat dagegen Widerspruch eingelegt und das Verfahren läuft noch. Deshalb sollten wir uns absichern."

Mutz nickte.

„Gibt es Hinweise auf die Todesursache?", fragte Teresa.

Behlau sah Weber an.

„Soweit wir das vor Ort feststellen konnten, wurde Greb durch jeweils einen Schuss in die Brust und den Hinterkopf getötet", antwortete dieser dann.

„Das würde auch wieder zu den Angaben seines Bruders passen."

Weber machte eine kurze Pause, bevor er fortfuhr.

„Ein Schuss in die Brust und einen in den Hinterkopf", fasste Anderson zusammen.

„Sieht stark nach einer Hinrichtung aus."

19:10 Uhr
Weber saß Arne Greb und dessen Frau Lola in deren Wohnzimmer gegenüber. Dieser hatte die Todesnachricht mit Fassung aufgenommen. Seine Ehefrau hatte keine Mine verzogen. Greb war zusammengezuckt, als ihm Weber mitteilte, dass sein Bruder erschossen worden war.

„Also habe ich mich mit dem Schuss nicht getäuscht?", fragte er mit unsicherer Stimme.

„Das können wir zum jetzigen Zeitpunkt noch nicht sagen", antwortete Weber.

„Wir müssen das Ergebnis der Obduktion abwarten, bevor der Todeszeitpunkt näher bestimmt werden kann."

„Aber das kann doch kein Zufall gewesen sein! Er ruft mich an, sagt kein Wort, dann höre ich einen Schuss und ein paar Tage später wird er erschossen aufgefunden."

„Vielleicht war es ja auch gar kein Schuss, den du gehört hast", sagte seine Frau zweifelnd.

„Natürlich war es ein Schuss", fuhr Arne Greb sie an.

„Ich bin doch nicht blöd, ich weiß doch, was ich gehört habe."

„Wann haben Sie Ihren Schwager zum letzten Mal gesehen oder gesprochen?", wandte sich Teresa an Grebs Frau.

„Ich?", fragte diese überrascht zurück.

„Was habe ich denn mit der Sache zu tun?"

„Nun", antwortete Teresa, „er war Ihr Schwager. Wir befragen alle Personen, die mit ihm verwandt oder befreundet waren."

Lola Greb schwieg.

„Also?", hakte Teresa nach.

Sie seufzte bevor sie antwortete.

„Ich habe seit bestimmt einem Jahr nicht mehr mit ihm gesprochen."

„Worum ging es in Ihrem letzten Gespräch?" fragte Teresa.

„Es war eigentlich gar kein Gespräch. Wir haben uns zufällig beim Einkaufen im Marktkauf getroffen. Wir haben uns gegrüßt und gefragt, wie es dem anderen geht. Das war es auch schon."

„War Ihr Schwager allein?"

„Nein, eine junge Frau war bei ihm."

Arne Greb sah seine Ehefrau verblüfft an.

„Davon hast du mir ja gar nichts gesagt", sagte er vorwurfsvoll.

„War ja auch nicht der Rede wert. Außerdem hättest du dich eh nur wieder über ihn aufgeregt."

„Kannten Sie die Frau in seiner Begleitung?", fragte Teresa.

Lola Greb schüttelte den Kopf.

„Wie sah die Frau aus?"

„Das ist schon so lange her und ich habe sie auch nur kurz gesehen. Ich kann mich kaum noch an sie erinnern."

„Dann beschreiben Sie uns einfach das, was Ihnen noch präsent ist. Vielleicht schließen Sie die Augen. Das hilft beim Erinnern."

Weber sah Teresa an. Er hatte nie mit ihr zusammengearbeitet, musste aber zugeben, dass sie ihre Sache gut machte. Lola Greb schloss tatsächlich die Augen und versuchte, sich ernsthaft an die Frau zu erinnern.

„Sie war etwa 25 Jahre alt, hatte lange braune Haare, war etwa so groß wie ich, also 1,72m. Sie war schlank und war sehr schick gekleidet. Außerdem hatte sie ordentlich Holz vor der Hütte. Mindestens Körbchengröße D."

Sie öffnete die Augen.

„Mehr fällt mir nicht ein."

„Würden Sie die Frau wiedererkennen?", fragte Teresa.

Lola Greb überlegte einen Moment.

„Eventuell."

„Ist die Frau denn wichtig für die Ermittlungen?", fragte ihr Ehemann.

„Jeder kann wichtig sein, der Kontakt zu Ihrem Bruder hatte", antwortete Teresa ausweichend.

Weber hatte ihr die Vernehmung der beiden komplett überlassen.

„Erinnert Sie die Beschreibung an jemanden?", schaltete er sich an den Mann gewandt jetzt wieder ein.

Arne Greb schüttelte nach einem Moment des Überlegens den Kopf.

„Könnten Sie bitte mit Ja oder Nein antworten?"

„Nein", sagte er.

„Und Sie können nicht sagen, ob Ihr Bruder derzeit eine Freundin hatte?"

Wieder schüttelte Greb den Kopf, und fügte schnell ein „Nein" hinzu.

„Gut," sagte Weber dann.

„Das soll für heute reichen."

Er schaltete das Diktiergerät ab und füllte ein Formular aus. Nachdem er Greb und seiner Frau das Vorblatt für die Tonbandvernehmung erklärt hatte, ließ er es von den beiden unterschreiben.

Dann verabschiedeten er und Teresa sich und fuhren zum PP zurück.

Anderson hatte in der Zwischenzeit den Antrag für die Handydaten von Andreas Greb und die Funkzelle am Tatort fertig und an den richterlichen Eildienst gesandt. Derzeit war er damit beschäftigt, den Antrag für den Durchsuchungsbefehl des Hauses von Andreas Greb zu schreiben. Da er bereits des Öfteren solche Vermerke geschrieben hatte, nutzte er die alten als Vorlage. Die Durchsuchung selber lief noch. Da Teresa und er im Moment nicht mehr viel tun konnten, schickte Behlau sie in den Feierabend, nachdem sie ihm von ihrem Besuch bei Arne Greb berichtet hatten. Sie sollten sich am nächsten Morgen um 9 Uhr wieder im Präsidium einfinden.

Kapitel 8

„Guten Morgen zusammen", begann Behlau die Sitzung. „Da wir gestern Abend keine Besprechung mehr machen konnten, möchte ich die Teams bitten, nochmal zusammenzufassen, was sie gestern herausbekommen haben."

Zuerst berichteten Helge Mutz und Peter Eldeg von der Durchsuchung. Sie hatten zusammen mit den Kollegen der Spurensicherung das Haus gründlich auf den Kopf gestellt, jedoch keinen Hinweis darauf finden können, dass Andreas Greb dort ermordet worden war. Genauso wenig hatten sie Spuren eines Einbruchs beziehungsweise eines Kampfes festgestellt. Entweder war er seinem Mörder woanders begegnet, oder er hatte ihn freiwillig ins Haus gelassen und war dann aus eigenen Stücken mitgegangen. Sein Auto, ein zwei Jahre alter Kombi, stand in der Garage.

„Wir haben auch Grebs Festnetztelefon überprüft", fuhr Eldeg fort.

„Der letzte Anruf von dem Anschluss erfolgte am 16.05 um 10:35 Uhr an eine andere Festnetznummer. Wir haben die Nummer überprüft und sie gehört zu dem Restaurant, das dem Opfer gehört. Die letzten fünf Anrufe, die nicht angenommen wurden, stammen aus der Zeit nach dem 16.05. Alle kamen von der gleichen Handynummer, die für Arne Greb ausgegeben ist."

„Arne Greb hat mir gesagt, dass er mehrfach versucht hat, seinen Bruder auf dem Handy und dem Festnetz zu erreichen", ergänzte Weber.

Eldeg nickte.

„Auf dem Anrufbeantworter war nichts", erklärte er.

„Wir haben im Haus einen Laptop und ein Tablett gefunden", fuhr Mutz fort.

„Haben wir eine Chance, die Auswertung der beiden Sachen priorisiert zu bekommen?", fragte er Behlau.

„Keine Ahnung", antwortete dieser.

„Ich werde alles versuchen und Caro bitten, mit dem Leiter der A25 persönlich zu sprechen. Eigentlich sollten wir gute Chancen haben, schließlich geht es hier um Mord."

In den letzten zwei Jahren waren so viele Speichermedien, von PC über Laptops bis hin zu Festplatten und USB-Sticks, sichergestellt worden, dass die A25 mit der Sicherung und Aufbereitung nicht mehr nachkam. Die Inhalte der Asservate mussten erst auf externen Medien gesichert werden, bevor die Auswertung beginnen konnte. Diese durfte nicht an den originalen Verwahrstücken erfolgen, da sonst die Gefahr bestand, etwas zu verändern oder zu zerstören. Danach mussten die gesicherten Daten so aufbereitet werden, dass sie mit der Software zu bearbeiten waren, die den Kollegen zur Verfügung stand. Da jeder seine Sicherung so schnell wie möglich haben wollte, wurde der Reihe nach abgearbeitet, in der die Asservate in der 25 eintrafen. Derzeit lag die Wartezeit bei 12 Monaten. Wer nicht so lange warten mochte, musste seine Sicherung priorisieren lassen. Und die besten Chancen dazu hatte man bei einem aktuellen Tötungsdelikt.

Dann war Weber an der Reihe, die Vernehmung Arne Grebs zu schildern.

„Also nichts Neues", beendete der seinen Bericht.

„Nichtsdestotrotz würde ich vorschlagen, auch seine Handydaten anzufordern. Seine Frau war zum Zeitpunkt des Anrufs nicht zu Hause und wer sagt uns denn, dass es den Anruf tatsächlich gab und dass er diesen auch zu Hause angenommen hat?"

Behlau nickte.

„Gute Idee", sagte er und wandte seinen Blick zu Anderson.

„Yes, yes. Ich kümmere mich darum."

„Was ist mit der Frau?", fragte Behlau nach.

Teresa antwortete:

„Sie war beim Sport, als ihr Mann den Anruf erhielt. Sie geht regelmäßig zwei Mal die Woche ins Fitnessstudio. Ich werde das heute überprüfen. Wenn sich ihr Alibi nicht bestätigen lässt, sollten wir auch ihre Handydaten anfordern."

„Warten wir ab, was deine Ermittlungen ergeben", sagte Behlau.

„Oder gibt es irgendwelche Verdachtsmomente gegen sie?"

Teresa und Weber schüttelten beide den Kopf.

„Was ist mit dieser Frau, die Lola Greb zusammen mit ihrem Schwager gesehen hat?", fragte Behlau.

„Habt ihr im Haus Hinweise auf sie gefunden?", wandte er sich an Mutz und Eldeg.

„Nein", antwortete Eldeg.

„Wir haben überhaupt keine Hinweise auf eine Frau im Haus gefunden. Allerdings haben wir auch nicht so konkret danach gesucht. Für uns standen andere Aspekte im Vordergrund."

Behlau nickte.

„Klar. Ihr konntet ja auch nichts von ihr wissen. Fahrt doch nochmal hin und schaut euch unter dem Gesichtspunkt erneut im Haus um."

„Ansonsten geben uns die Handydaten von Andreas Greb eventuell einen Hinweis auf eine Freundin", warf Anderson ein.

„Ok", sagte Behlau.

„Was liegt heute an?"

„Wir fahren dann gleich nochmal zur Wohnung", bemerkte Eldeg.

„Dann könntet ihr auch gleich die Nachbarn befragen",
fügte Behlau hinzu.

„Zumindest die, die direkt neben ihm wohnen."

„Mit den Grüns sollten vielleicht lieber wir reden,"
wandte Weber ein.

„Die kennen mich schon."

„Macht es so", bestätigte Behlau.

„Teilt euch die Befragungen auf. Was noch?"

„Wir sollten heute noch das damalige Opfer von Andreas
Greb vernehmen", schlug Weber vor.

„Ich würde gerne sehen, wie sie reagiert, wenn wir ihr
von seinem Tod erzählen. Und das, bevor sie in den
Medien davon hört. Sie heißt Jasmin Krupp und wohnt
aktuell in Herford."

„Gute Idee", lobte Behlau.

„Dann fahrt ihr nach Herford. Ich denke, es ist gut, wenn
eine Frau dabei ist. Mit den Nachbarn können dann auch
Helge und Peter reden, oder ihr macht das, wenn ihr
zurück seid."

„Dann dürfte es schon fast Zeit für die Obduktion sein",
warf Teresa ein.

„Stimmt", erinnerte sich nun auch Behlau.

„Dann schaut, wie es zeitlich aussieht und wenn es zu
knapp wird, fährst du zur Obduktion und Brett zu den
Nachbarn."

Weber und Teresa nickten.

„Was ist mit der Absuche am Fundort der Leiche?"
fragte Anderson.

„Ich habe die Hundeführer auf 11 Uhr dorthin bestellt.
Das werden wir beide übernehmen", antwortete ihm
der MK-Leiter.

„Wir bekommen einen Mantrailer Hund aus Hannover
und einen Munitionsspürhund von hier, da am Fundort
keine Patronenhülsen gefunden wurden."

„Also bleiben wir dabei, dass der Fundort auch der Tatort ist?", fragte Eldeg nach.

„Da ihr in der Wohnung keine Hinweise gefunden habt, die nahelegen, dass Greb dort ermordet wurde, bleiben wir dabei."

Er machte eine Pause.

„Ich denke, dann ist soweit alles klar. Machen wir uns an die Arbeit."

10:55 Uhr

„Ich kann leider nicht sagen, dass es mir um ihn leidtut", gab Jasmin Krupp zu.

Teresa und Weber saßen ihr in ihrem Wohnzimmer gegenüber. Die beiden auf dem Sofa und sie in einem Sessel. Hinter ihr stand ein Mann, den sie ihnen als ihren Freund Carsten Eigner vorgestellt hatte.

„Er hat seine gerechte Strafe bekommen für das, was er mir angetan hat", fügte sie hart hinzu.

Weber warf einen Blick auf den Mann, der bis jetzt kein Wort gesagt hatte. Krupp bemerkte dies und sagte: „Carsten weiß über alles Bescheid."

Weber nickte.

„Was wollen Sie von uns?", fragte Eigner abweisend.

„Sie sind doch sicher nicht extra von Bielefeld nach Herford gefahren, um uns über den Tod von diesem Arschloch zu informieren!"

Teresa antwortete ihm.

„Tatsächlich war das mit ein Grund", sagte sie.

„Und wir wollten Ihre Reaktion auf die Nachricht beobachten."

Sie sah zuerst Krupp und dann Eigner in die Augen.

„Und? Sind Sie zufrieden mit dem, was Sie gesehen haben?", fragte das ehemalige Opfer.

„Sie werden doch wohl kein Mitleid oder ähnliches erwartet haben? Im Gegenteil, ich freue mich für seine Familie, dass er weg ist. Falls er eine Familie hatte."
Krupp machte eine Pause, aber weder Teresa noch Weber reagierten auf die indirekte Frage.
Die junge Frau beugte sich in ihrem Sessel vor.
„Ja, ich lebe noch und werde auch noch einige Jahre weiterleben. Aber das Schwein hat mein Leben zerstört. Ich habe jetzt immer noch Albträume und wache nachts schweißgebadet auf. Im Dunkeln traue ich mich nicht mehr alleine nach draußen. Sogar im Hellen fällt es mit schwer, sobald ein unbekannter Mann in der Nähe ist."
Sie rückte weiter vor. Tränen liefen ihr über die Wangen.
„Ich bin nicht mehr fähig, Sex zu haben. Carsten und ich sind fast 2 Jahre zusammen und haben nur einmal miteinander geschlafen. Das war für mich so schlimm, dass wir es nicht noch einmal versucht haben.
Umarmungen von ihm kann ich nur kurz ertragen. Ich wundere mich immer wieder, warum er noch mit mir zusammen ist.
Ich kann ihm nicht das geben, was ihm andere Frauen geben könnten. Ich liebe ihn, soweit ich dazu noch fähig bin.
Seit dem Vorfall gehe ich jede Woche zur Therapie, war drei Mal in einer Klinik, nachdem ich versucht habe, mich umzubringen. Also erwarten Sie nicht von mir, dass ich irgendeine Art von Trauer wegen seinem Tod zeige."
Krupp war nach ihrem Ausbruch völlig fertig und sank in ihrem Sessel zusammen. Eigner legte ihr von hinten beide Arme um die Schultern und flüsterte ihr etwas ins Ohr. Dann sah er auf: „Sie sollten jetzt gehen", sagte er.
„Und bevor Sie fragen: Wir waren gestern den ganzen Abend ab 18 Uhr zu Hause."
„Herr Greb wurde wahrscheinlich bereits am letzten Dienstag ermordet", sagte Weber.

„Da waren wir auch den ganzen Abend und die ganze Nacht hier", antwortete Eigner sofort.

„Sie haben ja gehört, dass sich Jasmin im Dunkeln nicht mehr nach draußen traut. Und was sie Ihnen nicht gesagt hat ist", fügte er hinzu, "dass sie Panik bekommt, wenn sie alleine zu Hause ist.

Deshalb gehe ich abends nicht weg."

13:50 Uhr

Nach dem Besuch bei Jasmin Krupp hielten Weber und Teresa bei einem Imbiss an und aßen zu Mittag.

Während des Essens tauschten sie ihre Eindrücke des Gesprächs aus.

„Eine richtige Vernehmung haben wir ja gar nicht gemacht", sagte Teresa.

„Wir haben nichts auf Tonband aufgenommen, noch sonst irgendwie verschriftlich."

Werber nickte.

„Ich werde einen passenden Vermerk über das Gespräch verfassen. Aufgrund ihres psychischen Zustands war eben heute eine richtige Vernehmung nicht möglich. Ich denke, das wird erstmal reichen. Außerdem glaube ich nicht, dass sie uns was vorgespielt hat, was ihren Zustand angeht."

„Sehe ich genauso", stimmte Teresa zu.

„Deshalb kann ich mir auch nicht vorstellen, dass sie Greb umgebracht hat. Dann schon eher ihr Freund. Wie hat er auf dich gewirkt?", fragte Weber.

Sie kaute erst ausgiebig auf ihren Pommes herum, bevor sie antwortete.

„Schon komisch. So wie er die ganze Zeit hinter ihr gestanden und uns angesehen hat. Dabei kam ich mir richtig durchleuchtet vor. Als wollte er in unseren Gedanken lesen, wie viel wir wirklich über den Täter wissen."

Sie machte wieder eine Pause und steckte sich eine weitere Pommes mit dick Mayonnaise darauf in den Mund. Sie leckte sich die Finger ab und sprach mit voller Futterluke: „Er muss wirklich einen tollen Charakter haben, wenn er sich so für Krupp einsetzt, ohne dafür irgendetwas zurückzubekommen, wie sie ja selber auch sagt. Würde mich interessieren, wie sich die beiden kennengelernt haben und was er beruflich macht. Eigentlich der typische Sozialarbeiter."

„Wir werden ihn fragen", schlug Weber vor.

„Im Rahmen einer Vernehmung bei uns im Präsidium." Nach dem Essen setzte er Teresa direkt am Krankenhaus ab, wo die Obduktion stattfinden sollte. Danach fuhr er zu Andreas Grebs Nachbarn.

„Wir haben uns schon sowas gedacht, als Ihre Kollegen in den weißen Anzügen in Grebs Haus gegangen sind", sagte Grün.

Weber hatte soeben berichtet, dass sie die Leiche ihres Nachbarn gefunden hatten.

„Allerdings können wir Ihnen auch nicht mehr erzählen als beim letzten Mal", sagte Frau Grün.

Weber nickte.

„Können Sie sich erinnern, ob sie Herrn Greb mal in Begleitung einer Frau gesehen haben?", fragte er dann. „Etwa 25 Jahre alt, lange braune Haare, ca. 1,72 Meter groß, schlank, schick gekleidet", womit er genau die Beschreibung wiedergab, die er von Lola Greb erhalten hatte.

Doch sowohl Herr Grün als auch seine Ehefrau, schüttelten nach kurzem Überlegen die Köpfe.

„Ich habe nur ein einziges Mal eine Frau aus seinem Haus kommen sehen", sagte der Mann.

„Das war Anfang dieses Jahres. Entweder im Januar oder Februar. Genau kann ich es nicht mehr sagen. Ich war noch spät draußen, um den Müll rauszubringen. Schätze es war so 21 Uhr oder 21:30 Uhr. Die Frau kam alleine aus dem Haus und ging zu einem Auto, das auf der anderen Straßenseite geparkt war. Die Beschreibung passt aber gar nicht zu der von Ihnen", bemerkte er an den Kommissar gewandt.

„Wie sah die Frau aus?", hakte Weber nach.

Grün überlegte.

„Sie war etwa 40 Jahre alt und hatte langes, lockiges blondes Haar. Ich glaube, sie trug Sportkleidung. Eine Leggins und ein Sportshirt. An mehr erinnere ich mich leider nicht", schloss Grün.

Weber brauchte nicht mehr, um in der Beschreibung Lola Greb zu erkennen.

Nachdem der Kommissar die Befragung der Grüns beendet hatte, nahm er sich zwei weitere Familien vor, bevor er seinen Arbeitstag beendete. Die Befragten konnten ihm nicht mehr sagen, als dass sie Greb ab und zu gesehen hatten, wenn sie an seinem Haus vorbeigekommen waren, oder er mit dem Auto bei ihnen vorbeigefahren war.

Unterhaltungen waren dabei nicht zustande gekommen. Man habe sich einen guten Tag gewünscht, und das war alles gewesen. Eine Frau hatte niemand in seiner Begleitung gesehen.

Weber fuhr im Anschluss direkt nach Hause, da Behlau auf eine Abschlussbesprechung verzichtet hatte.

Schließlich wäre Sonntag, hatte er gesagt.

Als Weber nach Hause kam, saßen seine Frau und die Kinder im Wohnzimmer beim Abendbrot und schauten fern. Wie jeden Sonntag um die Uhrzeit - es war mittlerweile 18:35 Uhr - sahen sie sich „Tiere suchen ein Zuhause" im WDR-Fernsehen an. Weber ärgerte seine

Frau immer damit, dass er sich von den vorgestellten Hunden aus den Tierheimen einen aussuchte und so tat, als ob er ihn unbedingt haben wollte. Er wusste, dass Yuna derzeit kein Haustier haben wollte. Sie war der Ansicht, dass ihnen nicht genug Zeit blieb, um sich vernünftig um das Tier zu kümmern. Und erst recht nicht um einen Welpen, den Weber favorisierte.

Er war der Meinung, dass die beiden Großen schon alt genug seien, um sich mit um den Hund zu kümmern. Außerdem sei es für Leons Entwicklung besser, ein Haustier zu haben, was ja wissenschaftlich belegt sei. Diese Diskussion führten sie jeden Sonntag. Wenn es denn unbedingt ein Tier sein müsse, dann eine Katze, pflegte Yuna zum Abschluss zu sagen. Weber mochte keine Stubentiger. Seine Eltern hatten eine gehabt und das Tier hatte ihn gehasst und er das Vieh auch. Es war kaum ein Tag vergangen, an dem ihm das blöde Biest nicht ihre Krallen in irgendein Körperteil gerammt hatte. Wahrscheinlich musste er einfach einen Welpen mitbringen und seine Frau überraschen. Yuna wäre die Letzte, die ihn auffordern würde, den Hund zurückzubringen. Im Gegenteil wäre sie die Erste, die mit dem Welpen kuscheln und ihn nicht mehr hergeben würde.

Weber musste dabei immer wieder an den schwarzen Retriever denken, den er in den letzten Monaten wiederholt gesehen hatte. Es schien, als ob nur er das Tier sehen könnte und sonst niemand. Selbst wenn andere Personen in der Nähe gewesen waren, als der Hund auftauchte. Er hatte teilweise gedacht, dass er verrückt würde, aber mittlerweile hatte er sich an das Auftauchen des Tieres gewöhnt. Allerdings war ihm der Retriever seit einigen Wochen nicht mehr begegnet. Genaugenommen, wie ihm auffiel, seit der Festnahme des Skalpierers, eines Mörders, den sie im Dezember letzten Jahres festgenommen hatten.

Nach dem Abendbrot brachte Weber Leon ins Bett und Yuna kümmerte sich um die anderen beiden. Wie so oft schlief er mit seinem Sohn ein und wurde erst wach, als seine Frau sich zu ihm legte. Leons Schlafplatz stand neben dem Ehebett. Er erhob sich noch einmal, putzte die Zähne, zog sich bis auf die Shorts aus und kuschelte sich zu Yuna. Eingeschlafen waren beide jedoch erst später.

Kapitel 9

Montag, 23.05.2016; 8 Uhr
„Guten Morgen", stieg Behlau in die Besprechung ein. Außer ihm und den Mitgliedern der MK, war auch Caro anwesend. Sie hatte Weber beim Eintreten zugezwinkert, worauf er nicht anders konnte, als zu grinsen. Er wusste, dass er diesem Spiel ein Ende machen musste, wollte er nicht, dass seine Ehe in die Brüche ging. Denn das würde sie früher oder später, wenn er nicht aufhörte, sich mit Caro zu treffen. Außerdem war es nur eine Frage der Zeit, bis ein Kollege bemerkte, dass da etwas zwischen ihnen lief. Anderson, der den Kommissar so gut kannte wie keiner sonst im Präsidium, warf ihm hin und wieder wissende Blicke zu, wenn er mit Caro sprach. Weber nahm sich vor, später mit ihr darüber zu reden.

„Fangen wir mit den Durchsuchungen an", fuhr Behlau fort.

„Power", wandte er sich mit dessen Spitznamen an Anderson.

„All right", begann dieser.

Er hatte die Angewohnheit, am Satzanfang oder -ende immer wieder englische Wörter zu benutzen.

„Wir waren gestern gut drei Stunden mit den Hunden unterwegs. Die Mantrailer-Hunde konnten eine Spur von Andreas Greb aufnehmen und bis zum Parkplatz zurückverfolgen. Dort haben sie dann die Spur verloren, was darauf hindeutet, dass Greb dort aus einem Auto gestiegen, oder aber getragen wurde, falls er bereits tot oder bewusstlos war. Der Hundeführer hat seine Hündin noch an anderen Stellen angesetzt, aber das Tier konnte keine weiteren Spuren aufnehmen.

Somit schließen wir aus, dass Greb auf einem anderen Weg als vom Parkplatz aus zum Tatort gelangte."

Anderson machte eine kurze Pause. Behlau nickte ihm zu und er fuhr fort.

„Well, der Sprengstoffspürhund hat gar nichts gefunden. Er ist nur wie wild hin und her gerannt und hat an zwei Stellen etwas länger geschnüffelt. Der Hundeführer vermutet, dass an diesen Stellen jeweils eine Hülse gelegen hat.

Gefunden haben wir aber weder diese noch ein Projektil. Also hat der Täter entweder die Hülsen eingesammelt, oder Greb wurde doch woanders erschossen."

„Wovon wir aber nach wie vor nicht ausgehen", stellte Behlau klar.

Anderson nickte.

„Wir glauben, dass es zwei Hülsen gab, die an den Stellen gelegen haben, an denen der Hund länger geschnüffelt hat und der Täter diese dann eingesammelt hat. Teresa wird da gleich auch noch was zu sagen", fügte er hinzu und sah sie an.

Die Angesprochene nickte zustimmend.

„That's all", beendete Anderson seine Ausführungen.

„Gut", bemerkte Caro.

„Was sagt uns das über den Täter?", fragte sie dann.

„Das er sehr gründlich vorgeht und versucht, so wenig Spuren wie möglich zu hinterlassen", antwortete Peter Eldeg.

„Er hat die Tat geplant", fügte Teresa hinzu.

„Es war keine spontane Entscheidung, sondern wurde von langer Hand vorbereitet."

„Der Täter ist intelligent und weiß, worauf wir bei der Spurensuche achten", sagte Helge Mutz.

„Er weiß, wie die Polizei arbeitet."

„Vielleicht ist er bei uns bekannt", fügte Weber hinzu.

„Deshalb will er keine Spuren hinterlassen, da wir ihn sonst schnell identifizieren könnten."

„Anhand der Waffe?", fragte Caro.

„Wenn wir seine Gründlichkeit erstmal darauf reduzieren, ja", antwortete Weber.

„Well, konnten die Pathologen was zur Waffe sagen?", meldete sich Anderson.

„Dann mache ich mal weiter", mischte sich Teresa ein.

„Die Pathologen konnten im Körper des Opfers zwei Geschosse finden", fuhr sie fort.

„Einmal im Hinterkopf und einmal in der Brust. Es handelt sich um 7,65mm Patronen. Die Geschosse gehen zum LKA und werden dort untersucht. Vielleicht wurde die Waffe ja schon mal bei einem anderen Verbrechen genutzt. Ich mache gleich die Anträge fertig und schicke die Sachen dann los."

„Ich werde zusehen, dass wir den Antrag so schnell wie möglich zum LKA bekommen", sagte Behlau.

„Da wir schon bei der Obduktion sind", fuhr er fort, „mach gleich weiter."

„Also, wie gesagt haben die Pathologen festgestellt, dass Andreas Greb durch zwei Schüsse getötet wurde. Wobei jeder Schuss für sich schon tödlich gewesen wäre. So wie es aussieht, wurde er zuerst in den Hinterkopf und dann in die Brust geschossen. Aufgrund des Einschusswinkels gehen sie zudem davon aus, dass Greb vor dem Täter kniete, als er den Schuss in den Kopf erhielt. Dann fiel er nach vorne um, landete auf dem Rücken und erhielt den Schuss in die Brust. Bei beiden Schüssen handelt es sich um aufgesetzte Schüsse."

„Shit", sagte Anderson.

„Das war tatsächlich eine Hinrichtung."

Einen Moment herrschte Schweigen, bevor Teresa fortfuhr.

„Weitere Verletzungen haben die Pathologen nicht gefunden. Also nichts was darauf hindeutet, dass er niedergeschlagen oder sonst wie körperlich misshandelt wurde."

„Was für uns bedeutet", fuhr Behlau dazwischen, „dass der Täter ihn wahrscheinlich nur unter Vorhalt einer Waffe dazu gebracht hat, ihm zu folgen, mit ihm in den Wald zu gehen, zu telefonieren, sich vor ihm hinzuknien und auf die Schüsse zu warten. Greb hat augenscheinlich zu keinem Zeitpunkt versucht, sich gegen sein drohendes Schicksal zu wehren."

„Entweder er hat nicht damit gerechnet, dass der Täter tatsächlich abdrückt, oder derjenige war so überzeugend, dass Greb keine Chance sah zu entkommen."

„Oder er war einfach zu feige oder zu schwach", fügte Mutz hinzu.

„Gab es Fesselspuren an den Händen oder Füßen?", fragte Weber.

Teresa schüttelte den Kopf.

„Keine Hinweise auf irgendeine Art von Fesselung."

„Lässt man sich denn einfach so zur Schlachtbank führen, ohne zu versuchen zu entkommen?", fragte Caro skeptisch.

„Versucht man es nicht wenigstens und es ist egal, ob er einen dabei tötet oder später?"

„Oder er hat wirklich gehofft, dass der Täter nicht schießt", versuchte Weber eine Erklärung.

„Aber was soll ihn zu der Hoffnung veranlasst haben?", warf Caro ein.

„Kniend im Wald und mit einer Waffe am Kopf? Da würde ich keine große Hoffnung mehr haben."

„Und was sollte der Anruf?", fragte Teresa.

„Hat er noch die Möglichkeit gehabt, unbemerkt seinen Bruder anzurufen? Und als der Täter den Anruf mitbekam, hat er ihn erschossen? Hätte er nicht abgedrückt, wenn er nicht telefoniert hätte?"

„Stopp, stopp!", rief Behlau in ihren Redeschwall hinein.
„Lasst uns erstmal alle Berichte zu Ende anhören, dann können wir anfangen zu spekulieren."

„Aber Teresa hat Recht", unterstützte Weber seine Kollegin.

„Und es führt uns zu einer anderen wichtigen Frage: Wo ist das Handy von Andreas Greb?"

„Ok, ok", lenkte Behlau ein.

„Lasst uns wie gesagt erst alle Berichte anhören, dann kommt das Brainstorming."

Da Teresa mit ihren Ausführungen fertig war, berichteten nun Mutz und Eldeg von der erneuten Wohnungsdurchsuchung und der Befragung der Nachbarn. Die Durchsuchung der Wohnung hatte nichts Neues gebracht. Sie hatten keine Hinweise darauf gefunden, dass sich dort öfter eine Frau aufgehalten hatte.

Keine zweite Zahnbürste, kein Damenparfüm, kein Make-up, keine Damenbekleidung.

„Nicht mal einen Schlüpfer oder BH im oder unter dem Bett", fügte Mutz mit einem Grinsen hinzu.

„Es gab auch keine Briefe oder Postkarten persönlicher Art an ihn. Was allerdings auch in Zeiten von What's App nicht verwundert."

„Wir haben außerdem nochmal an allen Fenstern und Türen nach Einbruchspuren gesucht, aber nichts gefunden", fuhr Eldeg fort.

„Allerdings einiges an Unterlagen zu seinem Restaurant und seiner Bar. Die haben wir alle mitgebracht."

„Gut", sagte Behlau.

„Da sollen sich die Finanzermittler dransetzen und schauen, wie es ihm finanziell ging."

„Ich kümmere mich gleich darum", bemerkte Caro und machte sich eine Notiz auf dem Block, der vor ihr lag.

„Sonst noch was Berichtenswertes?", fragte Behlau.

Eldeg schüttelte den Kopf.

„Von den Nachbarn haben wir leider auch so gut wie gar nichts erfahren", fuhr Mutz fort.

„Wir haben ja die Nachbarn befragt, die links von Grebs Haus aus gesehen wohnen. Es gibt in diese Richtung noch 5 andere Häuser. Die direkten Nachbarn, eine Familie Täuber, hatte noch den meisten Kontakt zu Greb. Alle, die weiter entfernt wohnen, konnten nur noch angeben, dass sie Greb ab und zu mal gesehen und sich dann gegrüßt haben. Eine richtige Unterhaltung gab es demnach nie. Die Nachbarn schildern ihn als verschlossen oder arrogant und hatten den Eindruck, dass ihm nichts an der Nachbarschaft gelegen war. Nur die Täubers haben ab und zu ein Wort mit ihm gewechselt. Dabei ging es aber fast ausschließlich ums Wetter oder die Gartengestaltung. Interessant ist jedoch, dass sie Greb letztes Jahr im Sommer zusammen mit einer Frau gesehen haben, auf welche aber die Beschreibung Lola Greb nicht passt."

„Interessant", sagte Caro.

Mutz nickte.

„Die Täubers haben sie auf Anfang 30 geschätzt können sich aber sonst nur noch daran erinnern, dass sie sehr gut aussah."

„Und was die Bekleidung angeht, weicht die Beschreibung auch ab", fügte Eldeg hinzu.

„Sie trug nämlich nur einen knappen Bikini."

„Welche Körbchengröße?", fragte Caro.

„Danach haben wir tatsächlich nicht gefragt", antwortete Eldeg mit einem Grinsen.

„Aber nach dem verträumten Blick von Herrn Täuber zu urteilen würde ich sagen, ordentlich."

Der Ermittler grinste.

„Gut", sagte Behlau.

„Dann gehen wir davon aus, dass es die gleiche Frau war und dass es sie wirklich gibt."

Mehrere der Anwesenden nickten.

„Brett, was hast du zu berichten?"

Weber gab das Gespräch mit Jasmin Krupp und ihrem Freund fast wortwörtlich wieder.

„Dieser Eigner gefällt mir nicht", fügte er zum Abschluss hinzu.

„Er wirkte absolut kühl und berechnend auf mich."

Er warf einen Blick zu Teresa.

„Stimmt", stimmte diese zu.

„Ging mir genauso. Ich könnte ihn mir als berechnenden Killer gut vorstellen."

„Wir sollten auf jeden Fall versuchen, auch an seine Handydaten und an die von Krupp zu kommen", schlug Weber vor.

Behlau überlegte einen Moment.

„Ich kann mit dem Staatsanwalt reden, bin mir aber nicht sicher, ob euer Bauchgefühl reichen wird."

„Wer ist eigentlich der zuständige Staatsanwalt?", fragte Caro interessiert.

„Kai Kempa", antwortete Behlau.

„Oh, KK", sagte die Kommissariatsleiterin.

„Das könnte durchaus schwierig werden, ihn zu überzeugen."

Kempa war dafür bekannt, dass er nicht leicht dazu zu bringen war, Beschlüsse zu beantragen.

Insbesondere, wenn es um Handydaten oder um das Abhören von Telefonen ging.

„We will see", seufzte Anderson.

„Die Nachbarn?", fragte Behlau an Weber gewandt.

„Das gleiche, wie auf der anderen Seite", antwortete dieser.

„Nur die Familie Grün, direkte Nachbarn, hatte überhaupt Kontakt zu Greb. Allerdings haben sie die Frau nicht gesehen."

Er machte eine kurze Pause.

„Dafür eine andere", fügte er dann dramatisch hinzu.

„Im März oder April dieses Jahres hat Herr Grün eine Frau aus Grebs Haus kommen sehen. Es war schon später am Abend. Er schätzt, dass es 21 Uhr oder 21.30 Uhr war. Die Beschreibung, die er mir gegeben hat, passt haargenau auf Lola Greb."

Teresa sah in überrascht von der Seite an.

„Echt jetzt?"

„Echt jetzt!"

„Dann hat sie uns ja echt cool belogen."

Der Kommissar nickte.

„Und die Beschreibung, die er uns von Grebs Begleitung gegeben hat, ist das genau Gegenteil zu ihrem Aussehen", fügte Weber hinzu.

„Du hast recht!", sagte Teresa überrascht.

„Dieses kleine Miststück. Ich glaube, der werde ich mal ordentlich die Meinung sagen."

„Abwarten", beeilte sich Weber zu sagen.

„Lass uns erst noch mehr Material über sie sammeln. Ihr Alibi überprüfen, die Funkzelle vom Tatort auswerten. Da fällt mir ein", der Kommissar wandte sich an Behlau, „sollten wir nicht auch die Daten vom Grebs Wohnung anfordern?

Und dann schauen, ob wir Übereinstimmungen mit der Funkzelle am Tatort finden?"

„Gute Idee", bemerkte dieser.

„Power, du kümmerst dich darum."

Anderson nickte.

„Gut", sagte Behlau dann.

Er wandte sich an Weber und Teresa.

„Ihr bleibt an dieser Lola Greb dran. Was liegt sonst heute an?"

„Die Angestellten von Greb in dem Restaurant und in der Bar", sagte Eldeg.

„Von wie vielen Personen sprechen wir da?", informierte sich Behlau.

Eldeg sah in seine Aufzeichnungen.

„Nach den Unterlagen, die wir gestern bei Greb gefunden haben, arbeiten für ihn 6 Angestellte im Restaurant und 5 Personen in der Bar. Ich habe hier die Namen und Anschriften der Leute."

Er hielt ein DIN-A4-Blatt hoch. Behlau wandte sich an Caro.

„Wie sieht es mit zusätzlichem Personal aus?"

„Ich habe vorhin schon eine Mail an die Führungsstelle geschickt, dass wir noch mehr Leute brauchen. Angefordert habe ich 6, bin aber schon froh, wenn wir 4 bekommen."

Behlau nickte.

„Peter", wandte er sich wieder an Eldeg.

„Dann teil du bitte die Angestellten auf 4 Teams auf. Ich gehe auch davon aus, dass wir maximal 4 Leute bekommen. Power kümmert sich weiter um die Anträge und um die Umsetzung der Beschlüsse, sobald diese hier sind. Außerdem wirst du mir als Aktenführer zur Seite stehen."

„Oh shit", entfuhr es Anderson.

„Kann ich nicht auch irgendwas ermitteln?", bettelte er.

„Klar", antwortete Behlau mitfühlend.

„Du kannst ermitteln, wie man eine Akte in einer MK vernünftig führt."

Er klopfte ihm auf die Schulter.

„Ich muss aber zwischendurch zum Gericht", sagte Anderson.

„Heute um 10 Uhr ist das Plädoyer der
Staatsanwaltschaft im Renner-Prozess."
Er sah zu Weber hinüber.
„Gehst du hin?"
Der Angesprochene schüttelte den Kopf.
„Weder heute noch, wenn Zellner an der Reihe ist. Es
reicht mir, wenn du mir davon erzählst. Sonst rege ich
mich nur zu sehr auf."
Anderson nickte.
„Noch etwas, was wir heute erledigen müssen?"
Alle schüttelten die Köpfe.
„Gut. Dann an die Arbeit. Wenn nichts
dazwischenkommt, treffen wir uns um 16 Uhr wieder
hier."

10:20 Uhr
Weber saß in seinem Büro und sah auf die Liste, die vor
ihm lag.
Eldeg hatte ihm und Teresa drei Namen von
Angestellten aus Andreas Grebs Bar gegeben.
Sie hatten - wie befürchtet - nur vier weitere Beamte zur
Unterstützung bekommen.
Ein zusätzlicher Kollege aus dem Bereich IT würde noch
zu ihnen stoßen, sobald die Daten der Handys und der
Funkzellen vorlagen. Er sollte bei der Auswertung der
erwarteten, großen Datenmenge helfen. Weber hatte
die Anschriften der Angestellten auf seiner Liste
überprüft und festgestellt, dass diese stimmten. Von
zweien hatten sie eine Rufnummer ermitteln können
und sich für 13 und 14 Uhr mit diesen verabredet.
Beide hatten bis spät in die Nacht in der Bar gearbeitet
und wollten erst ausschlafen. Den Dritten auf ihrer Liste
würden sie versuchen, auf gut Glück zu erreichen.
Weber hatte mit Teresa abgesprochen, dass sie gegen
11:30 Uhr losfahren wollten. So blieb ihm genug Zeit,

sich um eine andere Sache zu kümmern. Die vermisste Tochter seines ehemaligen Gitarrenlehrers.

Er hatte über eine Abfrage im polizeilichen Vorgangsbearbeitungssystem feststellen können, welcher Kollege in Gütersloh für die Bearbeitung der Vermisstensache zuständig war. Er kannte den Sachbearbeiter nicht und hoffte, dass dieser sich nicht angepisst fühlen würde, wenn er sich zum Stand der Ermittlungen erkundigte.

Er wählte die Nummer des Kollegen und dieser meldete sich nach dem dritten Klingeln. Nachdem Weber ihm erklärt hatte, worum es ging, herrschte einen Moment Schweigen am anderen Ende der Leitung.

„Und wo genau liegt jetzt dein Interesse an dem Fall?", fragte der Kollege.

Scheiße, dachte Weber. *Wenn der schon so anfängt, wird er mir nicht viel sagen.*

„Rudi ist ein sehr guter Freund von mir", begann er vorsichtig.

Er hatte keine Probleme damit, seinen Kollegen anzulügen, denn er wusste, dass er mit der Wahrheit nicht weit kommen würde.

„Sofia ist mein Patenkind. Deshalb habe ich ein großes Interesse an der Sache. Ich hatte Rudi versprochen, mich da rauszuhalten, um nicht den Eindruck zu erwecken, dass ich eure Arbeit kontrollieren will. Aber mittlerweile mache ich mir schon sehr große Sorgen um Sofia. Deshalb rufe ich an."

„Ok", sagte sein Kollege Langbein.

„Allerdings wird es dich dann nicht beruhigen, was ich dir erzählen kann. Wir haben keinen Hinweis darauf, wo sie sich derzeit aufhalten könnte. Seit sie damals ihr Elternhaus verlassen hat, ist sie wie vom Erdboden verschluckt."

Weber wusste von Bauer, dass Sofia am 21.03 im Anschluss an die Schule nicht nach Hause gekommen war.

„Wir haben natürlich zuerst gedacht, dass sie mit ihrem Freund durchgebrannt ist, oder durchbrennen wollte. Aber der war ja noch da.

Ich denke die Details kennst du", sagte Langbein.

„Ja", antwortete Weber.

„Sofia hatte am Morgen das Haus um 7:30 Uhr verlassen - wie jeden Morgen. Ihr Freund war zu diesem Zeitpunkt bereits auf der Arbeit gewesen und ist dort bis 16 Uhr geblieben, ohne eine längere Pause einzulegen. Er hatte also keine Gelegenheit, Sofia zu treffen. Von der Schule wissen wir, dass Sofia dort an dem Tag nicht erschienen ist. Auf ihrem Handy war sie nicht zu erreichen, das war entweder ausgeschaltet, oder der Akku war leer. Somit hatten auch die Kollegen keine Möglichkeit einer Ortung.

Ihre Eltern hatten sich noch am gleichen Abend gegen 21 Uhr auf der Kriminalwache gemeldet.

Sie hatten im Lauf des Tages Ingo und sämtliche Freunde von Sofia und alle Verwandte angerufen, aber niemand hatte sie an dem Tag gesehen.

Noch am gleichen Abend suchten die Kollegen Ingo Hubert auf, um ihn zu befragen. Er machte ihnen gegenüber die gleichen Angaben, wie bei Sofias Eltern. Seine Aussage wurde bei seinem Arbeitgeber überprüft und stellte sich als richtig heraus. Es wurde eine Fahndung nach Sofia ausgelöst.

Mehr konnten die Kollegen über das Wochenende nicht machen, da das Mädchen ja schon über 18 war. Und auch, wenn ihre Eltern noch so sehr beteuerten, dass sie niemals einfach so verschwinden würde, wissen wir aus dienstlicher Erfahrung, dass es auch anders sein kann."

Langbein machte eine Pause und schien auf eine Bestätigung von Weber zu warten.

„Ja", sagte er daraufhin schnell, „da hast du recht." Oft können sich die Eltern nicht vorstellen, dass ihre Kinder sie von jetzt auf gleich verlassen."

„Am Montag habe ich dann den Fall übernommen", fuhr Langbein fort.

„Da es immer noch kein Lebenszeichen von ihr gab, haben wir einen Mantrailer-Hund angefordert. Wir sind ihren Schulweg abgegangen. Wie du sicher weißt, ist Sofia fast immer mit dem Fahrrad von zu Hause zum Gymnasium in Rietberg gefahren."

Langbein wartete die Antwort von Weber nicht ab, sondern fuhr fort.

„Die Hunde haben ihre Spur in der Nähe des Parkplatzes vom Gartenschaupark an der Markenstraße verloren. Der Hundeführer hat versucht, die Fährte einige Meter hinter dem Parkplatz wieder aufzunehmen, aber ohne Erfolg."

Langbein machte eine kurze Pause, bevor er fortfuhr.

„Wenn wir davon ausgehen, dass sie entführt wurde, dann höchstwahrscheinlich an dieser Stelle. Wir haben uns daraufhin am nächsten Morgen mit vier Leuten in der Nähe des Parkplatzes aufgehalten und alle Personen, die dort vorbeigekommen sind, gefragt, ob sie an dem Freitag irgendwelche verdächtige Beobachtungen gemacht haben."

„Ich nehme an, ohne Erfolg?", fragte Weber dazwischen.

„Nicht zu 100%", antwortete Langbein und der Kommissar horchte auf.

„Ein Mitschüler von Sofia, der mit ihr gemeinsam im Biologie-Leistungskurs ist, meinte, sie am Freitagmorgen an der Zufahrt zum Parkplatz gesehen zu haben, wie sie mit einem jungen Mann gesprochen hatte. Das Gesicht des Mannes hatte er nicht gesehen, da dieser mit dem

Rücken zu ihm gestanden war. Er konnte nur sagen, dass der Typ schwarze Haare gehabt hatte, etwa 1,90 Meter groß gewesen war und eine Statur wie ein Türsteher gehabt hatte, so wie er sich ausdrückte."

„Also nicht Ingo Hubert", schlussfolgerte Weber.

„Genau", bestätigte Langbein.

„Der hat blonde Haare, ist 1,80 Meter groß und eher dünn und schlaksig. Mehr konnte der Mitschüler nicht sagen. Er hatte an dem Tag keinen Unterricht zusammen mit Sofia, so dass er nicht wusste, dass sie nicht zur Schule gekommen war."

„Konnte er denn sagen, was für einen Eindruck Sofia in dem Moment gemacht hat?", fragte Weber.

„Er konnte sich tatsächlich noch daran erinnern, dass Sofia gelacht haben soll", antwortete Langbein.

„Das fiel ihm einen Tag später ein und er meldete sich deswegen extra nochmals bei uns, da es in der letzten Zeit ungewöhnlich gewesen war, dass Sofia lachte. Sie hätte die letzten Wochen über eigentlich immer einen deprimierten und unglücklichen Eindruck gemacht. Was uns später auch von ihren Mitschülern und Lehrern bestätigt wurde."

„So schlimm, dass sie sich vorstellen können, dass Sofia sich was angetan hat?", fragte Weber vorsichtig.

„In diesem Punkt waren sich alle einig, dass Sofia nicht der Typ dafür war. Trotz ihrer miesen Stimmung."

„Ich kann mir auch nicht vorstellen, dass sie sich was angetan hat", sagte Weber, obwohl er Sofia nie gesehen hatte.

„Ihr habt sicherlich ihre Handydaten ausgewertet?", fragte er nach einer kurzen Pause.

„Sicher. Dabei kam heraus, dass sie ab Mitte März sehr häufig Kontakt zu einer bestimmten Handynummer hatte. Die Nummer gehört weder ihrem Freund noch einem Familienangehörigen, Verwandten, oder

Mitschüler. Eine Anschlussinhaberfeststellung hat ergeben, dass die Rufnummer für einen Romeo Casanova aus Bielefeld vergeben ist."

Langbein machte eine kurze Pause und Weber konnte sich denken, was jetzt kam.

„Eine Person mit diesem Namen gibt und gab es natürlich nie in Bielefeld. Als Anschrift hatte er übrigens die Adresse des Bordells in der Babenhauser Straße angegeben."

Snows Etablissement, ging es Weber durch den Kopf.

Hat der Mistkerl hier etwa seine Hände im Spiel?

„Spätestens ab da war uns klar, dass hier irgendwas ganz und gar nicht stimmte", fuhr Langbein fort.

„Wir konnten über den Anbieter der SIM-Karte noch herausfinden, dass diese an einer Tankstelle in Bielefeld gekauft worden war. Aber natürlich gab es von dem Tag des Kaufs keine Videoaufzeichnungen, als wir dort nachfragten.

Der letzte Anruf zu der Handynummer erfolgte übrigens an dem Morgen, als Sofia verschwand.

Und zwar 10 Minuten bevor sie das Haus verließ.

Sie wurde angerufen. Die Handynummer befand sich auch in der Funkzelle des Parkplatzes, an dem sie zuletzt gesehen wurde. Deshalb gehen wir davon aus, dass sie mit dem Typen, dem die Handynummer gehörte, verschwunden ist.

Wohin auch immer", schloss Langbein seine Ausführungen.

„Was ist mit ihrem Fahrrad?", fragte Weber.

„Genauso verschwunden wie Sofia und ihr Laptop", antwortete der Kollege.

„Ihr Laptop?"

„Genau. Anscheinend hat sie es an dem Morgen mitgenommen, als sie ging. Was sie sonst nie gemacht hat, wie ihre Eltern uns versicherten."

„Was die Frage aufwirft, warum an diesem Tag", sagte Weber.

„Ich denke, dass der unbekannte Typ ihr das aufgetragen hat. Wahrscheinlich waren auf dem Laptop Daten gespeichert, anhand derer man ihn hätte identifizieren können."

„Was ist mit ihren Mail-Accounts?"

„Soweit wir wissen, hatten sie nur einen bei GMX. Dort haben wir aber nichts gefunden, was auf den Typen hinweist. Wenn sie mit ihm per Mail Kontakt hatte, dann wohl über einen Account, von dem niemand was wusste."

„Facebook, Instagram?"

„Nichts, keine Hinweise."

Der Kommissar machte eine kurze Pause, dann fragte er: „Was denkst du ist mit ihr passiert?"

Der Kollege ließ einen Moment verstreichen, bevor er antwortete: „Entweder der Kerl hat sie mitgenommen, vergewaltigt und irgendwo verscharrt, oder die beiden sind abgehauen."

Wieder eine Pause.

„Was denkst du als ihr Patenonkel? Ist sie mit dem Typen durchgebrannt?"

Weber überlegte, was er sagen sollte. Laut Bauer hätte Sofia sowas niemals getan, ohne sich nicht wenigstens einmal bei ihren Eltern zu melden.

„Ich hoffe, dass sie durchgebrannt ist", sagte er dann. „Aber ich befürchte das Schlimmste."

Sie unterhielten sich kurz über die Arbeitsbelastung in ihren Kommissariaten und den Personalmangel und beendeten dann das Gespräch.

15:30 Uhr

Unmittelbar nachdem Weber das Telefonat mit Langbein beendet hatte, war er mit Teresa losgefahren.

Die nächsten Stunden hatten sie damit verbracht, die Angestellten Grebs, die auf ihrer Liste gestanden waren, zu vernehmen. Glücklicherweise war es ihnen gelungen, auch den Mann zu Hause anzutreffen, welchen sie telefonisch nicht erreicht hatten. Das Ergebnis der Befragungen war allerdings ernüchternd gewesen. Alle drei waren von Anfang an in der Bar beschäftigt.

Greb wäre niemand gewesen, der sein Personal gerne auswechselte, wenn es nicht unbedingt nötig war, sagten sie. Er hatte auf Kontinuität und Vertrauen gesetzt. Solange er dies bei seinen Angestellten gespürt hatte, hatte er sie behalten. Sie wären gut bezahlt worden und Greb wäre ein angenehmer Chef gewesen, so dass es von Seiten der Belegschaft keinen Grund gegeben hätte, sich einen anderen Arbeitgeber zu suchen.

Die Vermutung, die Teresa geäußert hatte, dass es sich bei der Bar eher um ein Bordell handelte, wurde von allen dreien mit Vehemenz und Verärgerung zurückgewiesen. Es handelte sich um eine Cocktail-Bar mit seriösem Publikum. Die Beamten könnten ja gerne mal vorbeikommen und sich ein Bild machen. Weber nahm sich im Stillen vor, genau das zu tun.

Über Grebs Privatleben vermochten sie nichts zu berichten. Der Chef wäre jemand gewesen, der Beruf und Privatsphäre strikt trennte, hatte eine Angestellte gesagt. Und er wäre immer allein in die Bar gekommen. In den ersten Jahren war er jeden Abend dort gewesen. Aber seit er sein Restaurant eröffnet hatte, war er nur noch ein bis zwei Mal die Woche vorbeigekommen. Die Bar war ja gut gelaufen, ohne dass er dauernd nach dem Rechten hätte sehen müssen.

Nein, eine Frau hätten sie nie in seiner Begleitung wahrgenommen. Ein Angestellter meinte jedoch, bei einem Besuch eine weibliche Person in Grebs Kombi gesehen zu haben. Beschreiben konnte er sie nicht. Es war dunkel gewesen und im Auto hatte kein Licht gebrannt. Er hatte nur einen kurzen Blick auf den Wagen werfen können.

Wann das war?

Das müsste im Januar dieses Jahres gewesen sein.

Ob ihr Chef in den letzten Wochen verändert gewesen wäre?

Nein. Er wäre wie immer gewesen: locker, streng, lustig. Nichts Auffallendes.

Nein, Ärger hätte es keinen gegeben.

Niemand von dem sie wüssten, dass er Greb schaden, oder sich an ihm rächen wollte.

Schutzgeldzahlungen?

„Frau Kommissar, sowas gibt es nur im Fernsehen."

Von dieser Seite hatten sie keine Hinweise zur Aufklärung des Mordes zu erwarten. Sie waren gespannt, was die anderen Teams zu berichten hatten.

16 Uhr

Wie zu erwarten, hatten die Kollegen auch aus den anderen Angestellten nicht mehr herausbringen können. Alle hatten davon erzählt, dass Andreas Greb sein Privatleben strikt von seinem Berufsleben getrennt gehalten hatte. Keiner von ihnen hatte sagen können, dass es einen Mitarbeiter gab, mit dem ihr Opfer sowas wie eine Freundschaft verbunden hatte. Man hatte sich verstanden und er war ein guter Chef gewesen. Aber als Freund würde ihn keiner bezeichnen.

Deshalb hatte nicht einer von ihnen Angaben zu einer möglichen Freundin machen können. Die Beschreibung der Unbekannten, die sie von Lola Greb erhalten hatten, hatte niemandem etwas gesagt. Die Kollegen hatten ihnen zudem die Schwägerin ihres Chefs beschrieben, ebenfalls ohne Ergebnis. Keiner hatte ihn jemals in Begleitung einer solchen Frau gesehen.

Nein, sie konnten sich nicht vorstellen, wer ihren Arbeitgeber ermordet haben könnte. Es war für seine Mitarbeiter kaum vorstellbar, dass er überhaupt Feinde gehabt hatte. Er war als Chef hart, aber gerecht gewesen und bei allen beliebt. Auch die anderen Angestellten waren schon lange Jahre in seinen Diensten. Gekündigt worden war nur einem Kollegen, der in die Kasse gegriffen hatte. Ob dieser danach einen Hass auf Greb gehabt hatte? Eventuell ja, aber für einen Mord konnte das doch wohl nicht reichen.

Trotzdem hatten sich die Beamten den Namen des Mannes geben lassen. Ihn wollten sie am nächsten Tag aufsuchen.

Ob es Ärger mit anderen Restaurant- oder Barbetreibern gegeben hatte?

Nein, niemals.

Auch hier wurde die Frage nach möglichem Schutzgeld mit Vehemenz zurückgewiesen.

Die einzelnen Alibis der Mitarbeiter mussten überprüft werden, doch ging im Moment niemand davon aus, dass unter ihnen der Täter oder die Täterin war. Natürlich würden sie trotzdem in diese Richtung die Augen und Ohren offenhalten.

Alles in allem hatte der Tag nichts gebracht.

„Wie sieht es mit den Handydaten und den Funkzellen aus?", fragte Behlau an Anderson gewandt.

„Ich habe kurz vor der Besprechung nochmal in der 25 nachgefragt", antwortete dieser.

„Sie rechnen damit, dass die Daten morgen Vormittag vorliegen."

Behlau nickte. Weber konnte sich nicht mehr zurückhalten und fragte: „Wie lief das Plädoyer der Staatsanwaltschaft?"

Anderson nahm sich einen Moment Zeit, bevor er antwortete.

„Ganz gut, fand ich."

Weber zog die Augenbrauen hoch.

„Ganz gut? Das heißt?"

„Das heißt", sagte Anderson langsam", dass der Staatsanwalt alles versucht hat, um den negativen Eindruck eines Teils der Ermittlungen zu entkräften." Dabei sah er Weber unglücklich an, da dieser wusste, dass er auf seine Aussage im Prozess anspielte.

„Wollny hat viel Zeit darauf verwendet dem Gericht klarzumachen, dass der USB-Stick ein wichtiges Beweisstück sei und als dieses unbedingt zugelassen werden müsse."

Weber ahnte, was das bedeutete. Zellner würde seinerseits alles daransetzen, das Gericht davon zu überzeugen, den Stick nicht als Beweisstück ins Verfahren zu nehmen. Und das, wegen der merkwürdigen Umstände, unter denen die Polizei an diesen gelangt war. Sollte das Beweismittel doch zugelassen werden, könnte Zellner anführen, dass nicht nachgewiesen werden konnte, dass die Daten von Renners Laptop oder PC stammten.

„Ich denke, das Gericht wird den Stick zulassen", sagte Anderson.

„So zumindest mein Eindruck. Ansonsten hat Wollny sehr gut dargelegt, warum Renner einen genauso großen Anteil an dem Menschenhandel hatte wie Krüger und dass auf keinen Fall alles auf diesen abgeschoben werden könnte."

„Dann lassen wir uns überraschen", sagte Weber, klang aber ziemlich niedergeschlagen.

Sie verteilten die Aufgaben für den nächsten Tag und machten dann Feierabend.

Weber war um 19 Uhr zu Hause. Leon hatte ihn sofort unter Beschlag genommen und es führte kein Weg daran vorbei, dass er ihn ins Bett brachte. Zum Glück schlief sein Sohn schnell ein und er konnte nochmal aufstehen.

In der letzten Zeit war Leon des Öfteren nach wenigen Minuten wieder aufgewacht und hatte geschrien und geweint. Es hatte immer lange gedauert, bis er sich beruhigt und weitergeschlafen hatte. Sie hatten keine Erklärung für die möglichen Albträume gefunden und befürchtet, dass Leon nicht schlecht träumte, sondern Schmerzen hatte. Doch an diesem Abend wachte er nicht mehr auf und er und Yuna hatten Zeit für sich.

Kapitel 10

Die Mitglieder der MK hatten sich wieder im SOKO-
Raum versammelt.
Behlau hatte sie zusammengerufen, da die Handydaten
von Andreas, Arne und Lola Greb vorlagen.
„Well", begann Anderson.
„Wir haben die retrograden Daten der letzten drei
Monate von allen Grebs vorliegen. Die Kollegen der A25
haben eine erste Auswertung vorgenommen", fuhr er
fort und blickte auf die Mappe, die er vor sich auf den
Tisch gelegt hatte.
„Fangen wir mit dem Opfer an. Bis auf den einen Anruf
am Tattag, gab es keine weiteren zu seinem Bruder. Die
Daten reichen bis zum 22. Februar zurück. Am 22., 23.
und 24. Februar gab es allerdings einige interessante
Gespräche und Nachrichten.
Greb hat an diesen Tagen mehrfach eine bestimmte
Nummer angerufen, es kam aber nie ein Gespräch
zustande."
Er machte eine Pause, um eine gewisse Spannung zu
erzeugen.
„Nun sag schon, Power", drängte ihn Weber.
„Wer ist es?"
Anderson sah ihn mit einem Grinsen an.
„Ladies and gentlemen", begann er dann dramatisch.
„The winner ist Lola Greb!"
„Ok", sagte Behlau langsam.
„Ich denke, dann können wir davon ausgehen, dass der
Angestellte aus der Bar sie tatsächlich in Grebs Auto
gesehen hat."
„Und wohl auch davon, dass sie eine Affäre mit ihm
hatte", fügte Teresa hinzu.
Behlau nickte.

„Yes", sagte Anderson.

„Interessant ist aber, dass in dem Zeitraum keine Anrufe oder Nachrichten von Lola Grebs Handy an das Opfer gingen. Im Zusammenhang mit der Tatsache, dass Andreas Grebs Anrufe von ihr augenscheinlich nicht angenommen wurden, glaube ich, dass ihre Affäre da schon beendet war. Und weiterhin glaube ich, dass sie diese beendet hat und er alles versucht hat, um sie umzustimmen. Aber sie wollte nichts mehr von ihm wissen."

„Das macht Sinn", sagte Behlau nach kurzem Überlegen.

„Sehr schön", fügte er an Anderson gewandt hinzu.

„Wir nehmen sie uns heute nochmal vor", sagte Weber.

„Ich werde hier einen Termin mit ihr machen. Das ist besser als bei ihr zu Hause."

„Vielleicht redet sie dann eher, als wenn ihr Mann dabei ist", fügte Teresa hinzu.

„Außerdem müssen wir herausfinden, ob Arne Greb von der Affäre wusste", ergänzte Behlau.

„Er ist dann der Nächste, den wir uns vornehmen", bestätigte Weber.

„Well", begann Anderson.

„Wenn die Affäre tatsächlich im Februar geendete hat - was die ab dann ausbleibenden Anrufe nahelegen - warum hätte er dann bis jetzt gewartet, um sich an seinem Bruder zu rächen?"

„Er brauchte Zeit, um das Ganze vorzubereiten", versuchte Grund eine Erklärung.

„Perhaps. Aber wieso die Geschichte mit dem Anruf?"

„Um von sich abzulenken."

Anderson nickte, schien jedoch nicht überzeugt.

„Sagen wir mal so", sagte Behlau.

„Arne Greb hatte zumindest ein Motiv, um seinen Bruder umzubringen."

Ab sofort war er damit ihr Hauptverdächtiger.

„Was bringen uns die Handydaten sonst noch?", fragte Behlau.

„Yeah", fuhr Anderson mit seinen Ausführungen fort.

„Da haben wir den Anruf am Abend des Mordes von Andreas Greb an seinen Bruder. Zeitpunkt 20:32 Uhr, Dauer 25 Sekunden."

„Damit haben wir jetzt auch den exakten Todeszeitpunkt", sagte Behlau.

Anderson nickte.

„Unmittelbar danach wurde das Handy ausgeschaltet. Ansonsten keine Anrufe in den letzten drei Monaten von Jasmin Krupp, Carsten Eigner, oder Arne Greb zum Opfer."

Anderson blätterte in seiner Mappe.

„So, in der Funkzelle findet sich nur das Handy von Andreas Greb. Also, was die uns bekannten Personen angeht", fügte er hinzu.

„Ansonsten haben wir keine Auffälligkeiten. Zu sämtlichen Handynummern haben wir die Anschlussinhaber angefragt. Ich denke, die werden wir im Laufe des Tages alle haben."

„Was geben die Standortdaten her?", fragte Behlau.

„Well. Andreas Greb hielt sich tagsüber bis etwa 15 Uhr zu Hause auf. Danach fuhr er zu seinem Restaurant, wo er bis etwa 19 Uhr bleib. Dann fuhr er wieder nach Hause. Von dort bewegte er sich gegen 20 Uhr zum Fundort seiner Leiche."

„Demnach wurde er von zu Hause entführt", sagte Teresa.

Anderson nickte.

„It seems so."

„Dann brauchen wir dringend die Funkzellendaten von seiner Wohnanschrift", sagte Behlau.

„Die müssen wir mit den Daten vom Fundort abgleichen und die Treffer überprüfen."

„Wir?", fragte Anderson mit einem Lächeln.

„Du natürlich", antwortete Behlau und klopfte ihm auf die Schulter.

Der Kollege stöhnte gespielt auf.

„Whatever you want. Mehr habe ich leider nicht. Sobald die Daten von Eigner und Krupp vorliegen, sage ich euch Bescheid."

Behlau nickte.

„But now", sagte Anderson und stand auf, „muss ich wieder ins Gericht."

Er sah auf seine Uhr.

„In einer Stunde beginnt Zellners Plädoyer."

13:05 Uhr

„Schön, dass Sie so kurzfristig Zeit hatten", sagte Weber. Lola Greb saß ihm und Teresa in seinem Büro gegenüber. Er hatte sie gleich nach der Besprechung angerufen und ein Treffen vereinbart.

„Es passte gerade ganz gut", antwortete sie.

„Ich hatte eh einen Termin bei einem Arzt hier in der Nähe."

„Gut. Ich würde das Gespräch gerne auf Tonband aufnehmen", erklärte Weber, „Dann brauchen ich oder meine Kollegin nicht mitschreiben und wir sind schneller fertig. Sind Sie damit einverstanden?"

Lola Greb nickte.

„Das Ganze wird dann später von einer Schreibkraft abgetippt und zur Akte genommen. Die Aufnahme auf dem Chip wird anschließend gelöscht."

„Alles klar", sagte Lola Greb.

Weber sprach die Formalien aufs Band und legte dann das Diktiergerät zwischen sich und ihr auf den Schreibtisch.

„Frau Greb", begann er.

„Sie haben uns beim letzten Gespräch erzählt, dass Sie Ihren Schwager Andreas Greb vor einiger Zeit mit einer Frau getroffen haben."

„Ja, das stimmt", sagte sie.

„Können Sie uns bitte die Situation nochmal genau beschreiben?"

„Da gibt es nicht viel zu sagen", antwortete Greb.

„Ich war im Marktkauf an der Artur-Ladebeck-Straße einkaufen. Als ich mit dem Einkauf fertig war, bin ich in Richtung Kasse gegangen und kurz vor den Kassen habe ich die beiden dann getroffen. Wir wollten zu gleichen Kasse und sind fast mit den Einkaufswagen zusammengestoßen. Dann haben wir uns kurz unterhalten und dann sind sie zu einer anderen Kasse gegangen. Das war es auch schon", schloss Greb ihre Ausführungen.

„Und Ihr Schwager hat Ihnen seine Begleiterin nicht vorgestellt?", hakte Weber nach.

Sie schüttelte den Kopf.

„Bitte antworten Sie", bemerkte Teresa und zeigte auf das Diktiergerät.

„Oh, Entschuldigung. Nein, er hat mir die Frau nicht vorgestellt."

„Können Sie uns bitte die Frau nochmal beschreiben?", sagte Teresa.

Lola Greb wirkte genervt, als sie antwortete: „Etwa 25 Jahre, groß, ca. 1,90m, füllig, lange braune Haare. Sie war schick gekleidet, das weiß ich noch, aber was genau sie anhatte, kann ich nicht mehr sagen."

„Irgendetwas Auffälliges an ihr? Brille, Narben?"

„Keine Brille, keine Narben. Aber eine große Oberweite, dass konnte man deutlich sehen."

„Ok", bemerkte Weber.

„Frau Greb", begann er dann langsam.

„Wir haben eine Beschreibung von einem Zeugen erhalten, der im Januar dieses Jahres eine Frau gesehen hat, die abends aus dem Haus von Andreas Greb kam. Doch die Beschreibung der Frau passt überhaupt nicht zu der von Ihnen gemachten. Die Frau wird als etwa 40 Jahre alt, ca. 170cm groß, blonde, kurze lockige Haare, schlanke Figur, bekleidet mit Sportkleidung beschrieben."

Weber machte eine Pause, bevor er fragte: „Kommt Ihnen die Person irgendwie bekannt vor?"

Lola Greb tat so, als überlegte sie, ob sie eine Frau kannte, auf welche die Beschreibung passte. Dann schüttelte sie den Kopf.

„Nein", sagte sie mit unsicherer Stimme.

„Sie kommt mir nicht bekannt vor."

Weber wartete eine halbe Minute, bevor er fortfuhr.

„Frau Greb, ich denke, Sie kennen die Frau. Sehr gut sogar. Sie sehen sie jedes Mal, wenn Sie in den Spiegel schauen."

Wieder machte er eine Pause.

„Sie sind diese Frau. Sie sind an dem Abend aus dem Haus Ihres Schwagers gekommen. Diese andere Frau gibt es nicht, die haben Sie nur erfunden."

Lola Greb sagte nichts.

„Frau Greb. Die Beschreibung, die Sie von der Unbekannten abgegeben haben, ist genau entgegengesetzt zu Ihrem Aussehen."

Weber merkte, dass die Frau langsam in ihrem Stuhl zusammensank.

„Aber die Oberweite passt", sagte sie schließlich.

„Sie geben also zu, dass es diese andere Frau nicht gibt?" hakte Teresa nach.

Greb nickte.

„Entschuldigung", sagte sie dann.

„Nein, diese Frau gibt es nicht. Ich habe sie nur erfunden."

„Warum?"

„Weil mein Mann nichts von dem Treffen erfahren sollte. Ich hatte befürchtet, dass mich jemand an einem Abend gesehen hatte, als ich das Haus von Andreas verlassen hatte. Ich glaube ein Nachbar war im Garten. Deshalb dachte ich, wenn ich die Frau erfinde und sie eine gute Beschreibung von mir erhalten, kommen Sie nicht darauf, dass ich diejenige war."

Weber spürte, wie in ihm die Wut hochstieg.

„Warum waren Sie bei Andreas Greb?", fragte er dann. Am liebsten hätte er sie gepackt und durchgeschüttelt, um so die Wahrheit aus ihr herauszuholen, doch er spielte ihr Spiel weiter mit. Zumindest eine Zeit lang noch.

„Ich wollte, dass er sich wieder mit meinem Mann verträgt. Da ich wusste, dass mein Mann nie den ersten Schritt machen würde, bin ich zu Andreas gegangen, um ihn dazu zu bewegen. Aber er lehnte es rundheraus ab. Sagte, dass wenn er jemals wieder mit Arne reden sollte, dann müsste er sich vorher bei..."

„Erzählen Sie uns doch nicht einen solchen Kokolores", fuhr Weber plötzlich energisch dazwischen und schlug mit der flachen Hand auf den Schreibtisch.

Ein Pochen hatte sich hinter seiner rechten Schläfe bemerkbar gemacht. Lola Greb erschrak und zuckte heftig zusammen und auch Teresa wandte sich ihm überrascht zu.

„Sie erzählen uns hier nur Blödsinn. Es wird Zeit, dass Sie uns die Wahrheit sagen. Ich habe keine Lust, meine Zeit hier mit Ihnen zu verschwenden, während da draußen ein brutaler Mörder frei herumläuft."

Er zeigte mit dem Zeigefinger seiner linken Hand aus dem Fenster. Die Zeugin sagte nichts. In ihren Augen hatten sich Tränen gebildet.

„Frau Greb", fuhr Weber ruhiger fort.

„Wir haben die Handydaten Ihres Schwagers überprüft. Im Februar dieses Jahres gab es zahlreiche Anrufe und Nachrichten von ihm auf Ihr Handy. Geben Sie doch zu, dass Sie ein Verhältnis mit ihm hatten."

Greb sah ihn an. Eine erste Träne rann über ihre rechte Wange.

„Im Februar hatte ich die Affäre bereits beendet", sagte sie dann.

Weber lehnte sich in seinem Stuhl zurück und auch Teresa entspannte sich wieder. Lola Greb benötigte einen Moment, bevor sie weitererzählte.

„Die Affäre begann im Juni oder Juli letzten Jahres. Ich bin tatsächlich zu Andreas gegangen, um zu versuchen den Streit zwischen den beiden zu beenden. Doch er war noch nicht bereit dazu. Tatsächlich hatte ich meinen Schwager zuvor nur auf Bildern aus ihrer Kindheit gesehen. Bei unserer Hochzeit war er nicht da. Angeblich lag er im Krankenaus.

Er war ganz anders, als Arne ihn immer beschrieben hatte. Er sah gut aus, war intelligent, konnte gut zuhören, war charmant. Er lud mich damals zum Essen ein und danach ergab eins das andere. Arne und ich hatten damals ein paar Probleme und ich fühlte mich bei Andreas geborgen. Mitte Februar dieses Jahres habe ich es beendet. Ich hatte das Gefühl, dass Arne Verdacht geschöpft hatte. Nicht, was seinen Bruder anging, sondern allgemein, dass ich einen anderen hätte. Die erste Euphorie mit Andreas hatte eh schon nachgelassen, so dass ich die Affäre beendet habe."

„Wie hat er darauf reagiert?", fragte Teresa.

„Er war zuerst nicht begeistert. Hat mich dauernd angerufen und mir Nachrichten auf mein Handy geschickt. Ich habe aber nicht geantwortet.

Dann stand er eines Tages vor der Haustür, als Arne nicht da war. Wir haben uns lange unterhalten und danach hat auch er eingesehen, dass es keine Fortsetzung gibt."

„Und danach gab es keine weiteren Treffen?", hakte Teresa nach, die mittlerweile die Leitung der Vernehmung übernommen hatte.

„Nein. Danach hat er mich in Ruhe gelassen."

„Sie sind sich sicher, dass Ihr Mann nichts von der Affäre erfahren hat?"

Lola Greb sah Teresa an.

„Sie suchen nach einem Motiv für den Mord an Andreas? Aber ich bin mir sicher, dass Arne nichts wusste."

Sie machte eine Pause.

„Aber ich denke, er wird jetzt davon erfahren?"

„Ja", antwortete Teresa.

„Wir werden nicht daran vorbeikommen, ihn dazu zu befragen. Aber heute nicht mehr", fuhr die Kommissarin fort und warf Weber einen Blick zu. Er nickte ihr zu, da er sich vorstellen konnte, worauf sie hinauswollte.

„Wir werden morgen mit ihm reden. Damit haben Sie die Gelegenheit, ihm selbst heute noch von der Affäre zu erzählen."

Greb nickte.

„Haben Sie ein zweites Handy?", fragte Weber.

Sie schüttelte den Kopf.

„Die Zeugin schüttelt den Kopf", sagte er ins Diktiergerät.

„Wo waren Sie am Montag den 16.05.2020 zwischen 19 Uhr und 21 Uhr?"

Greb sah ihn an.

„Das habe ich Ihnen doch schon alles gesagt."

„Dann sagen Sie es mir bitte nochmal", sagte er.

Sie seufzte.

„Ich war im Fitnessstudio an der Heeper Straße. Ich bin gegen halb sieben losgefahren, weil um 7 ein Bauch-Beine-Po Kurs beginnt, an dem ich immer teilnehme. Der geht etwa eine Stunde, danach war ich noch 45 Minuten auf dem Stepper und bin dann nach Hause gefahren."

„Ohne zu duschen?", fragte Teresa.

Lola Greb sah sie amüsiert an.

„Ich dusche immer zu Hause", sagte sie.

„Sehr gerne auch mit meinem Mann zusammen", fügte sie hinzu.

Um 16 Uhr saß die gesamte MK wieder im Besprechungsraum der A1.

„Alright, ich habe jetzt auch die restlichen Handydaten erhalten", sagte Anderson.

„Keine Anrufe von Eigner oder Krupp an Andreas Greb. Was ja auch nicht anders zu erwarten war, da wir aus den Daten des Opfers ja wissen, dass er keine von den beiden erhalten hat. Es gab übrigens auch keine Gespräche zwischen Eigner, Krupp und Arne oder Lola Greb. Nur, um das ganze abzurunden", sagte er.

„Well, kommen wir zu den Standortdaten. Jasmin Krupp war demnach am 16.05. den ganzen Tag zu Hause. Auch zu erwarten gewesen. Anders als bei Eigner. Der war an dem Tag nach seinen Standortdaten auch den ganzen Tag zu Hause."

Anderson machte eine Pause.

„Ihr habt doch gesagt, dass er arbeitet", wandte er sich an Weber und Teresa.

„Stimmt", antwortete sie.

„Aber vielleicht hatte er ja Urlaub, oder war krank."

„Wir werden ihn heute noch dazu befragen", sagte Weber.

„Was ist mit dem 15.05 und dem 17.05?"

„An den Tagen, wie auch an den meisten andern, hat er die Wohnung gegen 7:30 Uhr verlassen und kam zwischen 16 Uhr und 19 Uhr zurück."

„Bin gespannt, was er zum 16.05 zu sagen hat", sagte Weber.

„Wie lief das Plädoyer von Zellner?", fragte er dann.

Anderson ließ sich mit der Antwort Zeit.

„Well, Zellner hat kein gutes Haar an den Ermittlungen gelassen. Er hat natürlich immer wieder auf der Vernehmung von Isabell Zweig und den Ermittlungen in Pisky herumgeritten. Mit welchen Mitteln Aussagen erzwungen wurden und dass die Polizei sogar mit Prostituierten zusammengearbeitet hat. Und wer kann vor diesen Hintergründen schon sagen, welche unerlaubten Mittel die Polizei noch eingesetzt hat. Ein weiterer Schwerpunkt war die Tatsache, dass es keine eindeutigen Beweise dafür gibt, dass die Daten auf dem USB-Stick wirklich von Renners Laptop stammen. Genauso gut könnten sie von Krüger oder Andreas Simon selbst stammen."

Anderson machte eine Pause.

„Also alles in allem hat Zellner viel Munition verschossen, die aber auch Wirkung gezeigt haben dürfte. Ich möchte keine Prognose abgeben, wie das Urteil ausfallen wird."

„Wann ist die Urteilsverkündung?"

„Nächsten Montag um 10 Uhr."

17 Uhr

Weber hatte Eigner auf dessen Handy erreicht und ihn für 17 Uhr zur Vernehmung ins Präsidium bestellt. Zuerst hatte dieser sich geweigert, so kurzfristig zu ihnen zu kommen. Der Kommissar hatte ihm daraufhin angeboten, ihn zu Hause aufzusuchen. Da hatte er eingewilligt. Er wollte nicht, dass sie Jasmin erneut belästigten.

„Schön, dass Sie es doch einrichten konnten", begann Weber die Vernehmung, nachdem sie die Formalitäten erledigt hatten.

Eigner war mit der Aufzeichnung auf einem Diktiergerät einverstanden gewesen und der Ermittler hatte das Gerät zwischen sie gelegt.

„Hatte ich denn eine andere Wahl?"

„Sicher", antwortete Weber.

„Die Alternative habe ich Ihnen am Telefon genannt."

„Damit Jasmin das Ganze nochmal durchmachen muss? Schon einmal was von Opferschutz gehört?"

„Wir haben noch ein paar Fragen", sagte Weber, ohne auf die Provokation einzugehen.

„Wie lange sind Sie schon mit Jasmin Krupp zusammen?"

„Was hat das mit dem Mord zu tun?", fragte Eigner zurück.

„Beantworten Sie einfach die Frage", zischte Weber zwischen zusammengebissenen Zähnen hervor.

Der Typ ging ihm gehörig auf die Nerven.

„Ich kenne Jasmin seit 4 Jahren und seit etwa 3 Jahren sind wir zusammen."

„Wann hat sie Ihnen von der Vergewaltigung erzählt?"

„Direkt nachdem wir uns kennengelernt haben. Sie hat kein Geheimnis daraus gemacht und mir bei unserem zweiten oder dritten Treffen alles erzählt."

„Also auch, wer der Täter war?"

„Alles."

„Wie haben Sie darauf reagiert?"

„Was meinen Sie denn?", fragte Eigner aufgebracht zurück.

„Ich war natürlich geschockt und hätte dem Mistkerl am liebsten die Fresse poliert."

„Und? Haben Sie es getan?"

„Nein. Und ich habe ihn auch nicht ermordet. Aber wenn Sie den Kerl gefunden haben, richten Sie ihm herzliche Grüße von mir aus."

„Haben Sie jemals versucht, in irgendeiner Form Kontakt mit Andreas Greb aufzunehmen?", hakte Weber nach.

„Nein."

„Waren Sie jemals in dem Restaurant ‚Greb's'?"

„Nein."

„Waren Sie schon einmal in der Bar ‚Heaven'?"

„Nein."

„Wie genau sah Ihr Tagesablauf am 16.05.2020 aus?"

„Ist das der Tag, an dem das Arschloch ermordet wurde?", fragte Eigner.

Als Weber nicht antwortete, sagte er: „Ich bin morgens gegen halb acht zur Arbeit gegangen. Habe dann tagsüber gearbeitet und bin danach direkt nach Hause gegangen. Abends war ich mit Jasmin in unserer Wohnung und bin nicht mehr raus gegangen."

„Das wissen Sie alles noch so genau?", hakte Weber nach.

„Ja", antwortete Eigner, „und zwar, weil fast alle Tage so ablaufen. Ich sehe zu, dass ich nach der Arbeit so schnell wie möglich zu Hause bin, damit Jasmin nicht alleine ist, wenn es dunkel wird. Sie kann es nicht ertragen, wenn niemand bei ihr ist, sobald es draußen dunkel wird. Da hilft auch das Licht in der Wohnung kaum."

„Wo arbeiten Sie?"

„Ich bin Sozialarbeiter in Bethel. So habe ich damals auch Jasmin kennengelernt, als sie nach der Vergewaltigung dort zur Therapie war."

„Wo genau arbeiten Sie dort?"

„Im Gilead IV, auf der geschlossenen Abteilung."

Das Gilead IV war eine psychiatrische Klinik in Bielefeld-Bethel.

„Herr Eigner", begann Weber, „es gibt Hinweise, dass Sie an dem Tag nicht auf der Arbeit, sondern den ganzen Tag zu Hause waren."

„Was für Hinweise?"

„Handydaten", sagte Weber.

„Sie haben mein Handy überprüft?", fragte Eigner aufgebracht.

„Sie ticken wohl nicht sauber. Wollen Sie mich auch gleich festnehmen? Nur weil jemand sich erbarmt hat, dieses Reckschwein umzubringen, haben Sie gleich mich und Jasmin auf dem Kieker?

Fällt Ihnen nichts besseres ein? Ich werde mich über Sie beschweren und mir einen Anwalt nehmen, der Sie und Ihre Scheißbehörde verklagen wird!"

Die letzten Worte schrie er fast. Weber musste sich extrem zusammenreißen, um nicht ebenfalls loszubrüllen.

„Jetzt hören Sie mir mal ganz genau zu", sagte er mit vor Wut zitternder Stimme.

„Wenn Sie sich nicht beruhigen, lasse ich Sie tatsächlich einsperren, bis Sie sich abgekühlt haben. Und wenn Sie ihr Gehirn nur mal kurzfristig einschalten sollten, werden selbst Sie begreifen, dass es nicht aus der Luft gegriffen ist, dass Sie ein sehr gutes Motiv haben, Andreas Greb umzubringen. Und wenn Sie uns dazu noch erzählen wollen, dass Sie am 16.05 arbeiten waren, aber Ihre Handydaten was ganz anderes sagen, dann macht das keinen guten Eindruck.

Also hören Sie gefälligst auf, uns anzulügen und für dumm zu verkaufen und sagen Sie uns die Wahrheit."

Eigner sah ihn einen langen Augenblick an, bevor er antwortete: „Ich war arbeiten. Fragen Sie in der Klinik nach. Ich war den ganzen Tag dort und bin

zwischendurch nicht weggewesen. Wenn das Handy zu Hause war, dann werde ich es dort vergessen haben."
Weber sah ihm an, dass er sehr darum bemüht war, seine angestaute Wut nicht rauzulassen.
„Falls Sie nochmal mit mir oder Jasmin reden wollen, dann nur im Beisein meines Anwalts."
Er stand auf.
„Und jetzt gehe ich, es sei denn, Sie wollen mich verhaften."
„Sie können gehen", sagte Teresa, die bemerkte, dass Weber so angespannt war, dass er nichts mehr herausbrachte. Ohne ein weiteres Wort verließ Eigner das Büro und knallte die Tür hinter sich zu.

Kapitel 11

„So ein verdammter Mist", schimpfte Felix Hackl und starrte wütend auf sein Smartphone.

„Wie soll man denn so vernünftig arbeiten? Wenn das so weiter geht, werden wir hier nie fertig".

Die Worte sagte er mehr zu sich selbst als zu seinen in der Nähe stehenden Kollegen. Hackl war Inhaber einer Elektroinstallationsfirma. Zusammen mit seinen zwei Mitarbeitern war er zur Baustelle gekommen, um die noch ausstehenden Arbeiten so schnell wie möglich zu beenden. Aber daraus schien mal wieder nichts zu werden.

„Scheiße", schimpfte er nochmal und wandte sich dann an seine Arbeiter.

„Wir können wieder fahren, heute wird es hier nichts mehr".

„Was ist denn jetzt schon wieder los?", fragte einer der Männer genervt.

Hackl konnte ihn verstehen und er sah auch den anderen an, dass sie ebenso unzufrieden waren. Die Baustelle stand unter keinem guten Stern. Die Halle sollte schon längst fertiggestellt sein. Bereits im September 2014 war mit dem Bau begonnen worden. Hackls Firma hatte den Zuschlag für die Arbeiten erhalten. Für ein kleines Unternehmen wie das Seinige, war es ein großer Auftrag gewesen. Doch bereits beim Ausheben des Fundaments, hatte es einen Rückschlag gegeben. Bei den Arbeiten war man auf eine Leiche gestoßen, die wohl bereits seit vielen Jahren dort gelegen hatte. Die Arbeiten mussten daraufhin für mehrere Wochen unterbrochen werden, bis die Polizei mit ihrer Spurensicherung endlich fertig war.

Hackl hatte bereits von einem Großteil seiner Rücklagen Material für die Baustelle gekauft. Zuerst hatte er sich keine Sorgen gemacht. Doch als die Arbeiten wieder aufgenommen werden sollten, war der Bauunternehmer Pleite und abermals ruhte die Baustelle.

Zwar konnte ein neuer Unternehmer gefunden werden, doch die Suche zog sich so lange hin, dass mittlerweile der Winter Einzug gehalten hatte und erst im März weiter gebaut werden konnte, zumal auch der Bauherr mittlerweile nicht mehr so flüssig war, wie es nötig gewesen wäre. Und nun endlich sollte Hackl mit seinen Arbeiten starten.

„Der Großhändler hat sich einen falschen Termin für die Lieferung eingetragen".

Ein lautes Stöhnen war von seinen Leuten zu hören.

„Sie liefern morgen früh. Also geht nach Hause und morgen um 7 Uhr sind wir wieder hier".

Da Hackl für den Rest der Woche keine anderen Termine angenommen hatte, machte es keinen Sinn seine Angestellten in die Firma zu schicken. Er hoffte nur, dass ab morgen alles glatt lief, denn ansonsten wäre er der nächste, der in erhebliche finanzielle Schwierigkeiten geriet. Hackl steckte sich eine Zigarette an und goß sich einen Schluck Kaffee aus seiner Thermoskanne ein. Nachdem er den ersten Schluck getrunken hatte, meldete sich seine Blase. Er schaute sich um und musste feststellen, dass der Bauherr vergessen hatte, mobile Toilettenhäuschen aufstellen zu lassen. Der Elektriker schüttelte mit dem Kopf. Wenn das Ganze nicht so traurig gewesen wäre, hätte er laut lachen müssen. Hackl trank noch einen Schluck von seinem Kaffee und ging dann zur Donau hinunter, die in der Nähe der Baustelle vorbeifloss. Er durchquerte eine Baumreihe und stand dann direkt am Ufer. Er öffnete seine Hose und urinierte in den Fluss. Dabei entspannte sich sein

Gesichtsausdruck und er schaute sich um. Einige Schritte rechts von sich, sah er etwas im Wasser liegen. Zuerst konnte er nicht genau erkennen, um was es sich dabei handelte. Doch als er genauer hinschaute erschrak er so sehr, dass er sich auf die Schuhe pinkelte und mit offener Hose zu seinem Fahrzeug zurücklief.

Bielefeld, 11 Uhr

„Wo ist Ihre Frau?", fragte Weber.

Arne Greb sah ihn aus blutunterlaufenen Augen an. Der Kommissar hatte den Eindruck, dass er ihn nicht verstanden hatte, und wollte seine Frage wiederholen, als der Angesprochene antwortete:

„Keine Ahnung. Sie ist gestern Abend weg."

Er ließ seinen Blick sinken.

„Sie hat mir gestern Abend von ihrer Affäre mit meinem Bruder erzählt und hat dann das Haus verlassen."

Weber hatte Arne Greb direkt angerufen, nachdem er morgens ins Büro gekommen war. Sie hatten einen Termin für 11 Uhr ausgemacht.

Der Kommissar wollte, dass er zu ihnen ins Präsidium kam. Greb hatte ihm erklärt, dass er am vorigen Abend ordentlich Alkohol getrunken hatte und sich nicht in der Lage sah, das Haus zu verlassen. Von der Nutzung seines Autos oder Bussen und Bahnen ganz zu schweigen. Als er ihnen die Haustür öffnete, sah Weber sofort, dass er nicht gelogen hatte. Greb sah nicht nur so aus, als ob er gestern Abend getrunken hätte, sondern als hätte er gar nicht damit aufgehört.

„Und seitdem hatten Sie keinen Kontakt mehr zu ihr?", fragte Teresa.

Greb schüttelte den Kopf. Sie hatten sich ins Wohnzimmer gesetzt und vor ihm auf dem Tisch stand eine halbvolle Flasche Jack Daniels.

Neben dem Sessel, in dem er saß, bemerkte Weber eine weitere leere Pulle. Greb hatte inzwischen den Kopf gesenkt und die Augen fielen ihm zu. Weber sah Teresa an und zuckte mit den Achseln.

„Ich glaube, die Vernehmung können wir vergessen. Selbst wenn er uns jetzt den Mord an seinem Bruder gestehen sollte, würde uns jeder mittelmäßige Anwalt das Geständnis um die Ohren hauen."

Teresa nickte.

„Lassen wir ihn da sitzen und versuchen es am späten Nachmittag nochmal."

Arne Greb war mittlerweile der Kopf auf die Brust gesunken und er schnarchte vor sich hin. Weber und Teresa erhoben sich und verließen die Wohnung.

„Der hat ja mindesten zwei Promille drin", sagte sie, als die beiden auf dem Gehweg standen.

„Und ich habe schon ein Promille durch den Alkoholgestank im Haus", fügte Weber hinzu.

„Sollen wir versuchen, seine Frau zu erreichen?", fragte Teresa, während sie ins Auto stiegen.

„Damit sie sich um ihn kümmert?", bemerkte Weber ironisch.

„Ich glaube, er könnte etwas Hilfe gebrauchen."

Der Kommissar schüttelte den Kopf.

„Er ist noch weit von einer Alkoholvergiftung entfernt", sagte er dann.

„Wenn er wieder aufwacht, hat er zwar einen Kopf wie ein Rathaus, aber nichts was nicht ein paar Aspirin wieder heilen könnten."

Weber startete den Wagen und lenkte ihn in den fließenden Verkehr.

„Was machen wir jetzt eigentlich mit Jasmin Krupp?", fragte Teresa.

„Ich habe heute Morgen mit Jo darüber gesprochen. Er findet es eine gute Idee, wenn sie direkt von der

Staatsanwaltschaft vorgeladen wird. Nachdem Eigner schon so einen Aufstand gemacht hat, ist es wohl besser, diesen Weg zu gehen. Dann muss sie als Zeugin schließlich aussagen. Wenn wir als Polizei sie vorladen, muss sie ja nichts sagen."

Teresa nickte.

„Jo wollte den Staatsanwalt anrufen und mit ihm das weitere Vorgehen absprechen."

Als sie ins Präsidium zurückkehrten, hatte sich der Rest der MK wieder im SOKO-Raum versammelt.

„Ah, gut dass ihr da seid!", begrüßte Behlau sie.

„Power hat Neuigkeiten für uns."

Weber und Teresa setzten sich zu den anderen.

„Alright", begann Anderson.

„Ich habe jetzt auch die Daten der Funkzelle von Andreas Grebs Wohnort erhalten. Die Kollegen der A25 haben die Daten gegeneinander laufen lassen und dabei zwei Treffer erhalten. Die eine Nummer ist die vom Handy des Opfers. Bei der anderen handelt sich um eine Handynummer, die in beiden Funkzellen vorhanden ist. In der von Grebs Haus um 19:03 Uhr und in der Tatort-Funkzelle um 20:18 Uhr. Damit also zu den tatrelevanten Daten, was die Entführung und den Mord angeht."

Anderson machte eine kurze Pause.

„Die Rufnummer gehört zu einer Pre-Paid-Karte von Aldi-Talk."

Von den anderen Kollegen war ein Stöhnen zu hören. Sie wussten, was kommen würde.

„Genau", sagte Anderson.

„Anschlussinhaber ist demnach Andreas Greb."

„Er hatte ein zweites Handy?" fragte Schnelle überrascht.

„Wohl kaum. Die Karte wurde am Tattag um 15:57 Uhr aktiviert und noch am gleichen Abend um 21:41 Uhr deaktiviert."

„Das Handy des Täters?", mutmaßte Teresa.

„Wahrscheinlich", antwortete Anderson.

„Ich habe zu der Rufnummer auch die Gesprächsdaten angefordert, gehe aber davon aus, dass nicht viel bis gar nichts dabei herauskommt. Mehr verspreche ich mir von den Standortdaten. We will see."

„Ok", sagte Behlau.

„Sonst irgendwas Neues?"

Teresa berichtete von ihrem Gesprächsversuch mit Arne Greb.

„Wir bleiben dran und fahren nachher nochmal hin."

„Gut. Ich habe mit Kempa gesprochen und er ist auch dafür, dass wir Jasmin Krupp im Namen der Staatsanwaltschaft vorladen. Die Vernehmung soll am Montag in Kempas Büro stattfinden.

Brett und Teresa, ihr sollt dabei sein."

Wien; 13:25 Uhr

„Kannst du schon was sagen?" fragte Chefinspektor Alfons Hofer.

Hofer war der Gruppenführer der Ermittlungsgruppe, die sich mit dem Toten aus der Donau befassen sollte.

Der Pathologe, an den Hofer seine Frage gerichtet hatte, schaute missmutig zu dem Polizisten auf.

„Wisst ihr schon um wen es sich handelt?" fragte er mürrisch zurück.

Statt einer Antwort starrte der Chefinspektor den Mediziner nur an. Hofer gewann das Starren und Fabian Wurzinger wandte sich mit einem Seufzen ab.

„Er ist erschossen worden", sagte er dann.

„Zwei Schüsse in den Rücken, in Höhe der Schulter. Schätze, dass einer davon das Herz getroffen hat."

Wurzinger machte eine Pause, um seine vorläufige Untersuchung fortzusetzten. Als er merkte, dass der

Chefinspektor noch eine Frage stellen wollte, hob er die Hand.

„Wenn sie jetzt wissen wollen, wie lange er im Wasser lag, so müssen sie bis nach der Obduktion warten."

Als Hofer wieder zu einer Frage ansetzte, sprach der Pathologe weiter.

„Einer ersten groben Schätzung, aber wirklich nur eine ganz grobe Schätzung, würde ich sagen ein bis zwei Jahre."

„Gibt es noch andere Verletzungen?" schoß der Kriminalbeamte eine Frage ab, bevor Wurzinger ihm wieder zuvor kam.

Der Rechtsmediziner hob den rechten Fuß des Toten hoch.

„Tiefe Schürfwunden an beiden Fußgelenken." Er ließ den Fuß sinken und hob den linken Fuß. Anscheinend ist er an den Füßen gefesselt worden."

Hofer nickte und wandte sich ab. Er hatte fürs erste genug gehört. Als er zu seinem Dienstwagen zurückging, kam ihm sein Kollege Bezirksinspektor Heino Wallner entgegen. Wallner hatte den Zeugen vernommen, der die Leiche gefunden hatte.

„Was interessantes erfahren?" fragte Hofer.

Wallner schüttelte den Kopf.

„Nicht wirklich. Außer, dass er den Toten entdeckt hat, nichts von Bedeutung. Allerdings," fügte er dann dramatisch hinzu," konnte sich der Zeuge daran erinnern, dass vor etwa 18 Jahren hier eine andere Leiche gefunden worden war."

Er zeigte mit dem Daumen über seine rechte Schulter in Richtung der Baustelle.

„Als das Fundament für die Halle ausgehoben wurde, haben die Arbeiter einen Toten gefunden. Die Obduktion ergab später, dass der Mann erschlagen worden war."

In Hofers Gehirn machte es „klick" und er konnte sich an den Fall erinnern. Er musste sofort ins Büro.

Bielefeld, 16:40 Uhr

Arne Greb machte einen wesentlich lebendigeren Eindruck als am Morgen. Zwar merkte man ihm sein Trinkgelage vom gestrigen Abend deutlich an, doch zumindest schlief er nicht wieder ein und erweckte den Anschein, dass er vernehmungsfähig war. Weber übernahm die Vernehmung und legte das Diktiergerät zwischen ihnen auf den Wohnzimmertisch, nachdem er die Formalien aufgesprochen hatte. Vor Greb auf dem Tisch stand eine Tasse mit schwarzem Kaffee.

Er hatte Weber und Teresa eine angeboten, die der Kommissar angenommen und seine Kollegin abgelehnt hatte.

„Herr Greb", begann Weber die Befragung.

„Was ist gestern Abend passiert, nachdem Ihre Frau nach Hause kam?"

Der Angesprochene trank einen Schluck von seinem Kaffee, bevor er antwortete.

„Ich wusste nicht, dass sie bei Ihnen zum Verhör war. Sie hatte mir nichts davon gesagt. Erst als sie zurückkam, erzählte sie, dass sie bei Ihnen war.

Ich habe sie natürlich gefragt, was Sie von ihr wollten. Sie antwortete, dass sie mir etwas sagen müsse, was mir bestimmt nicht gefallen würde."

Er nahm einen weiteren Schluck von dem Kaffee, bevor er fortfuhr. Weber der selbst gerade von dem schwarzen Gebräu trank, registrierte, dass dieser sehr stark war. Greb musste tatsächlich ziemlich fertig sein, wenn er sich einen so heftigen Kaffee kochte.

„Dann erzählte sie mir von ihrer Affäre mit Andreas", sagte er mit leiser Stimme.

„Ich war wie vor den Kopf gestoßen. Wie oft hatten wir zusammen über meinen Bruder geschimpft und gelästert. Was für eine Frau wohl mit einem Typen wie ihm ins Bett gehen würde.

Dass das doch eigentlich nur eine Nutte sein könnte."

Ihm traten Tränen in die Augen.

„Und jetzt erfahre ich, dass meine eigene Frau eine Nutte war."

„Sie haben nichts von der Affäre geahnt?", fragte Weber.

Greb hob den Kopf und sah ihn bestürzt an.

„Was glauben Sie denn? Das ich Ihnen hier den trauernden Ehemann nur vorspiele? Das ich die Affäre sogar geduldet habe? Meine Frau vögelt regelmäßig mit meinem Bruder, mit dem ich seit Jahren Streit habe und ich unternehme nichts?"

„Vielleicht haben Sie ja was unternommen", sagte Teresa vorsichtig.

„Ah, darauf wollen Sie hinaus. Sie suchen schon verzweifelt nach einem Täter und da kommt die Affäre meiner Frau Ihnen als Motiv natürlich sehr gelegen. Und dann noch dieser komische Anruf. Der ist doch bestimmt auch nur erfunden.

Tut mir leid, aber ich war es nicht.

Ich wusste nichts von der Affäre und selbst wenn, wäre ich nicht der Typ gewesen, der den Geliebten seiner Frau umbringt. Auch nicht, wenn es mein Bruder ist. Ich bin leider nur der gehörnte Ehemann."

„Wie haben Sie reagiert, nachdem Ihnen Ihre Frau die Affäre gebeichtet hat?", hakte Teresa nach.

„Ich habe einfach nur dagesessen und sie angestarrt. Ich hätte sie anschreien, ihr Vorwürfe machen, sie packen und schütteln sollen, aber ich konnte es nicht. Ich weiß nicht, wie lange wir uns so gegenübergesessen haben. Dann ist sie, ohne ein weiteres Wort zu sagen, aufgestanden und hat das Wohnzimmer verlassen. Kurze Zeit später habe ich gehört, wie die Wohnungstür geschlossen wurde. Erst da bin ich aus meiner Trance aufgewacht. Den Rest des Abends habe ich mit meinem Freund Johnny Walker verbracht."

„Haben Sie versucht, Ihre Frau anzurufen?"

Greb schüttelte den Kopf.

„Warum sollte ich? Zwischen uns gibt es nichts mehr zu sagen. Die Ehe ist vorbei, ich will die Scheidung."

„Ohne vorher nochmal einen Versuch zur Rettung Ihrer Beziehung zu starten?", fragte Teresa nach.

Er sah sie schockiert an.

„Haben Sie vorhin nicht richtig zugehört? Meine Frau ist eine Nutte. Sie hat es selbst gesagt. Was soll es da noch zu retten geben?" Greb war bei seinen letzten Worten immer lauter geworden.

„Haben Sie eine Ahnung, wohin Ihre Frau gegangen sein könnte?"

„Nein und es ist mir auch scheißegal und jetzt will ich keine Fragen mehr zu meiner Ex-Frau hören."

„Also gut", sagte Weber.

„Dann noch eine andere Frage. Warum haben Sie mir nichts von der Haftstrafe Ihres Bruders erzählt, als Sie zur Anzeigenerstattung bei mir waren?"

Greb trank zuerst seinen Kaffee aus und goss sich aus der auf dem Tisch stehenden Thermoskanne nach, bevor er antwortete. Weber dachte sich, dass dieser die folgenden Tage nicht schlafen würde, wenn er weiter so viel von dem Kaffee trank.

„Ich habe nicht gedacht, dass seine Haftstrafe etwas mit seinem Verschwinden zu tun haben könnte. Außerdem liegt das Ganze ja auch schon eine Weile zurück."

„Aber sie wussten von der Haft?"

„Ja. Damals lebte meine Mutter noch und wir waren nicht zerstritten."

„Wussten sie auch, weswegen er verurteilt worden war?"

„Auch das", antwortete Greb.

„Auch ein Grund, warum ich nicht verstanden habe, warum meine Mutter ihn als Erben eingesetzt hat. Einen Vergewaltiger in der eigenen Familie."

Greb nahm einen Schluck Kaffee, bevor er fortfuhr.

„Und dann vögelt er auch noch mit meiner Frau. Vielleicht gefällt es ihr ja, richtig hart rangenommen zu werden und ich war ihr zu zart."

„Haben Sie mal Kontakt zum damaligen Opfer gehabt?", fragte Teresa.

„Nein", antwortete Greb.

„Ich weiß noch nicht mal, wer das Opfer ist, geschweige denn, wie sie heißt und wo sie wohnt."

„Sagen ihnen die Namen Jasmin Krupp und Carsten Eigner etwas?"

Greb schüttelte den Kopf.

„Nie gehört. Ist das das Opfer, diese Jasmin Krupp?"

„Ich denke, das war alles für heute", sagte Weber, ohne auf Grebs Frage einzugehen.

„Sie finden ja sicher allein hinaus", bemerkte dieser und griff nach der halbvollen Flasche Whiskey neben seiner Kaffeetasse.

Kapitel 12

„Das Ergebnis der Obduktion ist da", sagte Bezirksinspektor Wallner, als er am nächsten Morgen Hofers Büro betrat.

Sein Chef saß am Schreibtisch und las in einer Akte. Er schaute zuerst nicht auf, als Wallner vor dem Schreibtisch stehen blieb. Erst nach einigen Augenblicken hob er den Blick und schaute seinen Kollegen an. Dieser hielt den Obduktionsbericht in seiner ausgestreckten rechten Hand. Doch Hofer machte keinerlei Anstalten den Bericht entgegen zu nehmen. Stattdessen hob er nur eine Augenbraue und lehnte sich in seinem Sessel zurück. Wallner legte die Mappe mit einem Seufzen auf dem Schreibtisch ab.

Sein Chef hatte die unangenehme Angewohnheit, Berichte seiner Kollegen nicht selbst zu lesen. Stattdessen mussten sie ihm eine mündliche Zusammenfassung geben. Wallner hatte gehofft, dass es diesmal anders sein würde, doch er musste nun einsehen, dass sich Hofer in diesem Punkt nicht mehr ändern würde.

„Das Opfer wurde laut Dr. Wurzinger von zwei Schüssen in den Rücken getroffen. Eine Kugel hat die Lunge getroffen, die andere ging direkt ins Herz und war tödlich. Der Doktor geht davon aus, dass der erste Schuss das Herz getroffen hat und das Opfer beim zweiten bereits tot war. Wurzinger hat zwei Projektile, Kaliber 9mm, im Opfer gefunden.

An den Fußgelenken hat Wurzinger Spuren gefunden, die darauf hindeuten, dass dem Toten die Füße gefesselt wurden. Der Doktor vermutet, dass ihm ein Gewicht an die Füße gebunden wurde, um ihn in der Donau zu

versenken. Er hat er jedoch keine Hinweise gefunden, die vermuten lie0en, womit das Opfer gefesselt wurde".
Wallner machte keine kurze Pause, doch Hofner blieb zurückgelehnt in seinem Sessel sitzen und sah seinen Mitarbeiter weiter interessiert an.
„Wurzinger schätzt das Alter des Opfers auf Mitte 30 bis Anfang 40. Der Mann war gepflegt, hatte gute Zähne und war wohl genährt, wie es der Doktor ausdrückt. Außer den Kugeln im Körper war er kerngesund und hätte noch viele Jahre vor sich gehabt".
Wieder machte er eine kurze Pause, bevor er fortfuhr.
„Wurzinger schätzt, dass die Leiche zwischen 6 und 12 Monate im Wasser lag".
Hofner lehnte sich plötzlich in seinem Sessel nach vorne und schlug mit der flachen rechten Hand auf die vor ihm liegende Akte.
„Das passt."
Wallner fuhr erschrocken zusammen.
Hofer stand auf und wollte sein Büro verlassen. In der Tür drehte er sich nochmal zu Wallner um.
„Wo bleiben sie denn?"

Bielefeld, 12 Uhr
Weber hatte den Vormittag damit verbracht, Berichte zu den getätigten Ermittlungen zu fertigen und die Vernehmungen ins Reine zu schreiben, da alle Schreibkräfte überlastet waren und es sonst zu lange gedauert hätte. Die Mitglieder der MK hatten sich darauf geeinigt, die Vormittagsstunden zu arbeiten und den Rest des Feiertages frei zu machen. Am Freitag wollten sie mit den Ermittlungen weitermachen. Es standen Vernehmungen von Bekannten und Freunden Andreas Grebs an, die sie anhand seiner Telefonliste und von Kontakten aus seinem Handy und Festnetztelefon festgestellt hatten.

Da das Wetter schön war, hatten Yuna und Weber verabredet, sich mit den Kindern am Tierpark Olderdissen zu treffen. Sie fuhren oft in den Park, da der Eintritt frei war und trotzdem zahlreiche Tiere zu sehen waren. Zudem gab es zwei tolle Spielplätze und die Gastronomie war gut. Weber machte um halb eins Feierabend und fuhr zum Tierpark.

Da anscheinend ganz Bielefeld die gleiche Idee hatte, musste Weber 30 Minuten suchen, bis er einen freien Parkplatz fand. Er hoffte, dass Yuna mehr Glück gehabt hatte und nicht mit den nörgelnden Kindern lange hatte suchen müssen. Doch seine Sorge war unbegründet, wie er erfreut feststellte, als er zum vereinbarten Treffpunkt kam.

Sie waren bereits da und seine beiden älteren Jungs tobten mit Leon auf dem großen Spielplatz umher. Sie hatten Glück gehabt, dass bei ihrem Eintreffen gerade eine Parklücke frei geworden war. Als die Kinder ihn entdeckten, kamen sie zu ihm gelaufen. Sein Jüngster zog ihn gleich in den Sand und die beiden anderen waren froh, dass sie alleine spielen konnten, ohne sich um den kleinen Bruder zu kümmern.

Die nächste Stunde verbrachte Weber damit, Sandkuchen und -eis herzustellen, Klettergerüste rauf und runter zu hasten, zu schaukeln und mit Leon zu wippen. Yuna besorgte in der Zwischenzeit Pommes, Bratwurst und Getränke für alle und rief sie dann zu einem Tisch, den sie für die Familie gesichert hatte. Weber war froh, eine Pause einlegen zu können.

Nach dem Essen wollte Leon direkt wieder auf den Spielplatz, doch die anderen hatten entschieden, sich die Tiere anzuschauen. Sie setzten ihn mit seinen restlichen, mittlerweile kalt gewordenen Pommes in seinen Buggy und machten sich auf den Rundgang. Er liebte es, seine Fritten so zu essen. Meistens galt das auch für sämtliche andere Speisen, die gekocht wurden. Yannik und Tim rannten gleich vor und hielten erst wieder an, als sie vor dem Bärengehege standen. Yuna hatte ziemliche Probleme, mit ihnen mitzuhalten, während Weber gemütlich mit dem Buggy hinterherging. Als sie bei den Bären eintrafen, waren Yannik und Tim schon wieder von den Tieren gelangweilt und wollten weiter. Yuna hielt sie zurück, bis sich Leon die beiden Braunbären angesehen hatte. Aber ihn interessierte die Tierwelt nicht und er beschäftigte sich lieber mit seinen Pommes.

Die Kinder liefen wieder los und steuerten den nächsten Spielplatz an. Weber war überzeugt, dass es ihnen nicht aufgefallen wäre, wenn sich keine Tiere in dem Park befunden hätten.

Sobald er und Leon den Kinderspielplatz erreicht hatten, schmiss der Kleine die Pommes weg und sprang aus dem Buggy. Seit er laufen konnte, war es schwierig, ihn zu halten. Er lief zum Holzhaus und versuchte die Leiter hochzuklettern, was ihm nicht gelang. Er rief nach Weber.

„Papa, Papa, Papa!"

Da Leon nicht richtig sprechen konnte, fiel es seinen Eltern oft schwer zu verstehen, was er wollte. Diesmal war es eindeutig. Als Weber auf die Leiter zuging, schweifte sein Blick zu dem Tor der Fledermaushöhle, die sich gegenüber des Spielplatzes befand. Der Anblick des Gitters erinnerte ihn an einen Fall, an dem er im letzten Jahr mitgearbeitet hatte. Dabei war es um einen Serienmörder gegangen, der Männer skalpiert und die Skalps in halb Ostwestfalen-Lippe verteilt hatte. Bei den Opfern hatte es sich um Pädophile gehandelt, die sich Flüchtlingskinder als ihre Spielobjekte gekauft hatten. Sie hatten den Täter ermittelt, bei dem es sich um Hans

Laschek einen Kollegen aus ihren eigenen Reihen gehandelt hatte, der einen persönlichen Rachefeldzug gestartet hatte. Weber hoffte nicht eines Tages genauso zu Enden wie Laschek.

Leon war mittlerweile die Leiter mit Webers Hilfe hinaufgeklettert und krabbelte auf die Rutsche zu, die sich am anderen Ende des Spielhauses befand. Dort setzte er sich hin und schaute sich nach seinem Vater um. Er ging hin und half ihm beim Rutschen. Das Ganze wiederholten sie fünf Mal, bis Leon die Lust verlor und sich einem anderen Spielgerät zuwandte. Sie blieben bis 18 Uhr im Tierpark und fuhren dann nach Hause.

Wien, 13:15 Uhr

„Sind sie sicher, dass es sich bei dem Toten um meinen Freund handelt?" fragte die Frau.

Wallner war seinem Chef nach dessen Aufforderung gefolgt, als dieser sein Büro fluchtartig verließ. Aber erst nachdem sie einige Kilometer gefahren waren, hatte ihn sein Chef darüber aufgeklärt, wohin die Fahrt ging.

„Als du mir von dem Hinweis des Zeugen auf den Leichenfund vor 19 Monaten erzählst hast, ist mir eine Idee gekommen. Ich konnte mich noch gut an den Fall erinnern und an das, was danach passiert ist."

Hofner hatte eine kurze Pause gemacht, bevor er fortfuhr.

„Bei dem Toten handelte es sich um einen Benjamin Kurz. Er war 2001 von seiner Familie als vermisst gemeldet worden. Die Untersuchung der Leiche ergab, dass Benjamin Kurz unmittelbar nach seinem Verschwinden ermordet wurde. Ihm war der Schädel eingeschlagen worden. Den Mörder hat man bis heute nicht gefunden."

Sein Chef hatte erneut geschwiegen, da er plötzlich scharf bremsen musste, als ein Pkw mit deutschem

Kennzeichen ohne zu blinken plötzlich nach rechts abbog. Er konnte den Auffahrunfall nur so eben gerade noch abwenden. Als die Straße vor ihm wieder frei war, fuhr Hofer fort.

„Im November 2015 verschwand dann der Bruder von Benjamin Kurz, Nikolas Kurz, ebenfalls spurlos. Er ist bis heute verschwunden."

Hofer hatte dabei das Wort „heute" besonders betont.

Wallner hatte ihn mit großen Augen angeschaut.

„Du meinst..", begann er, aber sein Chef hatte ihn sofort unterbrochen.

„Ich meine gar nichts", hatte Hofer gegrummelt.

„Nikolas Kurz ist damals von seiner Freundin als vermisst gemeldet worden."

Und nun saßen sie dieser Freundin in ihrem Wohnzimmer gegenüber.

„Wir können erst sicher sein, wenn wir einen DNA-Test gemacht haben."

„Kann ich ihn nicht sehen?" fragte die Frau unter Tränen.

Der Chefinspektor erinnerte sich an das Bild der Leiche, als diese vor ihm lag. Das Gesicht des Mannes war nicht mehr zu erkennen gewesen und auch an anderen Teilen seines Körpers hatten sich Fische gütlich getan. Ein Umstand, aufgrund dessen auch eine Identifizierung durch das in der Akte vorhandene Foto Nikolas Kurz nicht weiterhelfen konnte. Gleiches galt somit auch für eine Identifizierung durch seine Freundin.

„Es tut mir leid, aber das geht nicht," sagte Hofer deshalb.

„Die Kollegen hatten ihnen damals als sie die Vermisstenanzeige aufgegeben haben geraten, Material für eine DNA-Probe beiseite zu legen."

Die Frau nickte.

„Das habe ich auch getan."

Ohne das Hofer sie dazu auffordern musste, stand sie auf und kehrte kurz darauf mit einem Plastikbeutel zurück, in dem sich eine Zahn- und eine Haarbürste befanden. Sie reichte Hofer den Beutel.

„Wie lange dauert es, bis das Ergebnis vorliegt?"

„Ich sage ihnen umgehend Bescheid, wenn ich etwas erfahre, Frau Nguyen."

22:50 Uhr

Denise Dietrich saß zusammen mit ihrer Freundin Elena Sigl im Wohnzimmer deren Wohnung. Vor ihnen auf dem Tisch standen drei leere Flaschen Wein. Sie war seit dem vorigen Nachmittag hier. Gestern Abend waren sie zuerst essen gewesen und hatten danach bis in die frühen Morgenstunden in einer Disko gefeiert. Sie trafen sich regelmäßig einmal im Monat, um ordentlich zu feiern. Denise und Elena kannten sich seit ihrer Schulzeit.

Sie hatten sich auf dem Gymnasium in der Oberstufe kennengelernt und waren ab da die besten Freundinnen gewesen. Nach dem Abitur hatten sich ihre Wege zwar getrennt, doch sie hatten den Kontakt gehalten und besuchten sich regelmäßig. Denise hatte eine Ausbildung zur Steuerfachangestellten begonnen und sich nach Abschluss dieser als Steuerberaterin selbstständig gemacht. Heute hatte sie ein gut gehendes Büro in der Innenstadt.

Einer ihrer ersten Kunden war ein gutaussehender Rechtsanwalt gewesen, der kurz zuvor seine Kanzlei eröffnet hatte und nun einen vertrauenswürdigen Steuerberater gesucht hatte. Sie hatten sich von Anfang an sehr gut verstanden und drei Monate nach ihrem ersten Treffen waren sie ein Paar gewesen. Zwei Jahre später hatten sie geheiratet. Ihre Ehe blieb bisher kinderlos.

Elena war in die Firma ihres Vaters eingestiegen. Sie hatte dort eine Ausbildung zur Groß- und Einzelhandelskauffrau gemacht. Das Unternehmen fertigte Deckenpaneele aus Aluminium und lieferte diese in die ganze Welt. Elena hatte die Abteilung für den Ankauf der Rohstoffe übernommen, die sie mittlerweile leitete.

Im Gegensatz zu Denise hatte sie nie den richtigen Mann für eine Ehe getroffen. Sie hatte zwar viele Beziehungen gehabt, aber die längste war bereits nach drei Jahren zu Ende gewesen. Derzeit hatte sie keinen Freund.

Gestern Abend hatten sie sich bei Elena verabredet und eine Flasche Sekt getrunken, bevor sie losgezogen waren. Nach dem Essen waren sie in eine Bar und später in eine Disco am Hauptbahnhof gegangen. Dort waren sie die letzten Gäste und erst um 6 Uhr zurück gewesen. Sie hatten bis 16 Uhr geschlafen, ein ausgiebiges Frühstück gegessen und später wieder mit dem Trinken angefangen.

Nicht alle ihre Treffen endeten mit einem Saufgelage. Doch die letzten Wochen waren für beide beruflich anstrengend gewesen. Deshalb waren sie der Meinung, sie müssten sich so richtig volllaufen lassen, um anschließend wieder neu durchstarten zu können.

Sie bereiteten ein Raclette zu und tranken Wein. Als Denise die vierte Flasche öffnen wollte, klingelte ihr Handy. Auf dem Display erkannte sie, dass der Anruf von ihrem Ehemann Benjamin kam.

„Es ist Benni", sagte sie verblüfft zu sich selbst, stellte die Flasche auf den Tisch und nahm das Telefonat an.

„Na, hast du Sehnsucht...", sie beendete den Satz nicht, da plötzlich ein lauter Knall an ihr Ohr drang.

„Was soll der Blödsinn?", rief sie erschrocken ins Telefon.

„Ist das ein dämlicher Scherz, oder was?"

Sie hatte sich so erschreckt, dass sie total wütend auf
Benni war. Ihre Wut steigerte sich, als sie feststellte,
dass er den Anruf beendet hatte, ohne etwas zu sagen.
„Arschloch", sagte sie und legte ihr Handy weg.
Sie war zu betrunken, um sich Sorgen um ihren
Ehemann zu machen.
„Was war denn?", erkundigte sich Elena, die
zwischenzeitlich auf der Toilette gewesen war, als sie ins
Wohnzimmer zurückkam.
„Ach, nichts", antwortete Denise.
„Nur mein blöder Ehemann, der sich einen noch
blöderen Scherz erlaubt hat."
Sie griff nach der Weinflasche, öffnete sie und schenkte
ihnen ein.
„Vergessen wir ihn", sagte sie dann.
Sie prostete ihrer Freundin zu und nahm einen großen
Schluck von ihrem Wein. An den Anruf erinnerte sie sich
erst wieder, als sie am folgenden Nachmittag nach
Hause kam.

Der Mann stand einen Moment vor der Leiche, die vor
ihm auf dem Boden lag. Er ließ die Anspannung, die sich
in den letzten Minuten angesammelt hatte, mit einem
tiefen Ausatmen von sich abfallen. Schon bei seinem
ersten Auftrag, hatte er eine Gespanntheit gespürt.
Genau wie heute. Würde der Anruf angenommen
werden? Würde er das Schwein wirklich am Leben
lassen, wenn niemand ran ging? Zum Glück hatte er in
dieser Hinsicht keine Entscheidung treffen müssen.
Zwei Anrufe, zwei Treffer.
Bis jetzt war alles optimal gelaufen. Er hoffte, dass es so
weiter gehen würde. Sein Auftrag war noch nicht
beendet.
„Nummer zwei", sagte er laut in das leere Haus hinein.
Dann hob er die Hülsen auf und ging.

Kapitel 13

„Ok, dann sehen wir uns heute um 17 Uhr", sagte Weber und beendete das Telefonat.

Er machte sich eine Notiz in seinem Kalender und teilte diese Teresa mit, die ihm am Schreibtisch gegenübersaß und fleißig an ihrem PC schrieb.

„Wen treffen wir diesmal?", fragte sie.

Sie hatten den Vormittag damit verbracht, Freunde und Bekannte von Andreas Greb anzurufen und Termine für Vernehmungen zu vereinbaren. Bei den Personen, von denen keine Telefonnummer feststellbar war, fuhren sie direkt vorbei. Dabei hatten sie Glück und konnten zwei alte Freunde von Greb befragen, deren Namen sie aufgrund der Anrufdaten aus seinem Handy hatten ermitteln können.

Leider konnten ihnen die beiden nicht weiterhelfen. Sie hatten zwar vor mehreren Wochen mit Greb telefoniert, aber es war nicht zu einem Treffen gekommen und am Telefon war ihnen nichts Außergewöhnliches aufgefallen. Kein Hinweis darauf, dass Greb sich bedroht gefühlt hatte oder ähnliches.

Der nächste Termin war der mit dem Cousin des Opfers. Weber schaute auf die Liste, die vor ihm lag. Außer dem Verwandten gab es noch 5 andere Personen, mit denen sie Treffen vereinbaren mussten. Aber die erst für morgen, sagte sich Weber.

Er wollte gerade nach dem Hörer seines Bürotelefons greifen, um einen weiteren Anruf zu tätigen, als der Apparat zu klingeln begann. Er zuckte leicht zusammen, sah die Rufnummer auf dem Display und bekam ein ungutes Gefühl in der Magengegend. Yuna rief ihn nur auf dem Diensttelefon an, wenn es etwas Dringendes gab oder irgendwas Schlimmes passiert war.

Weber sollte mit seinem schlechten Gefühl Recht behalten, doch nicht so, wie er vermutete.

15:40 Uhr
„Hallo Schatz. Ich bin wieder da!", sagte Denise Dietrich, als sie ihr Haus betrat.
Sie legte den Hausschlüssel auf die Kommode, die direkt neben der Tür stand und stellte ihre Reisetasche davor ab. Dann zog sie ihren Mantel aus und hängte ihn an die Garderobe. Sie atmete einmal tief durch, da sie froh war, unbeschadet nach Hause gekommen zu sein.
Sie und Elena hatten bis 3 Uhr morgens getrunken und sie war sich sicher, dass sie noch so viel Restalkohol im Blut hatte, dass sie nicht selber hätte fahren dürfen. Aber sie wollte ihren Wagen nicht bei ihrer Freundin stehen lassen, da sie ihn am nächsten Morgen brauchen würde. Deshalb war sie froh, nicht von der Polizei kontrolliert worden zu sein und keinen Verkehrsunfall verursacht zu haben.
„Haaaalloooo", rief sie, da ihr Ehemann nicht geantwortet hatte.
Sein Auto stand in der Garage, deshalb ging sie davon aus, dass er da war. Machte er etwa einen Spaziergang? Das konnte sie sich bei Benni nun wirklich nicht vorstellen. Er vermied es, so gut es ging, zu Fuß zu gehen. Auch für die kleinsten Strecken nutzte er seinen geliebten Wagen. Als Denise Dietrich das Wohnzimmer betrat, sah sie, dass sie sich in ihrem Ehemann nicht getäuscht hatte. Allerdings würde er in seinem Leben weder ein weiteres Mal zu Fuß gehen noch mit dem Auto irgendwo hinfahren.

Weber hatte das Präsidium verlassen und saß auf einer Bank im Park gegenüber. Die Grünanlage war während des Neubaus des PP direkt vor der Stadthalle angelegt worden. Er hatte den Kopf gesenkt und in die Hände gestützt. Yunas Anruf hatte ihn total aus der Bahn geworfen. Nach dem Gespräch hatte er sein Büro fluchtartig verlassen und Teresa nur kurz zugerufen, dass er raus müsste. Er saß seit 30 Minuten so da und versuchte, das Gehörte zu verdauen.

Yuna hatte einen Anruf von Saki bekommen. Sie hatte ihnen vor einigen Monaten berichtet, dass ihr damaliger Freund, mit dem sie erst kurz zuvor zu Besuch bei den Webers gewesen war, spurlos verschwunden war. Die Wiener Polizei hatte die Ermittlungen zwar aufgenommen, aber keine Hinweise auf den Aufenthaltsort Nikki Kurz' finden können. Und nun hatte sich Saki heute Mittag bei Yuna gemeldet und ihr erzählt, dass man Nikkis Leiche aus der Donau gefischt hatte.

Er war ermordet worden.

Weber hatte gehofft, dass es nie dazu kommen würde, denn er wusste, was mit Nikki Kurz passiert war. Was zum Teufel sollte er tun?

Er kannte die Person, die er anrufen musste, um Hilfe zu bekommen. Denjenigen, der ihm damals in Wien geholfen hatte. Als er an diesem Punkt seiner Gedanken angekommen war, klingelte sein Handy.

Es war Teresa.

„Wo bist du?", fragte sie ihn.

„Vor dem Präsidium", antwortete Weber.

„Dann komm mal ganz schnell rein. Wir haben einen weiteren Mord."

17:55 Uhr

„Frau Dietrich," sagte Teresa.

„Wann genau haben sie gestern Abend den Anruf ihres Mannes erhalten?"

Denise hatte bei der Polizei direkt von dem Telefonat am Vorabend und dass sie dabei einen Knall gehört hatte, berichtet. Sie ging davon aus, dass es sich um einen Schuss gehandelt hatte. Der Kollege der Leitstelle hatte sofort geschaltet und Caro verständigt. Diese hatte die Info umgehend an Behlau weitergeleitet. Dieser hatte daraufhin Mitglieder der MK Wald, wie die MK aufgrund des Fundortes des Opfers genannt worden war, zum Tatort geschickt. Denise war von Kollegen der Schutzpolizei direkt zum Präsidium gebracht worden, wo sie von Weber und Teresa in Empfang genommen worden war. In einem kurzen Vorgespräch hatten die Beamten zu klären versucht, ob Denise vernehmungsfähig wäre. Sie selbst hatte erklärt, dass sie zu einer Aussage bereit wäre. Die Kommissare kamen zu dem gleichen Ergebnis, obwohl die Zeugin auf sie einen angeschlagenen Eindruck machte. Weber meinte, Alkoholgeruch in ihrem Atem wahrzunehmen. Ein Punkt, der sich im Laufe der Vernehmung klären sollte. Der Kommissar hatte das Diktiergerät zwischen sie gelegt und begann mit der Befragung.

„Es muss gegen 23 Uhr gestern Abend gewesen sein. Aber ich kann auch in meinem Handy nachschauen, da müsste der Anruf mit der genauen Zeit verzeichnet sein."

Sie sah Weber fragend an. Er nickte.

„Machen Sie das bitte", sagte er dann.

Denise nahm ihr Smartphone aus der Jackentasche und rief ihre Anrufliste auf.

„Der Anruf kam genau um 23:09 Uhr."

„Wie lange dauerte er?"

Sie sah wieder auf ihr Handy.

„21 Sekunden."

„Wer hat das Gespräch beendet?", hakte Teresa nach.

„Das war Bennie", antwortete Denise und bei dem Gedanken, dass ihr Ehemann zu dem Zeitpunkt bereits tot gewesen war, stiegen ihr Tränen in die Augen.

Weber ließ ihr einen Moment Zeit, bevor er weiterfragte.

„Hat Ihr Mann irgendetwas gesagt?"

Denise schüttelte den Kopf.

„Die Zeugin schüttelt den Kopf", sprach Weber ins Diktiergerät.

„Wie genau lief der Anruf ab?"

Denise brauchte einen Moment, bevor sie antworten konnte.

„Ich habe den Anruf angenommen und dann habe ich den Schuss gehört. Dann war das Gespräch auch schon beendet. Ich habe gedacht, dass Bennie sich einen Scherz mit mir erlaubt. Einen ziemlich blöden Scherz, zugegeben.

Da ich aber zu dem Zeitpunkt schon ziemlich betrunken war, habe ich mir nichts weiter dabei gedacht und den Anruf auch schnell wieder vergessen."

„Haben Sie irgendwelche Geräusche oder eine Stimme im Hintergrund gehört?"

Denise versuchte, sich an das Telefonat zu erinnern.

„Nein", sagte sie dann.

„Zumindest kann ich mich nicht daran erinnern."

„Haben Sie eine Idee, wer ihren Mann getötet haben könnte? Oder wer ein Motiv für den Mord hätte?"

„Ja", sagte Denise zu Webers und Teresas Überraschung.

„Ich kenne jemanden, der ein Motiv für den Mord hätte."

Weber wartete einen Moment, bevor er fragte:

„Und wer ist diese Person?"

Sie sah im direkt in die Augen, als sie antwortete: „Ich bin diese Person. Ich habe ein Motiv für den Mord an meinem Mann."

20:50 Uhr

„Und was für ein Motiv hat die Ehefrau?", fragte Caro. Die Mitglieder der MK hatten sich im SOKO-Raum versammelt, um die Ergebnisse der ersten Ermittlungen auszutauschen.

„Er hat sie regelmäßig verprügelt", antwortete Weber. „Es gab auch schon einige Anzeigen wegen häuslicher Gewalt. Der Höhepunkt war 2013, als er sie mit einem Messer angegriffen und schwer verletzt hat. Benjamin Dietrich wurde daraufhin zu 2 Jahren und 2 Monaten Haft verurteilt. Nach 1 Jahr und 6 Monaten ist er auf Bewährung entlassen worden. Kurz nach der Entlassung aus dem Knast ist er wieder bei seiner Ehefrau eingezogen."

„Na super", stöhnte Caro.

„Was ist mit ihrem Alibi?"

Anna Ensing meldete sich zu Wort.

„Ich war mit Karl bei der Freundin. Wir haben nur kurz mit ihr gesprochen und haben uns das Alibi bestätigen lassen, was diese auch getan hat. Denise Dietrich war von Mittwochnachmittag bis heute Mittag bei ihr. Sie waren am Mittwochabend unterwegs und gestern Abend haben sie bei der Freundin, Elena Sigl, getrunken. Frau Sigl hat von dem Anruf nicht viel mitbekommen, da sie zu dem Zeitpunkt ihr Wohnzimmer verlassen hatte. Sie kommt morgen früh zu einer ausführlichen Vernehmung hierher. Sie hatte auch noch ordentlich Restalkohol intus", schloss Ensing.

„Genau wie Denise Dietrich", fügte Teresa hinzu. „Die beiden müssen ordentlich gebechert haben."

„Ok", sagte Behlau.

„Dann haben wir also zwei straffällig gewordene Opfer. Eines, dass wegen Vergewaltigung und eines, dass wegen gefährlicher Körperverletzung verurteilt wurde. Zufall?"

„Wohl eher nicht", antwortete Peter Eldeg.

„Sehe ich genauso", bestätigte Caro.

„Wohin bringt uns das?", fragte Behlau.

Als niemand etwas sagte, fuhr er fort.

„Ok, warten wir die weiteren Ermittlungen ab.

Was haben wir noch?"

„Spurentechnisch haben wir nicht viel", bemerkte Tanja Huber, eine der beiden Spurensicherer, die in Dietrichs Wohnung gewesen waren. Sie hatten die Tatortaufnahme für den Tag beendet und würden früh am nächsten Morgen weitermachen.

„Wir haben keine Einbruchsspuren feststellen können. Das Opfer scheint den Täter selbst in die Wohnung gelassen zu haben. An der Leiche konnten wir zwei Einschüsse feststellen.

Einen in den Hinterkopf, den anderen in die linke Brustseite. Etwa in Höhe des Herzens."

„Also wie bei dem ersten Opfer", sagte Behlau.

„Habt ihr Hülsen gefunden?", fragte Helge Mutz.

Huber schüttelte den Kopf.

„In dem Zimmer, in dem das Opfer lag, waren keine Hülsen. Dass die in einem anderen Raum liegen ist unwahrscheinlich."

„Die nächste Parallele zum ersten Mord", sagte Caro.

„Was ist mit dem Handy des Opfers?"

Diesmal antwortete Paul Dudek, der andere Spurensicherer.

„Wir haben das ganze Haus nach einem Smartphone durchsucht, aber nichts gefunden."

„Seine Frau hat gesagt, dass er ein Samsung Galaxy Note 10 benutzt hat", bemerkte Teresa.

„Das nun anscheinend verschwunden ist", bemerkte Dudek.

„Ich denke", sagte Behlau, „damit haben wir genug Übereinstimmungen, um in beiden Fällen von demselben Täter auszugehen. Und somit haben wir unseren nächsten Serienmörder."

Kapitel 14

Samstag, 28.05.2016; 10:30 Uhr

Nach der kurzen Frühbesprechung machten sich Weber und Teresa auf den Weg, um die Vernehmung mit Denise Dietrich fortzusetzen. Sie hatte ihnen erzählt, dass sie zu ihrer Schwester in Herford fahren würde. Anscheinend hatte sie eine schlaflose Nacht hinter sich, was nicht auf den Alkoholkonsum von vor zwei Tagen zurückzuführen war.

Denise hatte dicke Ringe unter den Augen und die Augen selber waren rot und verquollen, als ob sie die ganze Zeit geweint hätte, was der Wahrheit sicher nahekam. Ihre Schwester Paula hatte Weber und Teresa die Tür geöffnet und sie zu Denise geführt, die im Wohnzimmer auf dem Sofa saß. Sie war in einen für sie viel zu großen Bademantel eingewickelt und klammerte sich an einer Tasse Kaffee fest.

Sie setzten sich ihr gegenüber auf zwei Sessel, während ihre Schwester neben ihr Platz nahm und einen Arm um sie legte. Die Beamten hatten abgesprochen, dass Teresa die Vernehmung führen sollte. Weber fühlte sich derzeit nicht dazu in der Lage. Während der Frühbesprechung waren drei neue Kollegen zum Team dazugestoßen. Zwei Männer und eine Frau. Bei der Kollegin handelte es sich um Chiara Bültmann, mit der Weber bei der Aufarbeitung der Geschäfte Renners und anschließend im Skalp-Fall zusammengearbeitet hatte. Am Ende der Ermittlungen hatte sich herausgestellt, dass Chiara mit John Snow, dem Unterweltboss, zusammenarbeitete.

Er hatte nichts dagegen tun können, da der Gangster ihn aufgrund der Ereignisse in Wien und versteckter Drohungen gegen seine Familie in der Hand hatte. Weber hatte sich geschworen, nie wieder mit Chiara zusammenzuarbeiten und ihre Verbindung zu Snow irgendwie aufzudecken.

Doch im Moment waren ihm die Hände gebunden. Wenigstens musste er nicht unmittelbar mit ihr arbeiten. Teresa hatte die Befragung inzwischen soweit vorbereitet, dass sie mit der Vernehmung beginnen konnte.

„Frau Dietrich, sind Sie in der Lage uns ein paar Fragen zu beantworten?"

Denise nickte.

„Frau Dietrich nickt", sagte Teresa ins Diktiergerät.

„Haben Sie noch einmal darüber nachgedacht, wer Ihren Ehemann getötet haben könnte?"

„Mir fällt niemand ein", antwortete Denise mit leiser Stimme.

„Es gab niemanden, mit dem er Streit hatte, oder der einen Groll gegen ihn hegte. Benjamin war beliebt."

Paula Stolte gab einen grunzenden Laut von sich. Denise sah sie an.

„Außer mir natürlich", sagte sie dann.

„Wie ich der Reaktion Ihrer Schwester entnehme, wusste sie von den Übergriffen Ihres Mannes.

„Ja", sagte Denise.

„Frau Stolte, dann muss ich Sie bitten, uns allein zu lassen, da wir Sie auch noch als Zeugin vernehmen müssen."

Paula sah ihre Schwester an, die nur nickte. Ohne ein Wort zu sagen, verließ sie das Wohnzimmer.

„Wer wusste sonst noch, dass Ihr Mann Ihnen gegenüber gewalttätig geworden war?"

„Nur meine Schwester", sagte Denise.

„Sonst habe ich niemandem davon erzählt."

„Nicht einmal Ihrer besten Freundin?"

„Nein."

„Wie haben Sie dann die Haftstrafe Ihres Mannes gegenüber Ihrer Familie und Freunden erklärt?" mischte sich Weber in die Befragung ein.

„Ich habe ihnen gesagt, dass Benjamin in eine Schlägerei verwickelt wurde und dabei einen anderen mit einem Messer verletzt hat. Mehr hat keiner erfahren. Nur meiner Schwester habe ich die Wahrheit gesagt, da sie mir eh nicht geglaubt hätte."

„Aber die anderen haben Ihnen geglaubt?"

Denise zuckte mit den Schultern.

„Es gab zumindest einige Nachfragen, von wegen Notwehr und woher das Messer kam. Aber so richtig hat keiner meine Version in Frage gestellt. Zumindest nicht in meiner Gegenwart."

Weber nickte Teresa zu, dass sie fortfahren solle.

„Sagt Ihnen der Name Andreas Greb etwas?"

Denise dachte einen Moment nach.

„Nein", antwortete sie dann.

„Wer ist das?"

„Kennen Sie einen Arne Greb oder eine Lola Greb?", fragte Teresa weiter, ohne auf Denises Frage einzugehen.

„Nein, auch diese Namen sagen mir gar nichts. Wer sind diese Leute?"

„Das kann ich Ihnen im Moment nicht sagen", antwortete Teresa.

„Was für ein Handy hat Ihr Mann?"

„Ein Samsung Galaxy Note 10. Warum?"

„Haben Sie das Handy eventuell an sich genommen?"

„Nein", sagte Denise.

„Was ist denn so wichtig an dem Handy?"

„Es war nicht in der Wohnung", antwortete Teresa.

„Ihr Mann hatte Sie von seinem Handy aus angerufen, als Sie bei Ihrer Freundin waren, oder?"

„Ja", sagte Denise.

„Haben Sie das Handy Ihres Mannes gestern in Ihrem Haus gesehen?"

„Nein, ich habe aber auch nicht sonderlich darauf geachtet. Hat der Mörder es etwa mitgenommen? Warum?"

„Das kann ich Ihnen nicht sagen. Wir werden aber sicherlich nochmal im ganzen Haus intensiv nach dem Samsung suchen."

„Wann kann ich wieder in unser Haus zurück?", fragte Denise.

„In wenigen Tagen, wenn wir mit der Spurensicherung fertig sind. Derzeit ist das Haus noch als Tatort versiegelt. Sobald wir es freigeben können, sagen wir Ihnen Bescheid."

Denise nickte.

„Ich weiß auch gar nicht, ob ich dort weiter wohnen will. Nicht nach dem, was dort passiert ist."

Tränen traten ihr in die Augen.

„Sollen wir eine Pause machen?", fragte Teresa mitfühlend.

Denise schüttelte den Kopf und wischte sich mit der rechten Hand die Tränen aus den Augen.

„Nein", sagte sie dann.

„Es geht schon."

„Ihr Mann war Fachanwalt für Familienrecht?" setzte Teresa die Befragung fort.

„Ja", antwortete Denise.

„Gab es im Zusammenhang mit seiner Tätigkeit in der letzten Zeit irgendwelchen Streit?

Jemand, der einen Prozess verloren hat und deshalb wütend auf Ihren Mann war?"

„Nicht, dass ich wüsste", antwortete Denise.

„Benni hat zwar nie viel von seiner Arbeit erzählt, aber wenn ihm jemand so zugesetzt hätte, hätte er es mir bestimmt gesagt."

Die Kommissare stellten weitere Fragen, ohne relevante Informationen zu erhalten. Benjamin Dietrich hatte in seiner Freizeit viel Sport getrieben, hauptsächlich Tennis und Radsport. Sie hatten sich von seiner Ehefrau die Namen seiner engsten Freunde und Verwandten geben lassen. Denise hatte noch einen Bruder, der in Görlitz lebte. Ihre Eltern waren verstorben. Sie waren beide vor drei Jahren innerhalb kürzester Zeit nacheinander an Krebs gestorben.

Nachdem sie die Befragung von Denise Dietrich beendet hatten, vernahmen sie Paula Stolte, bevor sie zum Präsidium fuhren. Die Vernehmung dieser hatte allerdings nichts Neues ergeben.

Zurück im PP rief Weber zunächst Arne Greb an. Er fragte ihn, ob ihm die Namen Benjamin oder Denise Dietrich etwas sagten. Doch Greb kannte keine der beiden Personen.

„Ja, sie hat sich heute morgen gemeldet", antwortete er, als Weber ihn nach seiner Frau fragte.

„Sie hat mich angerufen und mir mitgeteilt, dass sie sich scheiden lassen will. Eigentlich sollte ich doch derjenige sein, der die Scheidung einreicht. Schließlich hat sie mich betrogen und nicht andersherum."

„Wo ist Ihre Frau jetzt?", fragte Weber, um Grebs Selbstbemitleidung zu unterbrechen.

„Sie ist in einem Hotel. In welchem, hat sie mir nicht gesagt. Wahrscheinlich hat sie Angst, dass ich dort auftauche."

Weber beendete das Telefonat und rief direkt Lola Greb an. Sie meldete sich nach dem ersten Klingeln.

„Ich habe schon auf Ihren Anruf gewartet. Ich bin in einem Hotel in Bad Salzuflen. Ich werde mich von meinem Mann scheiden lassen. Nachdem er nun über meine Affäre mit seinem Bruder Bescheid weiß, gibt es keine Grundlage mehr für die Fortsetzung unserer Ehe." Lola Greb sagte das mit einer Nüchternheit, aus welcher der Ermittler schloss, dass ihr die Scheidung nicht besonders zusetzte. Vielmehr hatte er den Eindruck, dass sie erleichtert war, die Ehe beenden zu können. Weber fragte sie nach den Dietrichs. Auch sie gab an, die Namen nie gehört zu haben.

„Hat Andreas einen der beiden vielleicht mal erwähnt?" Greb schwieg einen Moment, bevor sie antwortete: „Wenn, dann kann ich mich nicht daran erinnern. Haben die beiden etwas mit Andreas' Ermordung zu tun?"

„Das kann ich im Moment noch nicht sagen", antwortete Weber.

„Bitte sagen Sie uns Bescheid, wenn sie aus dem Hotel ausziehen und seien Sie telefonisch für uns erreichbar." Lola Greb versprach, das zu tun und sie beendeten das Gespräch. Weber fertigte einen Bericht zu dem Telefonat an und anschließend gingen er und Teresa zur nächsten Besprechung der MK. Diese verlief genauso kurz wie ergebnislos. Die einzelnen Teams hatten diverse Vernehmungen durchgeführt. Es hatte sich jedoch keine heiße oder auch nur lauwarme Spur ergeben. Anderson hatte die Daten zu dem Prepaid Handy erhalten. Diese waren jedoch genauso nichtssagend, wie die Befragungen. Von dem Mobiltelefon waren weder Gespräche geführt noch angenommen worden. Also nichts, wo man für weitere Ermittlungen ansetzen konnte. Immerhin hatten sie die IMEI-Nummer des Smartphones übermittelt bekommen, in dem die Prepaid Karte eingesetzt worden war. Die IT-Spezialisten gingen davon aus, dass es sich um ein altes Samsung-Handy handelte, wahrscheinlich ein Galaxy S7.

Weiterhin konnten sie feststellen, dass das Gerät derzeit ausgeschaltet war. Somit ließ sich nicht ermitteln, in welchen Funkmast das Handy aktuell eingelockt war.

„Wie sieht es mit den Daten zum neuen Fall aus?", fragte Behlau.

„Well, den Antrag habe ich schon fertig und sobald der Beschluss vorliegt, geht er an die Provider raus", antwortete Anderson.

„Ok," sagte Behlau.

„Sag bitte denen von der A25 Bescheid, dass sie die Funkzelle auch nach der PrePaid-Nummer absuchen."

„Yes, I do", sagte Anderson.

Danach war die Besprechung beendet. Für den Rest des Samstags und den folgenden Sonntag gab Behlau dem Team frei. Er wusste, dass die nächsten Tage stressiger werden würden und er seine Mitarbeiter so fit wie möglich brauchte.

Wien, 14:25 Uhr

„Jawohl," drang Hofers Stimme aus seinem Büro.

Kurz darauf war zu hören, wie er den Hörer seines Telefons auf die Feststation knallte.

Seine Kollegen sahen überrascht von ihrer Arbeit auf und schauten sich verdutzt an. Wallner hatte eine leise Ahnung, worum es bei der Freudenbekundung seines Chefs ging. Er wurde in seiner Vermutung bestätigt, als kurz drauf Hofer in der Tür seines Büros erschien.

„Das Opfer ist identifiziert. Wir treffen uns sofort im Konferenzraum für eine Lagebesprechung."

„Bei dem Toten handelt es sich zweifelsfrei um Nikolas Kurz", begann Hofer, nachdem sich alle Mitglieder der Mordkommission versammelt hatten.

Hofer berichtete den Kollegen das Gleiche, was er Wallner bereits im Auto erzählt hatte.

„Denkst du, dass es sich um den gleichen Täter handelt?" fragte Dominik Wegscheider.

„Bis jetzt gibt es keine Hinweise darauf", antwortete Hofer.

„Außerdem haben wir hier zwei unterschiedliche Vorgehensweisen," fuhr Hofer fort.

„Benjamin Kurz wurde der Schädel eingeschlagen, Nikolas Kurz wurde erschossen. Aber ich gebe zu, dass es schon ein sonderbarer Zufall wäre, wenn zwei Brüder an der gleichen Stelle von zwei unterschiedlichen Tätern ermordet wurden."

„Aber wo liegt das Motiv?" fragte nun Katharina Feichtinger.

„Hat man das Motiv für den Mord an Benjamin Kurz herausgefunden?"

Hofer schüttelte den Kopf.

„Weder das Motiv, geschweige denn den Mörder."

„Wie wollen wir weiter vorgehen?"

Die Frage kam von Wegscheider.

„Ich werde nochmal mit der Freundin des Opfers reden." Er wandte sich an Wallner, befuhr er fortfuhr.

„Diesmal nehme ich Katharina mit. Vielleicht können wir mit einer Frau mehr bei Nguyen erreichen. Außerdem muss ein Team mit den Eltern von Nikolas Kurz reden. Dazu müssen wir uns nochmal seine Freunde und Arbeitskollegen vornehmen. Da wir es jetzt mit einem Tötungsdelikt zu tun haben, sollten wir den Druck bei den Vernehmungen erhöhen. Ich habe einen Taucher angefordert, der um 17 Uhr am Fundort der Leiche eintrifft. Zumindest einer von uns sollte dann vor Ort sein. Vielleicht findet der Taucher, das Gewicht mit dem Kurz's Leichnam beschwert wurde, oder auch andere Gegenstände, die uns weiter helfen könnten."

Da keiner der Beamten weitere Ideen oder Vorschläge hatte, wurde die Besprechung beendet und die Aufgaben verteilt.

Hofer saß wieder auf dem gleichen Sessel wie beim ersten Besuch. Die Wohnung in der Antonigasse kam ihm viel kleiner vor, als bei seinem letzten Besuch. Vielleicht lag das ja an der bedrückenden Stimmung, die jetzt hier herrschte. Nguyen saß auf dem Sofa und hatte ihren Kopf in den Händen vergraben. Sie weinte, diesmal stärker als beim ersten Zusammentreffen. Ein weiterer Unterschied war, dass neben Hofer diesmal Katharina Feichtinger in dem anderen Sessel saß. Nun stand seine Kollegin auf, nahm eine Packung Papiertaschentücher aus ihrer Handtasche und setzte sich neben Nguyen auf das Sofa. Sie entnahm der Packung ein Taschentuch und hielt es der weinenden Frau hin. Es dauerte noch einem Moment, bis diese danach griff und sich dann geräuschvoll die Nase putzte. Es dauerte weitere fünf Minuten, bis sie sich soweit beruhigt hatte, dass Hofer daran denken konnte, ihr Fragen zu stellen.
Er befragte sie zu den letzten Tagen vor Nikolas Verschwinden. Was hat er getan, mit wem hat er sich getroffen, was hatten sie zusammen unternommen, hatte er sich anders verhalten als normal und so weiter. Die üblichen Fragen, die ihr so oder ähnlich, schon vor sieben Monaten gestellt worden waren. Die Antworten waren die Gleichen wie damals, wie Hofer aus dem Studium der Akte wusste. Eine Sache war jedoch neu für ihn.
„Sie waren kurz bevor er verschwunden ist in Deutschland?"
Er konnte sich nicht daran erinnern, davon in den Aufzeichnungen gelesen zu haben. Nguyen nickte.

„Wir haben eine Freundin von mir und ihre Familie in Bielefeld besucht," führte sie aus.

Hofer hatte keine Ahnung, wo der Ort lag. Er war bis jetzt über München nicht hinausgekommen und dort in der Umgebung gab es keinen Ort der Bielefeld hieß.

„Wir sind erst ein paar Tage zuvor wieder zurückgekommen."

„Warum sind sie nach Deutschland gereist?" fragte der Chefinspektor.

„Ich wollte meiner Freundin Nikki vorstellen. Yuna ist meine beste Freundin. Bis zu ihrer Hochzeit hat sie ebenfalls hier in Wien gelebt und gearbeitet."

Bei der Erwähnung des Namens „Yuna", versuchte sich eine Erinnerung in Hofers Bewusstsein zu drängeln, schaffte es aber nicht.

„Ist bei dem Besuch etwas vorgefallen, was mit dem Verschwinden ihres Freundes zu tun haben könnte?" meldete sich nun Feichtinger zu Wort.

Nguyen schüttelte den Kopf.

„Nein," antwortete diese entsetzt.

„Was sollte unser Besuch denn damit zu tun haben? Der Besuch war sehr harmonisch und wir haben uns alle blendend verstanden. Ich verstehe ihre Frage nicht."

„Reine Routine," entgegnete die Polizistin.

„Wen meinen sie mit „wir"?" hackte Hofer nach.

Nguyen sah ihn verwirrt an.

„Ich dachte, die Frage wäre reine Routine. Aber ihre Fragen gehen mir dafür doch etwas weit!"

„Wir sind nur gründlich," versuchte Hofer sie zu beruhigen.

Nguyen sah ihn durchdringend an, bevor sie weitersprach.

„Mit „wir" meine ich meine Freundin, ihren Ehemann und deren drei Kinder."

Hofer hoffte, dass sie ihm noch mehr Informationen geben würde und schwieg deshalb. Ein Trick, der im Allgemeinen auch gut funktionierte, da Menschen in solchen Situationen ein Schweigen nur schwer aushalten konnten. Und auch diesmal klappte es.

„Meine Freundin heißt Yuna Weber, ihr Mann Marc-Andre Weber und die Kinder heißen Yannik, Tim und Leon. Der Mann meiner Freundin ist übrigens auch Polizist. Er arbeitet bei der Kriminalpolizei in Bielefeld." Die letzten Worte hatte Hofer nicht mehr mitbekommen. Als Nguyen erneut den Namen ihrer Freundin nannte, drang die Erinnerung in sein Gehirn.

„Wie lautet der Mädchenname ihrer Freundin?" fragte er.

Nguyen musste einen Moment überlegen, bevor ihr der Name einfiel.

„Ming-Woo, Yuna Ming-Woo."

„Wie lange kennen sie Frau Weber schon?"

„Seit über 30 Jahren. Wir haben früher zusammen im Allgemeinen Krankenhaus gearbeitet, wo ich übrigens heute noch beschäftigt bin."

„Seit wann lebt ihre Freundin in Deutschland?" hackte Hofer weiter nach.

„Sie ist 2002 nach Melle gezogen und hat dann 2003 geheiratet. Aber was hat das alles mit Nikkis Tod zu tun?" fragte Nguyen fast verzweifelt.

„Wussten sie, dass ihre Freundin früher mit dem Bruder ihres Verlobten zusammen war?"

„Mit wem?" fragte Nguyen überrascht.

„Mit Benjamin Kurz, der 2001 verschwand und dessen Leiche vor einiger Zeit gefunden wurde."

Nguyen wurde blass und schlug die Hände vors Gesicht.

„Glaubst du ihr?" fragte Feichtinger, als sie 30 Minuten später wieder in ihrem Dienstwagen saßen und zurück zum Landeskriminalamt in der Wasagasse 22 fuhren. Hofer antwortete jedoch erst, als sie an der Einfahrt zum AKH am Wehringer Gürtel vorbeifuhren.

„Das sie nicht wusste, dass ihr Freund der Bruder von Benjamin Kurz war? Und dass sie nicht mitbekommen hat, dass dessen Leiche gefunden wurde?"

Wieder schwieg er einige Momente, bevor er weiterredete. Feichtinger wußte, dass es in diesen Momenten keinen Sinn machte, seinen Chef zu drängen. Entweder er würde bald antworten, oder eben nicht.

„Ja", sagte dieser schließlich.

„Ich glaube ihr. So geschockt wie sie war, als wir ihr davon erzählten, dass kann nicht gespielt gewesen sein. Eine so gute Schauspielerin ist sie nicht. Ich mache diesen Job nun schon seit 30 Jahren und kann Menschen sehr gut einschätzen."

Als sie am Spielplatz des Liechtensteinparks entlangfuhren, fügte er hinzu:

„Was uns zu der nächsten Frage führt. Warum hat Nikolas Kurz nichts von seinem Bruder erzählt? Wusste er, dass Saki Nguyen seinen Bruder kannte?"

„Nguyen hat erzählt, dass sie damals nichts mit Benjamins Bruder zu tun hatten. Sie und ihre Freundin waren entweder mit ihm allein unterwegs, oder mit Freunden von ihm. Sie konnte sich ja zumindest daran erinnern, dass er mal einen Bruder erwähnt hatte, aber den Namen hatte sie wieder vergessen. Und dass sie den Nachnamen von Benjamin nicht mehr in Erinnerung hatte, kann ich auch nachvollziehen. Schließlich war er nicht ihr Freund und der Vorname reichte für sie. Sicher hatte ihn ihre Freundin mal erwähnt, aber auch den hat sie dann vergessen. Für mich klingt das plausibel."

Mittlerweile waren sie an der Dienststelle angekommen. Doch Hofner stieg, nachdem er den Motor des Wagens abgestellt hatte, nicht sofort aus. Er starrte noch einen Moment durch die Windschutzscheibe bevor er erklärte: „Du hast Recht. Das ist alles erklärbar und wie gesagt glaube ich ihr auch. Aber was ich nicht verstehe ist, warum Nikolas nichts von seinem Bruder erzählt hat. Einem Bruder, der 14 Jahre verschwunden war und dessen Leiche erst vor kurzem gefunden wurde. Dessen Mörder noch nicht gefasst war. Wenn sie doch vorhatten, sich zu verloben und sogar von Heirat sprachen, vertraut man seiner Zukünftigen dann nicht alles an? Gerade ein ungeklärter Mord in der Familie, der ihm sicherlich Nahe gegangen ist, den verschweigt man seiner Freundin doch nicht.

Es sei denn….“

Hofer sprach den Satz nicht zu Ende, sondern öffnete die Fahrertür und stieg aus. Feichtinger hatte keine Ahnung, worauf ihr Chef hinaus wollte. Sie seufzte und folgte ihm ins Gebäude.

Kapitel 15

„Im Namen des Volkes ergeht folgendes Urteil:
Der Angeklagte Georg Renner wird wegen Beihilfe zum
Menschenhandel zu einer Haftstrafe von 5 Jahren und 5
Monaten verurteilt."
Nachdem Richter Gering das Urteil verkündet hatte, ging
ein Raunen durch den Gerichtssaal.
Als sich alle Anwesenden gesetzt hatten, sah Weber zu
Renner hinüber. Dieser schien geahnt zu haben, dass er
ihn ansehen würde, den er schaute bereits zu ihm. Als
sich ihre Blicke trafen, verzogen sich die Mundwinkel
des Gauners zu einem Grinsen. In Weber stieg der Zorn
hoch und am liebsten wäre er aufgesprungen, um ihm
das Lächeln aus dem Gesicht zu prügeln. Mit dem Urteil
war das Arschloch mehr als gut weggekommen.
Normalerweise hätte er mindestens das Doppelte an
Strafe bekommen müssen. Weber war auf die
Urteilsbegründung des Richters gespannt und wandte
den Blick ab.
Über eine Stunde später war er schlauer, aber auch
wütender als zuvor. Das Gericht sah es nicht als
erwiesen an, dass Renner der Drahtzieher hinter dem
Kinderhandel gewesen war. Zwar wären die Unterlagen,
die sich auf dem USB-Stick befanden, belastend für den
Angeklagten, doch hätten die Ermittlungen nicht
zweifelsfrei nachgewiesen, dass diese tatsächlich von
dessen PC stammten. Zweifellos wäre der Beschuldigte
an dem Handel beteiligt gewesen, aber zu mehr als einer
Verurteilung wegen Beihilfe reichten die Beweise nicht.
Die Staatsanwaltschaft hatte zudem nachweisen wollen,
dass Renner den Mord an Andreas Simon angeordnet
hatte. Doch dafür sah das Gericht nicht den geringsten
Beweis. Somit wurde der Angeklagte nur wegen Beihilfe

zum Kinderhandel zu einer Haftstrafe von 5 Jahren und 5 Monaten verurteilt.

Nach der Urteilsbegründung verließ Weber schnell den Gerichtssaal und drängte sich an den davor wartenden Reportern vorbei. Er stürmte zum Ausgang und hatte vor lauter Wut den Kopf gesenkt, so dass er erst auf den dritten Ruf seines Namens reagierte. Er blieb stehen und sah sich um. Da erst entdeckte er Susanne Almili, an der er vorbeigelaufen war, ohne sie wahrzunehmen.

Almili hatte ihm in seinem letzten Fall einen entscheidenden Hinweis gegeben, der zur Verhaftung des Skalpierers geführt hatte. Seitdem hatten sie sich dreimal getroffen. Weber hatte sie als Dank für ihre Hilfe zum Essen eingeladen. Später hatte er sie zweimal in ihrem Haus besucht. Seit dem letzten Treffen waren zwei Monate vergangen.

„Hallo Susanne", sagte er und ging zu ihr zurück. „Sorry, aber ich war so in Gedanken, dass ich dich gar nicht gesehen habe."

„War es so schlimm?", fragte Almili.

„Merkt man das?", antwortete Weber mit einer Gegenfrage.

„Man braucht keine Hellseherin zu sein, um zu bemerken, dass dir die Urteilsverkündung nicht gefallen hat."

Almili arbeitete als Wahrsagerin und Medium. Sie hatte Weber Ereignisse vorhergesagt und Dinge über ihn gewusst, die sie nicht hatte wissen können. Deshalb war er zumindest zum Teil davon überzeugt, dass sie das „zweite Gesicht" besaß.

„Lass uns einen Kaffee trinken, dann erzähle ich dir alles", schlug er vor und Almili stimmte zu.

Sie setzten sich in ein Café in der Nähe des Gerichtsgebäudes. Nachdem sie ihre Bestellung erhalten hatten - Weber entschied sich für ein Kännchen Kaffee und ein Stück Käsekuchen, während Almili nur einen schwarzen Tee nahm - erzählte er ihr von der Urteilsverkündung. Als er geendet hatte, schwiegen beide für einige Zeit.

Dann sagte sie ernst:

„Du musst auf dich aufpassen, Marc. Dieser Renner wird dir noch ziemlichen Ärger machen."

„Na ja", antwortete er.

„Jetzt ist er erstmal für über 5 Jahre im Knast. Und zumindest kann ich mir nicht vorstellen, dass er früher entlassen wird."

„Trotzdem", beharrte Almili.

Sie legte ihre linke Hand auf seine rechte.

„Du musst auf dich aufpassen. Ich habe ein ganz schlechtes Gefühl, wenn ich an ihn denke."

„Hast du was gesehen?", fragte Weber.

Almili schüttelte den Kopf.

„Nein, nur dieses undefinierbare Gefühl, wenn ich an dich und ihn denke. Er wird auf jeden Fall versuchen, sich an dir zu rächen."

Sie machte eine weitere Pause und trank einen Schluck von ihrem Tee, bevor sie deutlich leiser hinzufügte:

„Oder an deiner Familie."

Als sie 15 Minuten später das Café verließen, versprachen sie sich gegenseitig, bald wieder zusammen essen zu gehen. Weber sah Susanne nach, während diese in Richtung Innenstadt ging.

Dann wandte er sich um und blieb wie angewurzelt stehen. 10 Meter von ihm entfernt saß der schwarze Retriever und sah ihn an.

Wien, 13:20 Uhr

„Sie wollen was?" fragte Hofers Chef Dominik Hofscheider, als ihm sein Chefinspektor erklärte, welchen Ermittlungsschritt er als nächstes plante.

Hofer wusste, dass ihn sein Vorgesetzter verstanden hatte, trotzdem wiederholte er seinen Plan.

„Ich möchte nach..".

Bevor er weitersprach musste er in seine Aufzeichnungen werfen, da er sich den Namen des Ortes einfach nicht merken konnte.

„Ich möchte nach Melle fahren, um mich mit Yuna Ming-Woo, oder besser gesagt mit Yuna Weber, wie sie jetzt heißt und ihrem Mann zu unterhalten."

„Was versprechen Sie sich davon? Die Frau scheint unser Opfer nicht gekannt zu haben."

„Was wir aber auch nicht ausschließen können. Deshalb möchte ich sie selbst dazu befragen. Außerdem war sie mit dem Bruder des Opfer zu der Zeit befreundet, als dieser verschwand."

Hofscheider sah ihn durchdringend an.

„Glauben Sie, dass die beiden Mordfälle zusammenhängen?" fragte er dann."

Immerhin wurden die Leichen an fast derselben Stelle gefunden."

„In einem Abstand von fast 14 Jahren," hielt Hofscheider dagegen.

„Was das Ganze aus meiner Sicht noch ungewöhnlicher macht. Wie oft kommt es wohl vor, dass zwei Familienangehörige ermordet an der gleichen Stelle aufgefunden werden? Ich finde, das kann kein Zufall sein."

Hofer ließ seinen Chef einen Moment darüber nachdenken, bevor er weitersprach.

„Und dann gibt es auch noch, zumindest indirekte Verbindungen, zwischen den Opfern und deren Freundinnen zur Tatzeit. Dann wird das zwite Opfer kurz nachdem es die ehemalige Freundin seines ermordeten Bruders besucht, ebenfalls ermordet."

„Sie tippen auf den selben Täter? Und das dieser aus dem Umfeld der Freundinnen der Opfer stammt?" fragte Hofscheider erstaunt.

Hofer zuckte nur mir den Schultern.

„So weit würde ich nicht gehen. Noch nicht. Aber um diese Spur weiter zu verfolgen, oder auch um sie abzuschließen, will ich Yuna Weber sprechen. Und ihren Mann. Immerhin soll er ein Kollege sein. Vielleicht ist ihm etwas an unserem Opfer aufgefallen."

Hofscheider wandte den Kopf ab und schaute einen Moment aus dem Fernster, bevor er sagte:

„Also gut. Wen willst du mitnehmen?"

14:05 Uhr

Weber saß zusammen mit Teresa, Staatsanwalt Kai Kemper, Jasmin Krupp sowie deren Rechtsanwalt Udo Tomlin in einem der Besprechungsräume der Staatsanwaltschaft. Er hatte mit Teresa besprochen, dass sie die Vernehmung führen sollte und er sich sporadisch einbringen wollte. Weber meinte, dass es für Jasmin angenehmer wäre, wenn sie von einer Frau befragt werden würde. Teresa hatte dem zugestimmt, doch er hatte ihr angesehen, dass sie einen anderen Grund für seine Zurückhaltung vermutete, womit sie Recht hatte. Am liebsten hätte er sich von der Vernehmung zurückgezogen, doch das war nicht möglich.

Tatsächlich hatte sein teilweiser Rückzug damit zu tun, dass er seit der Begegnung mit dem Retriever an nichts anderes mehr denken konnte. In der Vergangenheit war das Auftauchen des Hundes immer ein Zeichen für eine drohende Gefahr gewesen. Er hielt es für keinen Zufall, dass der Retriever unmittelbar nach der Verurteilung Renners auf der Bildfläche erschienen war, nachdem er sich lange nicht hatte blicken lassen. In diesem

Zusammenhang setzten ihm die Worte Susannes zu, dass der Gangster sich nicht nur an ihm, sondern auch an seiner Familie rächen könnte.

Weber konnte nicht ahnen, dass Renner mit seiner Frau und den Kindern andere Absichten verfolgte, die sich erst in einigen Jahren zeigen würden.

Nach dem Treffen mit Susanne war er ins Präsidium gefahren und hatte mit Caro über den Ausgang des Prozesses geredet. Beide waren der Meinung gewesen, dass Renner viel zu glimpflich davongekommen war. Sie hatten darüber spekuliert, ob die Staatsanwaltschaft Revision gegen das Urteil einlegen würde. Beide waren sie davon ausgegangen, dass dies geschehen würde. Sie hatten sich für 19 Uhr zum Abendessen verabredet und der Kommissar wusste, dass es nicht beim Essen bleiben würde.

„...Herr Weber?"

Er hatte nicht mitbekommen, dass ihn der Staatsanwalt angesprochen hatte.

„Bitte?", sagte er verwirrt.

Kemper sah ihn durchdringend an.

„Haben Sie noch Fragen an Frau Krupp?", fragte er dann erneut.

„Nein", sagte er rasch.

„Gut. Dann können Sie jetzt gehen, Frau Krupp.

Vielen Dank, dass Sie hier waren."

„Alles ok mit dir?", erkundigte sich Teresa, als sie das Gebäude der Staatsanwaltschaft verließen, das sich im gleichen Komplex befand wie das Amts- und Landgericht.

„Ja", antwortete er wenig überzeugend.

„Ich war nur in Gedanken und habe deswegen Kempers Frage nicht mitbekommen."

„Ich hatte eher den Eindruck, dass du von der ganzen Vernehmung nichts mitbekommen hast", sagte Teresa, womit sie den Nagel auf den Kopf traf.

Weber sah sie mit einem Lächeln im Gesicht an.

„Soll ich die Befragung für dich nochmal zusammenfassen?"

Er nickte dankbar.

„Setzen wir uns irgendwo hin und trinken einen Kaffee", schlug er vor.

„Ich lade dich natürlich ein."

Und so kam es, dass Weber zum zweiten Mal an diesem Tag in dem kleinen Café zu Gast war.

Als die Bedienung Kaffee und Kuchen brachte, sah sie ihn mit einem vorwurfsvollen Blick an, den er zuerst nicht einschätzen konnte. Dann fiel ihm auf, dass es dieselbe Frau war, die ihn schon am Vormittag bei seinem Besuch mit Susanne bedient hatte.

Wahrscheinlich dachte sie, dass er das Café als Treffpunkt für seine Dates nutzte und war davon nicht sonderlich begeistert.

„Viel gibt es nicht zu berichten", sagte Teresa zwischen zwei Stücken Kirschkuchen.

„Krupp hat bestätigt, dass Carsten Eigner am Tag von Grebs Ermordung sein Handy zu Hause vergessen hat. Nach der Arbeit sei er bei ihr gewesen und habe die Wohnung nicht mehr verlassen. Der Name Benjamin Dietrich sagt ihr nichts."

„Wo arbeitet Eigner eigentlich?", fragte Weber.

Teresa aß ihren Bissen Kuchen zu Ende, bevor sie antwortete.

„Er ist Sozialarbeiter im Gilead IV."

„Was hältst du von dem Urteil gegen Renner?", fragte Teresa und redete direkt weiter, ohne auf eine Antwort zu warten.

„Das ist doch wohl ein Witz. Kein Wunder, dass die Straftäter weitermachen, wenn sie von solchen Strafen hören. Da bekommen ja Steuerhinterzieher längere Haftstrafen. Die ganzen Pädophilen lachen sich doch eins ins Fäustchen und machen fröhlich weiter. Was soll denn schon passieren? Fünf Jahre Knast? Das ist doch nichts im Gegensatz zu dem Leid, dass sie den Kindern zufügen."

Teresa hatte sich in Rage geredet und Weber konnte sie gut verstehen. Er war der gleichen Meinung wie sie, hatte jedoch keine Lust, darüber zu diskutieren. Deshalb sagte er: „Es gibt meine Wahrheit, deine Wahrheit und Die Wahrheit."

Teresa sah ihn überrascht an.

„Von welchem schlauen Menschen stammt denn diese Weisheit?"

„Bob der Baumeister."

19:10 Uhr

Weber saß mit Caro in einem Restaurant zwischen Bielefeld und Werther. Das Lokal, in dem griechische Spezialitäten serviert wurden, befand sich nicht weit von Susanne Almilis Haus entfernt, dessen war er sich durchaus bewusst. Nachdem sie ihr Essen bestellt hatten, sagte Caro:

„Wir haben zwar ausgemacht, nicht über die Arbeit zu sprechen, aber eine Info muss ich dir noch geben."

Weber nickte und nahm einen Schluck von seiner Cola.

„Kurz bevor ich das Büro verlassen habe, kam noch eine Mail vom LKA rein. Das Ergebnis der Untersuchung der Projektile. Beide stimmen überein."

„Was wir ja auch erwartet haben", sagte er.

„Ja. Leider gibt es keine Übereinstimmung in der Datenbank. Also damit auch keinen Hinweis auf die Tatwaffe."

Als Weber null Anstalten machte, dass Thema weiter zu diskutieren, wechselte Caro das Thema.

„Kommst du nach dem Essen noch mit auf einen Kaffee zu mir?"

Er sah sie an.

„Wenn wir den Kaffee weglassen."

Kapitel 16

Weber hatte den Tag genutzt, um Berichte fertig zu schreiben und Vernehmungen zu sichten. Er hatte sich die vorliegenden, abgetippten Befragungen der Kollegen vorgenommen und diese ausgiebig studiert. Am Anfang war es ihm schwergefallen, sich auf die Wörter zu konzentrieren, da seine Gedanken immer wieder zum gestrigen Abend zurückgekehrt waren.

Nach dem Essen waren er und Caro zu ihr gefahren. Sie wohnte mittlerweile in einem schönen Haus in Bielefeld-Senne. Nachdem sie versetzt worden war, hatte sie zunächst in einem Hotel gewohnt. Da sich aber abgezeichnet hatte, dass sie nicht nur vorübergehend bleiben würde, hatte sie sich nach einem Haus zur Miete umgesehen und durch Zufall schnell eines gefunden. Weber war mittlerweile mehrfach dort gewesen, konnte sich aber an die Einrichtung, bis auf das Schlaf- und Badezimmer, nicht erinnern.

Auch gestern Abend waren sie, ohne große Umwege, direkt im Schlafzimmer gelandet.

Nachdem sie das erste Mal, damals in Recklinghausen, miteinander geschlafen hatten, war er zunächst zu ihr ins Hotel gekommen, bevor sie ihre neue Bleibe bezogen hatte. Nach Recklinghausen hatte er sich geschworen, dass es kein zweites Mal geben würde. Aber es war bei dem Vorsatz geblieben. Natürlich hatte er ein schlechtes Gewissen gegenüber Yuna gehabt. Wenn er jedoch ehrlich zu sich war, hatte sich dieses spätestens nach dem zweiten Treffen nicht mehr zu Wort gemeldet. Womit er wieder bei der Frage war, was sein Verhalten über den Zustand seiner Ehe aussagte. Und wie immer, wenn er an diesem Punkt angelangt war, konnte er nicht weiter darüber nachdenken. Er liebte Yuna, zumindest meinte er das, und er wollte sich auf keinen Fall scheiden lassen, vor allem wegen Leon nicht. Oder war sein Jüngster der einzige Grund, warum er sich nicht trennte? Als er bei diesem erschreckenden Gedanken angekommen war, klingelte sein Telefon.

Gedankenverloren griff er zum Hörer und meldete sich.

„Egon Langbein hier", stellte sich der Anrufer vor.

Weber brauchte einen Moment, um aus seinen trüben Gedanken aufzutauchen und einen weiteren, bis er begriff, wer ihn da anrief. Sofort krampfte sich sein Magen zusammen.

„Gibt es was Neues wegen Sofia?", fragte er dann kraftlos und setzte sich auf.

„Ja, allerdings haben wir sie weder gefunden, noch haben wir eine heiße Spur", antwortete der Kollege aus Gütersloh.

„Aber wir glauben, dass Sofia an einen Loverboy geraten ist. Du hast doch bestimmt schon von diesem Phänomen gehört?"

„Ja", sagte Weber.

Die Loverboys gab es seit einigen Jahren, aber in der letzten Zeit war darüber in den Medien vermehrt berichtet worden. Dies lag zum einen daran, dass sich mehrere Opfer an die Presse gewandt hatten, um auf ihr Leiden aufmerksam zu machen. Zum anderen, dass sich durch diese neue Öffentlichkeit die Anzahl der Strafanzeigen zwangsläufig erhöht hatte.

Loverboys waren junge Männer, die sich zumeist an minderjährige Mädchen heranmachten, um sie später zur Prostitution zu zwingen. Die Typen spielten ihren Opfern vor, dass sie unsterblich in sie verliebt wären und brachten sie dadurch in eine Abhängigkeit. Diese nutzen sie aus, um die Mädchen in die Zwangsprostitution zu führen. Weber hatte vor kurzem einen Bericht des LKA-NRW gelesen, wonach die Opfer zwischen 12 und 18

Jahre alt waren. Der Kontakt kam fast ausschließlich über die sozialen Netzwerke zustande. Die Täter waren Männer im Alter von 18 bis 28 Jahren, die überwiegend aus dem Ausland kamen.

Nach der ersten Kontaktaufnahme gelang es den Tätern, ihre Opfer in eine emotionale Abhängigkeit zu bringen, um sie dann in einem zweiten Schritt von ihrer Familie und ihren Freunden zu isolieren. Dabei schafften es die Männer oft, die Mädchen freiwillig in die Prostitution zu treiben und ihre Peiniger zu schützten.

„Aber Sofia passt doch nicht ins Opferprofil der Täter", versuchte Weber das Naheliegende abzuwenden.

„So genau lassen sich die Grenzen da nicht ziehen", antwortete Langbein.

„Ob die Opfer jetzt 12 oder 18 Jahre sind, spielt keine Rolle, wenn sie andere Kriterien erfüllen."

Weber wollte sich nicht vorstellen, was diese Eigenschaften waren.

„Ich war gestern beim LKA in Düsseldorf", fuhr Langbein fort, „und habe dort mit einem Experten zu dem Thema gesprochen.

Ich habe ihm den Fall Sofia vorgestellt, und er ist überzeugt, dass sie in die Fänge eines Loverboys geraten ist. Dafür spricht zum Beispiel, dass sie ihren Laptop mitgenommen hat, als sie an dem Morgen verschwunden ist."

„Scheiße", entfuhr es Weber.

„Wissen ihre Eltern schon Bescheid?", fragte er.

Bereits als er die Frage stellte, wurde ihm klar, dass ihn Langbein nicht nur angerufen hatte, um ihm die Information zukommen zu lassen.

„Du möchtest, dass ich das übernehme?", erriet er dessen Absicht, als der Kollege nicht sofort antwortete.

„Ich dachte, da ihr doch gut befreundet seid, wäre es für die Familie einfacher, wenn du ihnen die Info weitergibst."

„OK", sagte Weber.

„Ich mache das."

Nach dem Anruf von Langbein saß der Kommissar noch einige Minuten unschlüssig auf seinem Bürostuhl, bevor er Rudi Bauer anrief. Er wollte ihm die Info auf keinen Fall am Telefon weitergeben. Sie verabredeten sich für 20 Uhr im Mumpitz. Bauer war natürlich neugierig und versuchte, Weber direkt zu entlocken, was es Neues gab, doch dieser ließ sich nicht überreden.

Als er den Hörer zurücklegte, spürte er, dass jemand sein Büro betreten hatte. Er sah zur Tür und hielt die Luft an. Dort stand Chiara Bültmann und lächelte ihn an.

„Hallo Brett, wie geht es dir?"

Er sah sie entsetzt an.

„Was willst du hier?", fragte er mit unterdrückter Wut in der Stimme.

Er und Bültmann hatten vor einigen Monaten zusammen an einem Fall gearbeitet. Es hatte sich herausgestellt, dass sie den Täter mit Informationen versorgt hatte, so dass dieser der Polizei immer einen Schritt voraus war. Erst als sie zufällig von dem Fall abgezogen worden war, war es ihnen gelungen, den Täter festzunehmen, der zu allem Überfluss ein Kollege gewesen war.

Später hatte sich zudem gezeigt, dass Bültmann für John Snow als Maulwurf bei der Polizei arbeitete. Sie hatte Weber gedroht, dass der Gangster seiner Familie was antun würde, falls er den Kollegen von ihrer Tätigkeit für ihn erzählen würde. Er hatte geschwiegen, aber seit dem Tag hatte er einen fürchterlichen Hass auf Bültmann und den Unterweltboss.

„Ich soll dir von Snow ausrichten, dass er auf weitere Unterlagen wartet."

Sie hatte die Tür geschlossen und sich mit dem Rücken gegen diese gelehnt.

„Was für Unterlagen?"

„Stell dich nicht doofer, als du bist. Du weißt genau, wovon ich rede."

„Altuntas?"

Bültmann klatschte in die Hände.

„Na bitte. Geht doch."

In Weber kochte die Wut fast über und er musste sich mit beiden Händen am Tisch festhalten, um nicht aufzuspringen. Altuntas war ein in OWL tätiger Drogendealer und Menschenhändler, der Drogen und Frauen aus Osteuropa schmuggelte, um sie hier an den Meistbietenden zu verkaufen. Im letzten Herbst war dessen kleiner Sohn entführt worden und Weber war überzeugt, dass Snow dahintergesteckt hatte.

Zu dem Zeitpunkt hatte er den Kommissar aufgefordert, ihm Kopien von sämtlichen bei der Polizei vorhandenen Unterlagen zu Altuntas zu beschaffen. Doch war das damals nicht möglich gewesen, da ein Teil der Akten wegen der Entführung für ihn nicht zugänglich gewesen waren. Anscheinend wollte Snow diese jetzt haben.

„Was habt ihr mit dem Jungen gemacht?", zischte Weber mit zusammengebissenen Zähnen, um seine Wut nicht herauszuschreien.

„Wir?", stellte Bültmann eine Gegenfrage.

„Du denkst echt immer noch, dass Snow etwas mit der Entführung des Kleinen zu tun hatte?"

Sie schüttelte den Kopf.

„Also, wann kannst du liefern?"

Der Junge war immer noch verschwunden und Altuntas selbst blieb bei seiner Behauptung, dass sein Sohn bei seinen Eltern in der Türkei wäre und dort bleiben würde.

Als Weber nicht antwortete, fragte Bültmann: „Wie geht es der Familie?"

Er konnte sich nicht länger beherrschen. Weber sprang auf, lief auf sie zu und packte sie am Kragen.

„Lass. Meine. Familie. In. Ruhe."

Ohne mit der Wimper zu zucken, riss Bültmann ihr Knie hoch und rammte es Weber in den Unterleib. Er ließ sie los und krümmte sich vor Schmerzen zusammen. Sie beugte sich zu ihm runter und flüsterte in sein Ohr: „Fass mich nie wieder an. Du hast bis Ende der Woche Zeit."

Dann klopfte sie ihm auf den Rücken und verließ das Büro.

„Warum gerade ich?", fragte er.

Er kniete vor dem Mann mit der Pistole und sah mit Tränen in den Augen zu ihm auf.

„Das fragst du noch, du Schwein?", antwortete der andere.

„Du fickst deine Tochter und fragst warum?"

Er drückte dem Knienden den Lauf seiner Waffe an den Hinterkopf.

„Ich war im Knast und habe meine Strafe abgesessen. Ich bin ein freier Mann. Wissen sie eigentlich, was die im Knast mit mir gemacht haben? Wie oft ich zusammengeschlagen wurde?

Wie oft die mich vergewaltigt haben, mit allem was gerade in der Nähe war? Egal ob Besenstiel, Äste, Klobürsten und was sie sonst noch erwischen konnten?"

Der Mann weinte nun hemmungslos.

„Und jede einzelne Bestrafung geschah Ihnen recht. Aber Sie leben immer noch. Und das ist eine Schande für die Menschen und besonders für Ihre Tochter."

„Tun Sie es nicht", flehte der Kniende nochmal.

„Was die Gerichte nicht hinbekommen, müssen andere regeln."

Als der Kerl wieder zu betteln anfangen wollte, schnitt er ihm das Wort ab.

„Halten Sie die Schnauze. Ich habe keine Zeit mehr, mir Ihr Gejammere anzuhören. Ich habe noch was anderes vor."

Dann schoß er dem Mann in den Hinterkopf. Als er vor ihm auf dem Holzboden lag, drehte er ihn mit dem Fuß auf den Rücken, setzte ihm die Waffe auf die Brust und drückte erneut ab.

20:08 Uhr

Sie saßen wieder in der gleichen Nische wie bei ihrem letzten Treffen. Kaum hatte sich Bauer gesetzt und seinen alten Schüler begrüßt, da fragte er direkt:

„Was gibt es Neues?"

Weber hatte die ganze Fahrt nach Neuenkirchen überlegt, wie er Bauer die Nachricht schonend beibringen konnte. Ihm war nichts Vernünftiges eingefallen und wenn er ehrlich war, gab es keine Möglichkeit, so eine Mitteilung vorsichtig zu überbringen. Deshalb hatte er sich entschieden, nicht um den heißen Brei herumzureden. Er sagte Bauer frei heraus, was er von Langbein erfahren hatte.

Danach saß dieser still auf seinem Stuhl und schaute in sein Bier, wirkte aber überraschend gefasst.

„Ich habe mir schon sowas gedacht", sagte er schließlich.

„Wie geht es jetzt weiter?"

„Die Kollegen werden alles versuchen, um den Kerl zu finden, den Sofia getroffen hat. Außerdem werden sie ihre verdeckten Ermittler und Informanten an die Sache setzen. Vielleicht kann einer von denen einen Tipp geben, wo sich Sofia derzeit aufhält."

Weber hatte erwartet, dass Bauer in sich zusammensacken, oder anfangen würde zu weinen. Doch nichts davon geschah. Er hatte zwar den Blick gesenkt, aber seine Haltung und seine Stimme zeigten, dass er die Neuigkeiten gelassen aufnahm.

Weber hatte gerade eine zweite Runde Bier bestellt, als sein Handy klingelte.

„Sorry", sagte er zu Bauer und nahm das Gespräch an.

Als er auflegte, wusste er, dass er in dieser Nacht keinen Schlaf bekommen würde.

Der Notruf war um 18:10 Uhr bei der Leitstelle der Polizei Bielefeld eingegangen. Der Beamte, der den Anruf annahm, schaltete sofort und alarmierte, nachdem er direkt einen Streifenwagen zur Anschrift der Melderin geschickt hatte, die Kriminalwache.

Die Anruferin, eine Frau Mathilde Claus, erklärte dem Beamten, dass sie gerade einen Anruf von ihrem Sohn erhalten hatte. Unmittelbar nachdem sie das Gespräch angenommen hatte, hatte sie einen Knall gehört und das Telefonat war beendet worden. Die Anruferin war sich sicher gewesen, dass es sich bei dem Geräusch um einen Schuss gehandelt hatte.

Ihr Mann wäre Jäger gewesen und deshalb hätte sie gewusst, wie sich eine Schussabgabe anhörte.

Die Anruferin teilte dem Beamten den Namen und die Anschrift ihres Sohnes mit, woraufhin umgehend mehrere Streifenwagen an die Adresse in Bielefeld entsandt wurden. Während die Einsatzwagen unterwegs waren, wurde der Leiter der Kripo über den Sachverhalt informiert, der wiederum verfügte, dass Joachim Behlau von der MK Wald verständigt werden sollte, sobald sich der geschilderte Tatbestand bestätigte.

Die Beamten trafen den Sohn der Anruferin nicht an. Die Streifenwagenbesatzung, die zur Melderin entsandt worden war, konnte kurz darauf berichten, dass der Sohn sich derzeit zu einer Reha in Bad Pyrmont aufhielt. Jo Behlau wurde über den Sachverhalt unterrichtet, um mit ihm das weitere Vorgehen abzusprechen. Er entschied, dass die Kollegen an der Wohnanschrift die Feuerwehr rufen sollten, um die Tür aufbrechen zu lassen. In der Zwischenzeit würde er mit einigen Leuten aus der MK zum PP kommen. Außerdem sollte die Anruferin zur Dienststelle gebracht werden.

So kam es, dass Weber sein Treffen abbrechen musste, um sich auf den Weg zur Dienststelle zu machen. Als er dort eintraf, waren Behlau, Teresa, Bültmann und Barbara Meier bereits anwesend.

Der MK-Leiter setzte sie ins Bild.

Die Wohnung von Olaf Claus war durch die Feuerwehr aufgebrochen worden. Er war nicht da gewesen. Das vermeintliche Opfer bewohnte ein 2-Zimmer-Apartment in einem Mehrfamilienhaus in Bielefeld-Windflöte. Die Nachbarn konnten angeben, dass sie ihn seit etwa zwei Wochen nicht mehr gesehen hatten. Allerdings hatte niemand einen so guten Kontakt zu ihm gehabt, dass sie hätten sagen können, wo er sich derzeit aufhielt. Ob er zu einer Kur nach Bad Pyrmont gefahren sei, konnte keiner von ihnen bestätigen.

Weber und Teresa wurden zur Wohnung geschickt, um die Beamten der Kriminalwache abzulösen und diese zu durchsuchen. Bültmann und Meier sollten die Mutter befragen.

Behlau übernahm die Aufgabe, die Kollegen in Hameln zu verständigen, damit diese vorab Bescheid wussten, falls sich herausstellen sollte, dass Claus tatsächlich zur Reha in Bad Pyrmont war.

Bültmann und Meier wurden von Behlau instruiert, die Mutter zuerst nach der Klinik zu befragen, in der sich ihr Sohn aufhielt. Wie sich herausstellte, hatte Mathilde

Claus keine Ahnung, wo genau sich Olaf in Bad Pyrmont befand. Sie hatte angegeben, dass sie kaum Kontakt zu ihrem Sohn gehabt hätte, seit ihr Ehemann vor vier Jahren gestorben war. Die einzige Kommunikation hatte aus einem Telefonat, dass alle 6 Monate stattgefunden hatte, bestanden. Im letzten Gespräch vor etwa fünf Wochen, hatte ihr Sohn ihr von der Reha erzählt. Aber nur, dass er nach Bad Pyrmont fahren und dort zwei Monate bleiben würde. Deshalb war sie überrascht gewesen, als er sie heute wieder angerufen hatte. Eine Anschrift oder den Namen der Klinik hatte er ihr damals nicht verraten. Auch den Grund für die Reha hatte er ihr gegenüber nicht erwähnt.

Mathilda Claus hatte gewusst, dass sich ihr Sohn in psychiatrischer Behandlung befand. Das wäre seit Jahren der Fall, da er immer wieder unter schweren Depressionen gelitten hätte. Deshalb wäre sie davon ausgegangen, dass darin der Grund für die Reha gelegen hätte.

Behlau rief erneut bei den Kollegen in Hameln an, die ihm verrieten, dass es in Bad Pyrmont drei Kliniken gab, die in Frage kamen. Er konnte die Beamten davon überzeugen, dass es erforderlich sei, diese sofort zu überprüfen. Man versprach, sich umgehend darum zu kümmern.

Es war bereits 22:30 Uhr, als Weber und Teresa an Olaf Claus' Wohnung eintrafen. Die Kollegen der Kriminalwache hatten die Befragung der Nachbarschaft beendet und kehrten ins Büro zurück, um ihren Bericht zu fertigen. Bevor sie fuhren, übergaben sie Weber und Teresa die Schlüssel für die Wohnung. Der Feuerwehr war es gelungen, die Tür so zu öffnen, dass nur ein neues Schloss eingesetzt werden musste. Der Kommissar und Teresa betraten das Apartment und verschafften sich erstmal einen Überblick. Es war eine 2-

Zimmer-Wohnung mit Küche und Bad, die ziemlich verdreckt war. In der Spüle stapelte sich das schmutzige Geschirr und der Schimmel hatte sich bereits der darin befindlichen Essensreste bemächtigt. Neben der Küche befand sich ein Abstellraum, der mit leeren Flaschen und anderem Müll vollgestellt war. Weder Weber noch Teresa hatten große Lust, sich durch diese Müllberge zu kämpfen.

Das Wohnzimmer sah unwesentlich besser aus. Auch hier lagen überall leere Flaschen verstreut am Boden. Auf dem Tisch in der Mitte des Raums standen vier Aschenbecher, die bis zum Überquellen mit Zigarettenkippen voll waren.

Vereinzelt lagen leere Pizzakartons im Zimmer. Die gesamte Wohnung schien seit Ewigkeiten nicht mehr gesaugt worden zu sein, was sich anhand der Größe der Wollmäuse nachvollziehen ließ.

Ähnlich sah es im Schlafzimmer aus. Hier lagen leere Bier- und Colaflaschen verstreut im Zimmer. Mehrere gefüllte Aschenbecher standen rund um das Bett. Beim Anblick des Bettlackens drehte sich Teresa fast der Magen um. Weber hatte erhebliche Zweifel, dass die Kollegen der Spurensicherung hier irgendwelche brauchbaren Spuren finden könnten, falls sich die Wohnung als Tatort herausstellen sollte.

Nichtsdestotrotz sahen sie die Schubladen und Schränke durch, um irgendetwas Verwertbares zu entdecken, zum Beispiel einen Hinweis darauf, wo sich Olaf Claus derzeit aufhielt. Teresa war es dann, die etwas Interessantes in einer der Wohnzimmerschubladen fand.

„Brett", sagte sie und reichte Weber einen Brief, als dieser sich zu ihr umdrehte.

Das Schreiben stammte von der Bewährungshilfe Bielefeld und teilte Claus den nächsten Termin für seinen Besuch bei seiner Bewährungshelferin mit. Dieser war für den 08.06.2016, 10 Uhr terminiert.

„Also ist Claus auch ein verurteilter Straftäter, der auf Bewährung entlassen wurde", sagte Weber, nachdem er den Brief gelesen hatte.

„Und ich denke, dass ich auch weiß, weswegen er verurteilt wurde," orakelte Teresa.

Kapitel 17

Mittwoch, 01.06.2016; 00:30 Uhr
Sie sollte mit ihrer Vermutung Recht behalten.
Sie hatte Weber auf der Rückfahrt ins Präsidium erzählt,
dass sie glaubte, Claus wäre wegen eines Sexualdelikts
verurteilt worden.
Nachdem sie zurück im PP waren, hielten sie eine kurze
Besprechung ab. Anderson war ebenfalls erschienen und
hatte sich wieder um die Handy- und Funkzellendaten
gekümmert.
„Ok", begann Behlau.
„Ich weiß, dass es schon sehr spät ist, aber ich möchte
trotzdem noch kurz erfahren, was ihr bis jetzt habt."
Weber berichtete von der Durchsuchung und dem Brief
der Bewährungshelferin.
„Was die Verurteilung angeht, kann ich euch helfen",
sagte Behlau.
„Ich habe recherchiert und herausgefunden, dass Claus
wegen schweren sexuellen Missbrauchs von Kindern
vorbestraft ist. Das Opfer war seine eigene Tochter, die
damals 6 Jahre alt war."
Im Raum trat ein betretendes Schweigen ein.
„Er hat seine Tochter missbraucht, seit sie 3 Jahre war.
Das Mädchen hatte sich im Kindergarten einer
Erzieherin anvertraut, die das Jugendamt informierte. Zu
dem Zeitpunkt war sie gerade mal 2 Monate in der Kita.
Die Mutter will von dem Missbrauch nichts
mitbekommen haben.
Claus wurde verhaftet, dass Kind kam zu Pflegeeltern. Er
wurde im Oktober 2010 zu 4 Jahren und 8 Monaten Haft
verurteilt. Im Juni 2015 ist er entlassen worden."
„Wo sind Frau und Kind heute?" fragte Teresa.
„Die Ex-Frau, sie hat sich von ihm scheiden lassen,
während er im Knast saß, wohnt noch in Bielefeld. Wo

die Tochter ist, kann ich nicht sagen. Dazu müssten wir morgen beim Jugendamt Erkundigungen einziehen. Die Kleine wurde aus der Familie genommen und kam zu einer Pflegefamilie."

In diesem Moment klingelte Behlaus Diensthandy. Er meldete sich und hörte einige Zeit zu, ohne ein Wort zu sagen.

„Ok, so machen wir das", sagte er schließlich.

„Erstmal danke für eure Unterstützung. Wir sprechen uns morgen."

Mit diesen Worten beendete er das Telefonat.

„Das waren die Kollegen aus Bad Pyrmont. Claus befindet sich dort in der Talus-Klinik.

Allerdings war er nicht dort, als sie ihn sprechen wollten. Derzeit ist nur eine Nachtwache da, die ihn nicht gesehen hat. Weiteres können die Kollegen erst morgen ermitteln, wenn die behandelnden Ärzte wieder im Dienst und seine Mitpatienten wach sind. Außerdem wollen sie morgen Früh mit Hunden nach ihm suchen."

„Und werden seine Leiche finden", sagte Weber.

Behlau nickte.

„Ich gehe auch davon aus."

9:00 Uhr

Die Mitarbeiter der MK hatten sich im SOKO-Raum der A1 versammelt. Caro war ebenfalls anwesend. Behlau hatte für alle die aktuelle Situation zusammengefasst. Die Kollegen aus Hameln hatten sich kurz vor Beginn der Besprechung gemeldet und mitgeteilt, dass sie auf dem Weg nach Bad Pyrmont waren, um die Suche fortzusetzen. Sie hatten Mantrailer-Hunde vor Ort und einen Zug der Einsatzhundertschaft Hannover.

Nachdem Behlau seinen Bericht beendet hatte, teilte er die Aufgaben für den heutigen Tag ein. Weber und

Teresa sollten nach Bad Pyrmont fahren, um die dortigen Kollegen zu unterstützen.

Bültmann und Meier bekamen den Auftrag, Olaf Claus Ex-Frau zu befragen und nochmal mit seiner Mutter zu reden. Schnelles und Grunds Aufgabe war es, nach der Tochter zu suchen. Falls das Jugendamt die Mithilfe verweigern würde, sollten sie über Staatsanwalt Kempa einen Beschluss zur Herausgabe der Unterlagen anfordern.

Andere Teams bekamen die Aufträge, Claus' Umfeld abzuklopfen und Kontakt zu seiner Bewährungshelferin aufzunehmen. Nachdem die Aufgaben verteilt worden waren, machten sich alle an die Arbeit. Keiner ging davon aus, dass Claus lebend gefunden werden würde.

10:45 Uhr

Weber und Teresa saßen im Kommandowagen der Einsatzhundertschaft Hannover und konzentrierten sich auf den Funkverkehr, der über die im Fahrzeug angebrachten Lautsprecher zu hören war. Neben ihnen saßen der Einsatzleiter der Hundertschaft, der die Suche nach Claus organisierte und ein Kollege der Kripo aus Hameln.

Weber und Teresa waren vor 15 Minuten in Bad Pyrmont eingetroffen. Ein Beamte in Uniform hatte sie zum Kommandowagen geführt. Dort waren sie von den Kriminalbeamten aus Hameln auf den aktuellen Stand gebracht worden. Man hatte sich, aufgrund der Tatsache, dass die Suche bereits lief, darauf geeinigt, dass Weber und Teresa erst später umfänglich über ihre Ermittlungen berichten würden.

Der Wald hinter der Klinik wurde seit 10 Uhr abgesucht. Bis jetzt hatten die Beamten der Hundertschaft nichts Interessantes gefunden. Parallel waren drei Teams der Kripo Hameln damit beschäftigt, Ärzte und Patienten der

Klinik zu befragen. Nach ersten Erkenntnissen war Claus zuletzt am gestrigen Nachmittag gegen 16:15 Uhr gesehen worden, als er mit anderen Mitpatienten vor dem Gebäude eine Zigarette geraucht hatte.

Die Suche war direkt hinter der Klinik gestartet worden. Da man nicht wusste, wohin Claus verschwunden war, hatte man die Hundertschaft aufgeteilt.

Ein Teil der Kollegen suchte in Richtung Kurpark, der andere im Wald. Die Suche in der Kuranlage ging schneller voran, da das Gebiet nicht so groß war. Mittlerweile hatten die Beamten die Hälfte des Parks abgesucht, ohne eine Spur von Claus zu finden. Weber war sowieso davon überzeugt, dass die Leiche im Wald lag.

Das Gebiet direkt hinter der Klinik war schnell durchkämmt, da es hier viel freie Fläche mit Wiesen und kleinen Büschen gab. Erst jenseits der Straße, die durch den Wald zu einer Gaststätte führte - welche für ihr gutes Frühstück und ihre anderen ausgezeichnete Speisen bekannt war und sich großer Beliebtheit erfreute - begann der Wald mit seinen zahlreichen Wanderwegen. Hier befanden sich die Kollegen derzeit. Zum Glück war das Unterholz nicht so dicht. Dadurch kamen sie zwar etwas langsamer, aber gut voran. Udo Grabowski von der Kripo Hameln flirtete mit Teresa, als sein Handy klingelte. Er meldete sich und hörte dann einige Sekunden kommentarlos zu.

„Sehr gut. Bringt den Zeugen zur Dienststelle und fordert einen Zeichner vom LKA an. Auch wenn er den Typen nicht genau gesehen hat, sollten wir versuchen, ein Phantombild zu bekommen."

Grabowski hörte noch kurz zu und legte dann auf.

„Wir haben einen Zeugen, der Olaf Claus gestern Nachmittag in einem Auto gesehen haben will, dass hier auf der Straße bergauf gefahren ist."

Der Kommandowagen stand am Anfang der Straße, die durch den Wald zum Restaurant führte.

„Der Zeuge kam von einem Spaziergang und war auf dem Weg zurück zur Klinik. Er muss etwa in Höhe unseres Standortes gewesen sein, als ihm ein silberner Pkw entgegenkam. Der Mann ist sich sicher, dass Claus am Steuer des Wagens saß. Auf dem Beifahrersitz soll eine andere männliche Person gesessen haben, die der Zeuge aber nicht kannte. Beschreiben kann er sie als etwa Ende 40, 3-Tage-Bart und Sonnenbrille. Auf dem Kopf trug er eine dunkle Basecap, die er tief ins Gesicht gezogen hatte."

„Konnte er genauere Angaben zum Fahrzeug machen?", fragte Weber nach.

Grabowski schüttelte den Kopf.

„Außer, dass es sich um einen silbernen Pkw und keinen Kombi handelte, nicht. Und erst recht konnte er nichts zum Kennzeichen sagen."

„Mist!", fluchte Weber.

„Trotzdem werden wir versuchen, ein Phantombild von dem Beifahrer zu bekommen", bemerkte Grabowski.

„Vielleicht fällt dem Zeugen ja beim Fertigen des Bildes noch das ein oder andere Detail ein."

„Was für einen Wagen fährt eigentlich Claus?", fragte Teresa.

Darauf antwortete Weber: „Soweit wir wissen, ist auf ihn kein Fahrzeug angemeldet. Seine Mutter hat angegeben, dass er mit dem Zug hierhergefahren und von einem Fahrzeug der Klinik am Bahnhof abgeholt worden sei. Er kann sich keinen Pkw leisten, da er seit seiner Entlassung aus der Haft arbeitslos ist."

„Also gehörte das Fahrzeug dem Täter", schlussfolgerte Grabowski.

Weber nickte.

„Oder zumindest hat der Täter das Fahrzeug mitgebracht oder hatte Zugriff darauf. Gibt es Hinweise auf Pkw-Diebstähle in der Umgebung?", fragte Weber im selben Atemzug.

Grabowski schüttelte den Kopf.

„Ich glaube nicht, dass das schon jemand überprüft hat. Aber eine gute Idee", sagte er und griff zum Handy.

Er rief einen Kollegen in Hameln an und bat ihn, alle Diebstahlsanzeigen von Pkw zu überprüfen. Er hatte das Telefonat beendet, als eine neue Meldung des Suchteams über Funk zu hören war.

„Wir haben hier möglicherweise etwas", meldete ein Kollege an die Einsatzleitung.

„Wo genau seid ihr?", erkundigte sich der Beamte, der die Suche vom Kommandowagen aus koordinierte.

„Wir stehen vor dem ‚Spelunkenturm'", informierte ihn der Beamte.

„Der Turm ist eigentlich gesperrt, aber auf einer der unteren Sprossen der Leiter sehe ich rote Flecken. Das könnte Blut sein."

Die Spannung im Kommandowagen nahm spürbar zu.

„Wo ist dieser Turm?", fragte Weber sofort.

Der Kollege der Hundertschaft zeigte auf einen Punkt auf der Karte, die vor ihm ausgebreitet auf einem Klapptisch lag.

„Ich kenne die Gegend ein wenig", sagte er.

„Ich war hier vor zwei Jahren zur Reha.

Der Turm steht mitten im Wald auf einer kleinen Anhöhe.

In der Nähe gibt es eine Hütte.

Dort ist eine Gaststätte untergebracht.

Man kann den Turm aber von dort nicht sehen.

Rund um den Turm gibt es einige Wanderwege."

„Also gut geschützt", merkte Teresa an.

Der Kollege nickte.

„Den unteren Bereich des Turms sieht man erst, wenn
man unmittelbar davorsteht."
„Was sollen wir machen?", kam die Frage über Funk.
„Sollen wir hochgehen, oder auf die Kripo warten?"
Der Kollege der Hundertschaft sah Grabowski und
Weber an.
Grabowski ergriff das Wort.
„Einer soll hochgehen und nachschauen.
Wenn da oben was ist, soll er sofort wieder
runtergehen."
„Ok", kam die Antwort aus den Lautsprechern.
„Ich gehe jetzt hoch."
Im Kommandowagen war die Anspannung mit Händen
zu greifen.
Etwa 30 Sekunden vergingen, bevor sich der Beamte
wieder meldete.
„Wir können die Suche beenden.
Ich glaube, wir haben ihn gefunden."
Sie hatten ihn gefunden.
Olaf Claus lag mit einem Kopfschuss und einem Schuss in
den Nacken tot auf dem Spelunkenturm.

14:50 Uhr
Weber stand in seinem weißen Spurensicherungsanzug
auf der Plattform des Spelunkenturms und sah sich um.
Die Leiche von Olaf Claus war vor wenigen Minuten
abgeholt worden. Sie sollte zur Pathologie nach Münster
gebracht werden, um von den gleichen Pathologen
obduziert zu werden, wie die beiden anderen Toten.
Zuvor hatte es einige emotionsgeladene Telefonate
zwischen dem Leiter der Kripo in Bielefeld und seinem
Pendant bei der Polizeidirektion Göttingen gegeben.
Die beiden Polizeidirektoren klärten auf dem kurzen
Dienstweg, dass die Ermittlungen vom PP Bielefeld
übernommen werden würden, und dementsprechend

war die Pathologie in Münster für die Obduktion zuständig. Grabowski schien nicht traurig darüber zu sein, dass er die Arbeit abgeben konnte. Er versprach Weber aber seine volle Unterstützung und die seiner Kollegen.

Die Spurensicherer aus Hameln hatten sich den Turm gründlich vorgenommen, doch außer Blut, dass höchstwahrscheinlich vom Opfer stammte, hatten sie nichts gefunden. Der Bereich rund um den Turm war abgesucht worden, ohne Erfolg. Derzeit suchte die Hundertschaft einen größeren Radius um den Tatort ab. Doch Weber machte sich keine Hoffnung, dass sie irgendetwas von Bedeutung für den Fall finden würden.

„Ich denke, wir sind hier fertig!", rief Teresa von unten.

Weber sah zu ihr hinab.

„Ich komme runter."

Langsam stieg er die Stufen hinab.

Unten angekommen, wandte er sich an Grabowski.

„Wie weit sind deine Leute mit den Vernehmungen?"

„Mein letzter Stand ist, dass sie etwa ein Drittel der Mitpatienten befragt haben und die Hälfte der behandelnden Ärzte und Therapeuten."

„Ok", sagte Weber.

„Wir gehen zur Klinik zurück und helfen bei den noch ausstehenden Vernehmungen."

Er sah Teresa an, die nickte. Auf dem Rückweg rief er Behlau an und brachte ihn auf den aktuellen Stand.

„Gut" sagte dieser, nachdem Weber fertig war.

„Hier gibt es auch nicht viel Neues. Seine Mutter hat seit etwa drei Jahren nur noch sporadisch Kontakt zu ihrem Sohn. Damals hatte sie ihn im Gefängnis besucht und es gab einen heftigen Streit zwischen den beiden. Claus wollte unbedingt, dass seine Mutter herausfindet, wo sich seine Tochter aufhält. Doch sie weigerte sich hartnäckig und er wollte sie nicht eher wiedersehen, bis sie die Information besorgt hatte. Was sie natürlich nicht tat.

Ein halbes Jahr vor seiner Entlassung besuchte sie ihn nochmal in der JVA, doch er sagte den Wärtern, dass er sie nicht sehen wolle. Als er sie anrief, war sie deshalb mehr als überrascht und freute sich. Deshalb nahm sie das Gespräch auch an."

„Womit er aufgrund seines Verhaltens sicher nicht gerechnet hatte und was ihm den Tod brachte", vermutete Weber.

Ein Team war derzeit dabei, seine Ex-Frau zu vernehmen. Es war ihnen noch nicht gelungen, die Tochter ausfindig zu machen.

Seine Ex-Frau, Elsbetha König, wusste ebenfalls nicht, wo sie sich derzeit aufhielt. Von Seiten des Jugendamtes hatte man ihnen nur gesagt, dass sie bei einer Familie in Höxter untergekommen wäre. Die Kollegen hatten den Eindruck, dass sie das nicht sonderlich interessierte. König hatte wieder geheiratet und hatte mit ihrem zweiten Ehemann Zwillinge, die ein Jahr alt waren. Ihren Ex hatte sie seit der Gerichtsverhandlung nicht mehr gesehen und gesprochen. Sie hatte keine Ahnung gehabt, dass er sich zur Therapie in Bad Pyrmont aufgehalten hatte. Die Nachricht von seinem Tod hatte sie nicht sonderlich mitgenommen, was aufgrund der Vorgeschichte aber nicht verwunderlich war.

Zurück in der Klinik führten Weber und Teresa jeweils zwei Vernehmungen von Mitpatienten und je eine von Therapeuten durch. Anschließend fuhren sie mit den Kollegen zur Dienststelle nach Hameln, um ihre Ergebnisse auszutauschen.

Claus' Zimmer war durchsucht worden, doch es wurde nichts gefunden, was einen Hinweis auf den Täter geben könnte. Die Fertigung des Phantombildes wurde abgebrochen, nachdem der Zeichner mit dem Zeugen zwei Stunden vergeblich versucht hatte, etwas Brauchbares zustande zu bringen.

Der Abgleich der Vernehmungen brachte keine heiße Spur. Die Mitpatienten beschrieben Claus als einen zurückhaltenden Menschen, der zwar an allen Therapiesitzungen und Sportangeboten teilgenommen und mit den anderen zusammen im Speisesaal die Mahlzeiten eingenommen hatte, sich sonst aber an keinen Aktivitäten außerhalb der Klinik beteiligt hatte. Es konnte nicht einer gefunden werden, der einen engeren Kontakt zu ihm aufgebaut hatte. Wie sich herausstellte, wusste von den anderen Patienten niemand, dass Claus eine Vorstrafe hatte. Dies war in den Gruppensitzungen kein Thema gewesen und er hatte es nicht angesprochen.

Anders sah es bei seiner Therapeutin und der Co-Therapeutin aus. Die beiden wussten von seiner Vorgeschichte und dem Missbrauch der Tochter. Sie hatten ihm beide geraten, den Mitpatienten gegenüber nichts davon zu erzählen, was er auch nicht vorgehabt hatte.

Genauere Angaben über den Stand der Therapie verweigerten sie. Sie beriefen sich auf ihre ärztliche Schweigepflicht, ließen jedoch durchblicken, dass die Behandlung Fortschritte gemacht hatte. Deshalb sollte sein Aufenthalt in der Klinik verlängert werden. Er hatte sich schon vor der Reha, unmittelbar nach seiner Entlassung aus der JVA, in ambulanter Therapie befunden. Dies war eine Bedingung gewesen, die ihm auferlegt worden war.

Auf die Frage, ob sich Claus in irgendeiner Weise bedroht gefühlt hatte, gaben die Therapeuten an, dass er ihnen gegenüber nichts davon erwähnt hätte.

Nachdem der Austausch mit den Kollegen beendet war, fuhren Weber und Teresa zurück nach Bielefeld und machten direkt Feierabend. Sie hatten Behlau zuvor ihre mageren Erkenntnisse telefonisch übermittelt.

Man hatte sich darauf geeinigt, auf eine Besprechung zu verzichten und sich am nächsten Morgen um 9 Uhr wieder zu treffen.

Kapitel 18

„Guten Morgen", begrüßte Behlau sein Team.

„Ich hoffe, ihr habt gut geschlafen und seid voller Tatendrang."

Er sah die Mitglieder der MK an, ohne dass von deren Seite eine Reaktion erfolgte.

„Nicht gerade sehr ermutigend, aber schauen wir mal, was wir haben. Brett", wandte er sich an Weber.

„Du fängst an."

Die nächsten 30 Minuten war der Ermittler damit beschäftigt, über den gestrigen Tag in Bad Pyrmont zu berichten.

„Also haben wir es hier mit dem gleichen Täter zu tun, wie in den beiden anderen Fällen", bemerkte Caro, die wieder anwesend war.

„So sieht es aus", stimmte Weber zu.

Im Anschluss berichteten die übrigen Teams über ihre Ergebnisse. Die Aussage von Claus' Mutter hatte Behlau seinem Kollegen gestern schon am Telefon dargelegt. Es war nichts Neues hinzugekommen. Gleiches galt für die Angaben seiner Ex-Frau.

„Was ist mit der Bewährungshelferin?", erkundigte sich Behlau.

Peter Eldeg meldete sich zu Wort.

„Ich habe gestern kurz mit ihm telefoniert.

Er hat Claus das letzte Mal zwei Tage vor Beginn der Reha getroffen. Das Treffen sei ganz normal verlaufen. Claus freute sich auf die Reha und erhoffte sich einiges davon.

Judith Landsberg, so heißt die Bewährungshelferin, war auch optimistisch, was die Reha anging. Claus hatte schon in der ambulanten Therapie gute Fortschritte gemacht. Er war endlich bereit, den Missbrauch seiner

Tochter aufzuarbeiten. Claus hatte sich während der Haft beharrlich geweigert, über die Tat und ihre Auslöser zu sprechen. Deshalb war ihm eine weitere Therapie nach der Entlassung auferlegt worden.

Landsberg ist der Meinung, dass er mit dem Therapeuten, bei dem er nach der Haftentlassung war, einen Glücksgriff getan hat und dieser einen Zugang zu ihm gefunden hat. Auch wenn es eine ganze Weile gedauert hat. Dem Therapeuten, sein Name ist Dr. Raimund Zirkel, ist es gelungen, Claus dazu zu bringen, sich auch den Therapeuten in der Reha zu öffnen. Claus hatte ihm erlaubt, alle Unterlagen aus ihren Sitzungen in der Klinik zur Verfügung zu stellen. Landsberg beschreibt das als einen Meilenstein in Claus' Behandlung.

Ich habe Dr. Zirkel gestern Abend noch eine Nachricht auf dem AB hinterlassen, dass er mich heute zurückrufen soll. Mal schauen, was er mir noch sagen kann."

Eldeg machte eine kurze Pause.

„Nicht ganz so gut sah es mit der Suche nach einem Job aus. Seit er aus der JVA herausgekommen ist, war Claus arbeitslos. Er war gelernter Tischler und es gab einige Jobangebote für ihn.

Er hat auch in zwei Firmen zur Probe gearbeitet, aber spätestens nach drei Wochen gab es einen handfesten Streit zwischen ihm und einem seiner Mitarbeiter oder Ausbilder und er wurde direkt gefeuert."

„Was genau heißt handfest?", hakte Caro nach.

„Das ist in diesen Fällen wortwörtlich zu nehmen. Er hat die Männer geschlagen, nachdem sie seine Arbeit kritisiert hatten. Dem einen hat er die Nase gebrochen, dem anderen den Unterkiefer ausgerenkt. Danach war er für das Jobcenter schwer zu vermitteln."

„Sind Strafanzeigen erstattet worden?", fragte Behlau.

Eldeg nickte.

„Die Anzeigen liegen bei der Staatsanwaltschaft und sollten zusammen im Juli verhandelt werden."

„Ok", sagte Behlau.

„Wie sieht es mit den Funkzellendaten aus?", wandte er sich an Anderson.

„Well", begann dieser.

„Sind beantragt und ich hoffe, dass ich sie bis zum Feierabend habe."

Behlau nickte.

„Was macht die Suche nach seiner Tochter?"

„Wie zu erwarten, wollte uns das Jugendamt nicht so ohne Weiteres helfen", stöhnte Chiara Bültmann.

„Aber Kempa hat beim zuständigen Richter einen Beschluss zur Herausgabe der Akten beantragt. Er hat vorab mit dem Richter gesprochen und dieser hat ihm signalisiert, dass er dem Antrag wohl zustimmen wird. Ich gehe davon aus, dass der Beschluss bis zum Mittag da ist und dann fahre ich mit Babs direkt zum Jugendamt und hole uns die Information."

Weber sah Chiara an. Er hatte gehofft, dass er vorläufig nicht mehr mit ihr zusammenarbeiten musste. Zwar waren sie nicht als Team eingeteilt worden, was er auch nicht so ohne Weiteres hingenommen hätte, aber ihre bloße Anwesenheit im Raum verursachte ihm Bauchschmerzen.

Doch was konnte er tun?

Snow hatte ihm unmissverständlich klar gemacht, was ihm und seiner Familie passieren würden, wenn er die Kollegin bloßstellten würde.

Er hatte überlegt, Caro ins Vertrauen zu ziehen und sie dazu zu bringen, Chiara in ein anderes Kommissariat zu versetzen. Doch er hatte sich nicht getraut. Außerdem lief er dann Gefahr, dass seine eigene Rolle im Zusammenhang mit Snow herauskam. Weber wusste, dass Caro ihn nicht verraten würde, aber trotzdem wollte er nicht, dass jemand davon erfuhr. Vor allem, weil die Vorfälle in Wien eng mit Snow in Verbindung standen. Er steckte nach wie vor in einer Zwickmühle. Aber irgendwie musste er da raus.

Kapitel 19

Weber fuhr auf den Parkplatz des Bordells an der Eckendorfer Straße. Hier sollte er sich mit Snow treffen, um ihm die restlichen Unterlagen zu übergeben.

Den Vormittag hatten er und die Kollegen mit weiteren Ermittlungen verbracht. Claus' Nachbarn im Nelkenweg waren befragt worden, aber niemand hatte näheren Kontakt zu ihm gehabt. Er wurde als Einzelgänger beschrieben, der weder positiv noch negativ aufgefallen war. Das er sich zur Reha in Bad Pyrmont aufgehalten hatte, hatte angeblich niemand gewusst. Keiner hatte gesehen, ob er jemals Besuch bekommen hatte. In seiner Wohnung war es immer still gewesen, nur den Fernseher hatte man hin und wieder gehört. Aber von Streit oder lauten Gesprächen konnte kein Nachbar berichten.

Sie hatten überlegt, die Befragung auf die umliegenden Häuser auszuweiten, sich jedoch erstmal dagegen entschieden. Sie glaubten nicht, dass es dort jemanden gab, der Claus näher gekannt hatte. Man einigte sich, die Ressourcen erst anderweitig einzusetzen. Ein Team war damit beauftragt worden, ehemalige Mithäftlinge Claus' ausfindig zu machen und diese zu befragen, ob sie noch Kontakt zu ihm gehabt hätten.

Immerhin war es ihnen gelungen herauszufinden, wo sich Claus' Tochter derzeit aufhielt. Sie war von der Pflegefamilie adoptiert worden und wohnte weiterhin in Höxter. Ansgar Schnelle und Karl Grund sollten im Laufe des Tages Kontakt zu der Familie aufnehmen und mit ihnen das weitere Vorgehen absprechen. Man wollte die kleine Ilka nicht mit dem Erscheinen der Polizei überraschen, sondern sie langsam darauf vorbereiten.

Weber hatte am Morgen den Psychotherapeuten Raimund Zirkel in dessen Praxis in Bethel aufgesucht. Wie zu erwarten, hatte dieser sich zunächst geweigert, konkrete Angaben zu Inhalten der Sitzungen zu machen. Weber hatte das vorausgesehen und vor dem Termin mit der Staatsanwaltschaft telefoniert. Kai Kempa hatte die Meinung vertreten, dass mit dem Tod von Claus die ärztliche Schweigepflicht erloschen war. Dr. Zirkel hatte sich davon nicht beeindrucken lassen. Er war der festen Überzeugung gewesen, dass die Verschwiegenheitspflicht über den Tod hinausging. Weber hatte dem Arzt erklärt, dass er von der Staatsanwaltschaft bereits die mündliche Zusage zur Durchsuchung seiner Praxis hätte. Er bräuchte nur den Richter anrufen und der würde ihm keine Steine in den Weg legen. Daraufhin hatte Zirkel nachgegeben. Weber war froh gewesen, dass der Doktor letztendlich eingelenkt hatte, den ihm war bewusst gewesen, dass der zuständige Richter durchaus anderer Meinung hätte sein können als Kempa.

Allerdings war das, was ihm der Psychologe sagen konnte, nicht erhellend gewesen. Claus war seit knapp zwei Jahren bei ihm in Behandlung gewesen. Sie hatten sich regelmäßig einmal die Woche getroffen. Zirkel war der Meinung gewesen, dass sein Patient gute Fortschritte gemacht hatte und sich intensiv mit der Aufarbeitung seiner Taten auseinandergesetzt hatte. Zudem war er medikamentös gut eingestellt gewesen, so dass von einem Rückfall aus Sicht des Arztes nicht auszugehen gewesen war. Er hatte aber auch zugegeben, dass Claus weit davon entfernt gewesen war, als geheilt zu gelten. Eine akute Gefährdung von Kindern oder Jugendlichen hätte aber nicht bestanden. „Warum haben Sie ihn dann zur Reha geschickt?", hatte Weber gefragt.

„Weil ich der Meinung war, dass er mal einen Tapetenwechsel brauchte. Wir kamen wirklich gut voran, aber eine Reha kann auch neue Anreize schaffen und deshalb habe ich ihn nach Bad Pyrmont geschickt."

„Hat er Ihnen erzählt, dass er bedroht wurde, oder sich bedroht fühlte?"

Zirkel schüttelte den Kopf.

„Davon hat er zu keinem Zeitpunkt gesprochen. Weder zu Beginn der Behandlung noch in den Tagen vor Beginn der Reha. Ich hatte auch aus den Gesprächen nicht den Eindruck gewonnen, dass in dieser Richtung irgendwas nicht stimmte."

„In einer anderen Richtung?", fragte Weber einem Bauchgefühl folgend nach.

Zirkel machte eine kurze Pause und nahm einen Schluck aus einem Glas Mineralwasser, das vor ihm auf dem Schreibtisch stand. Seinem Besuch bot er nichts an.

„Herr Claus machte sich Gedanken über die Beziehung zu seiner Mutter. Wie sie sicherlich wissen, war diese seit seiner Inhaftierung, vorsichtig ausgedrückt, problematisch. Herr Claus wollte dies ändern. Er beabsichtigte, intensiveren Kontakt mit seiner Mutter aufzunehmen. Er wollte ihr erzählen, dass er in der Therapie gute Fortschritte machte und so eine Tat nie wieder geschehen würde. Dabei hoffte er auf meine Unterstützung. Er hatte vor, seine Mutter dazu zu bringen, zu einer gemeinsamen Sitzung in meine Praxis zu kommen. Ich war damit einverstanden, weil ich mir durch eine Stärkung der Beziehung auch weitere Fortschritte für ihn selbst erhoffte. Aber zu dem Treffen kam es vor der Reha nicht mehr."

„Wissen Sie, ob Herr Claus eine Freundin hatte, oder andere Personen, mit denen er sich regelmäßig traf?" fragte Weber.

Zirkel schüttelte den Kopf.

„Eine Freundin hatte er nicht, das hätte er mir gesagt. Von einem Freundeskreis weiß ich ebenfalls nichts. Er behauptete immer, dass er froh war, nach seiner Haftentlassung Ruhe zu haben und lebte deshalb zurückgezogen. Er war nicht soweit, anderen von seiner Haft zu berichten. Den ersten Kontakt wollte er zu seiner Mutter wiederherstellen und schauen, wie das läuft." Er verabschiedete sich von Zirkel und fuhr zur Bewährungshilfe, um sich dort mit Claus' Bewährungshelferin Judith Landsberg zu treffen.

Auch von ihr erfuhr Weber nichts Wesentliches. Claus kam regelmäßig einmal im Monat zu ihr. Bei ihren Treffen ging es hauptsächlich um den Fortschritt seiner Therapie und um die Suche nach einem Arbeitsplatz. Er hätte sich überlegt wieder als Tischler zu arbeiten. Doch es wäre nicht gelungen, einen passenden Arbeitsplatz zu finden. Nicht zuletzt aufgrund der Vorfälle auf seiner letzten Arbeitsstelle.
Claus war bei seiner Entlassung als rückfallgefährdeter Sexualstraftäter eingestuft worden. Dadurch wurde er für die ersten fünf Jahre nach der Haft in ein besonderes Betreuungsprogramm aufgenommen. Durch eine enge Zusammenarbeit von Bewährungshilfe, Betreuern, Psychologen und der Polizei sollte verhindert werden, dass diese Personen wieder Straftaten begehen würden. Claus war seit seiner Haftentlassung in diesem Programm gewesen und hatte sich gut entwickelt. Bei der Kriminalpolizei gab es Beamte, die speziell für diese Aufgabe geschult waren. Das Betreuungsprogramm gab es in allen Bundesländern in ähnlicher Form. Weber kannte die dafür zuständigen Bielefelder Kollegen und nahm sich vor, zeitnah mit ihnen zu reden.
Von einer Freundin wusste Landsberg genauso wenig, wie von Freunden. Sie bestätigte, dass er wieder Kontakt

zu seiner Mutter herstellen wollte, was sie gut und einen mutigen Schritt fand. Claus ging so gut wie nie aus und blieb fast ausschließlich in seiner Wohnung. Was er dort alleine so machte, fragte Weber interessiert.

Er hätte viel gelesen und Fernsehen geschaut. Im Gefängnis hätte er das nicht oft tun können. Deshalb hätte er einiges nachzuholen gehabt. Landsberg hatte Claus alle drei Monate zu Hause besucht. Sie hatte gesehen, dass er zahlreiche Bücher besaß, die er sich im Internet bestellt hatte. Er hatte sich eine Hantelbank gekauft, an der er regelmäßig trainierte, um in Form zu kommen. Da Weber nichts mehr eingefallen war, was er Landsberg noch hätte fragen können, war er aufgestanden, hatte sich bei ihr bedankt und das Büro verlassen.

Nun saß er in einem Dienstwagen vor dem Bordell. Er hatte vor dem Termin mit Snow das Auto tauschen und mit seinem privaten Pkw fahren wollen. Aber dazu war nach dem Gespräch mit Landsberg keine Zeit mehr geblieben. Und er wollte nicht zu spät erscheinen.

Mit einem tiefen Seufzer stieg er aus dem Auto, nahm einen prall gefüllten DIN-A4-Umschlag vom Rücksitz und betrat das Bordell. Zum Glück hatte er die Unterlagen mitgenommen, als er am Morgen das Präsidium verlassen hatte. Ein weiterer glücklicher Umstand war, dass er heute alleine unterwegs gewesen war, da Teresa einen Tag frei genommen hatte. Weber wusste mittlerweile, wo sich Snows Büro befand. Die Angestellten kannten ihn ebenfalls und so brauchte er keine Begleitung mehr. Er war sich sicher, dass er, sobald er den Parkplatz befuhr, auf Schritt und Tritt beobachtet wurde. Ohne anzuklopfen öffnete er die Tür und betrat das Büro.

„Ah, Hallo Herr Weber", begrüßte ihn Snow süßlich.

„Kommen Sie rein und setzen Sie sich."

Er zeigte auf den freien Stuhl vor seinem Schreibtisch.

Seine beiden Leibwächter waren nicht zu sehen.

Anscheinend war Snow überzeugt, dass ihm von Weber keine Gefahr drohte, zumindest keine, mit der er nicht selber fertig werden konnte. Der Kommissar schloss die Tür hinter sich und trat an den Tisch. Er legte den Umschlag darauf und setzte sich.

Snow schien überrascht, dass Weber seiner Aufforderung nachgekommen war, da er sonst immer so schnell wie möglich wieder gehen wollte. Der Gangster lächelte einladend, als er fragte:

„Was kann ich für Sie tun?"

Weber sah ihn einen langen Augenblick an, stieß einen Seufzer aus und gestand mit Magenschmerzen:

„Ich brauche Ihre Hilfe. Sie müssen jemanden für mich finden."

18 Uhr

Nach seinem Gespräch mit Snow war Weber zurück ins Präsidium gefahren. Er hatte sich in sein Büro zurückgezogen und bis zur Besprechung der MK um 16 Uhr Berichte zu den Vernehmungen von Dr. Zirkel und Landsberg geschrieben. Normalerweise hätte er ein Diktiergerät verwendet, um die Gespräche aufzuzeichnen. Doch heute hatte er sich entschlossen, darauf zu verzichten. Es war eh nicht viel dabei herausgekommen und deshalb sollte eine Zusammenfassung der Angaben reichen.

Weber hatte Probleme, sich auf das Schreiben zu konzentrieren. Seine Gedanken schweiften immer wieder ab und landeten bei dem Gespräch mit Snow. Er wusste, dass er sich mit seinem Anliegen abhängiger von ihm machte, als er es eh schon war. Der Unterweltboss würde sich seine Hilfe von ihm teuer bezahlen lassen, dessen war er sich sicher. Einen anderen Weg sah er aber nicht. Natürlich hätte er sich sagen können, dass sein ehemaliger Gitarrenlehrer kein so enger Bekannter war, als dass er für diesen ein so großes Risiko eingehen musste. Andererseits ging es hier um dessen Tochter. Wenn Sofia tatsächlich in die Fänge eines Loverboys geraten war, drohte ihr ein schreckliches Schicksal. Die Mädchen wurden an Bordelle verkauft, oder gingen für den Loverboy selber anschaffen. Dieser spielte ihnen dabei eine finanzielle Notsituation vor, bat die Mädchen um finanzielle Hilfe, da ansonsten seine Existenz bedroht sei. Bis zu diesem Zeitpunkt hatte es der Loverboy bereits geschafft, die Jugendlichen von Familie und Freunden zu isolieren. Dadurch hatten diese Angst, alleine dazustehen, sollte sie ihr vermeintlicher Freund verlassen. Also halfen sie ihm, indem sie auf den Strich gingen. Den Mädchen gelang es oft erst nach vielen Monaten oder gar Jahren, sich von ihren Peinigern zu befreien. Doch zu einer Strafanzeige kam es trotzdem selten, da sie sich schämten, beziehungsweise aus Angst nicht zur Polizei gingen. Das Dunkelfeld in diesem Bereich war sehr hoch, wie Weber wusste. Deshalb hatte er sich entschlossen, Snow um Hilfe zu bitten. Er hoffte, dass die Gegenleistung nicht allzu schmerzlich ausfallen würde. Doch wenn er dadurch vielleicht nicht nur Sofia, sondern auch andere Mädchen retten konnte, war es das wert. Mit Snow würde er schon fertig werden - sicher war sich Weber dessen allerdings nicht. Bei der Besprechung teilte er den anderen Mitgliedern der MK mit, was er von Dr. Zirkel und Judith Landsberg erfahren hatte. Den Kollegen, die sich mit Claus' Tochter befassten, war es gelungen, für den nächsten Tag einen Termin zur Anhörung des Mädchens zu vereinbaren. Das Gespräch sollte in der Praxis der Psychologin stattfinden, bei der sie sich derzeit in Behandlung befand. Die Ärztin würde bei der Unterredung anwesend sein, um die Reaktionen ihrer Patientin zu beobachten und gegebenenfalls eingreifen zu können, falls sie die Erinnerung an die Vorfälle zu stark belasten würden. Ansonsten gab es keine neuen Erkenntnisse und Weber verließ das Präsidium um 19:30 Uhr. Vor allen, außer den Kollegen, die am nächsten Tag Claus' Tochter vernehmen sollten, lag ein freies Wochenende - soweit es keinen neuen Mord geben würde.

Kapitel 20

Die untergehende Sonne schien ihm ins Gesicht. Er kniff die Augen zusammen, um besser sehen zu können, doch das, was er eigentlich sehen wollte, befand sich in seinem Rücken. Er traute sich nicht, sich umzudrehen. Die Sonne tauchte hinter den Bäumen am Parkplatz ab. Es würde noch dauern, bis es dunkel wurde. Der Typ musste dreist sein, dass er nicht bis zur Dunkelheit gewartet hatte. Entweder das oder er war total verrückt. Es war ein sehr schöner und warmer Sommertag gewesen. Und auch jetzt waren es noch über 20 Grad. Er hatte einen super Tag gehabt und hatte sich auf einen angenehmen Abend mit den Jungs gefreut. Reichlich Alkohol und geile Mädchen bis zum Abwinken. Und alles umsonst! Er versuchte, sich in eine bequemere Position zu bringen und rutschte auf den Knien hin und her. Wie lange kniete er schon hier? Es konnte noch nicht lang sein, aber für ihn fühlte es sich wie eine Ewigkeit an. Würde er je wieder aufstehen, oder käme hier sein Ende? Kniend auf einem beschissenen Parkplatz? Nein, er war jung und hatte noch einiges vor in seinem Leben. Er würde noch ganz groß rauskommen und viel Geld verdienen. Den Grundstein dafür hatte er gelegt. In den letzten Jahren hatte er sich in gewissen Kreisen einen Namen gemacht. Sein voriger Auftrag war ein voller Erfolg gewesen. Seine Auftraggeber waren sehr zufrieden mit ihm gewesen und hatten in Aussicht gestellt, dass er nun reif für andere Aufgaben wäre. Aufgaben, die ihm nicht nur mehr Kohle, sondern auch eine gewisse Macht einbringen würden. Und das wollte er sich nicht von so einem dämlichen Arschloch vermasseln lassen.

Er nahm seinen Mut zusammen:

„Also, was soll der Scheiß hier?", fragte er über seine Schulter und wollte sich umdrehen.

Er hatte seinen Kopf halb nach hinten gedreht, als er den Lauf der Pistole an seiner Schläfe spürte.

„Versuchen es erst gar nicht", sagte der Typ kalt.

„Dreh den Kopf nach vorne und nimm endlich dein Handy aus der Tasche."

Rico blickte wieder geradeaus. Dann hielt der Typ den Lauf der Waffe an seinen Hinterkopf. Als er sich nicht rührte, wurde der Druck erhöht. Seine zuvor kurz erlangte Selbstsicherheit löste sich in nichts auf. Er fing an zu zittern und griff in seine hintere Hosentasche, um sein Handy herauszuziehen.

„Na, geht doch", sagte der Typ zufrieden.

„Du hast eine realistische Chance. Ruf eine Nummer an und wenn sich niemand meldet, lass ich dich gehen. Wenn nicht...", der Typ erhöhte den Druck nochmals.

Ricos Kopf zuckte nach vorne. Er entsperrte sein Telefon und rief das Kontaktverzeichnis auf. Fieberhaft überlegte er, wenn er anrufen könnte. Er scrollte durch die Namen. Bei „J" hielt er an und drückte auf die Anruftaste. Nach dem vierten Klingeln passierte das, womit er nicht gerechnet hatte.

„Enrico, was ist los? Warum rufst du mich an einem Samstagabend an?"

Bevor er etwas sagen oder tun konnte, wurde es dunkel um ihn.

Der Mann trat an die vor ihm im Gras liegende Person. Er drehte ihn mit dem Fuß auf den Rücken. Dann beugte er sich zu ihm hinunter, setzte ihm die Waffe auf die Brust und drückte ab. Der Mann nahm den Lauf wieder hoch, richtete diesen auf die Stirn des Toten und schoss erneut. Er hob die Patronenhülsen auf, wandte sich von der Leiche ab, verließ den Parkplatz und ging in Richtung

Innenstadt. Nach wenigen Metern kam er zu einem
Firmenparkplatz. Der Killer lief zu einem in der
hintersten Ecke stehenden Pkw und stieg auf der
Beifahrerseite ein. Er wandte der Person auf dem
Fahrersitz die Gesichtshälfte mit der Narbe zu und sagte:
„Erledigt."
Die Person am Steuer nickte.

Der Schweiß stand ihr auf der Stirn und sie zitterte am
ganzen Körper. Ihr letzter Kunde war vor 5 Minuten
gegangen. Eine Stunde hatte sie es mit ihm aushalten
müssen. Eine Stunde, in der er sie in alle Löcher gefickt
hatte. Das alleine machte ihr nichts mehr aus. Ihr war es
egal, ob die Männer ihr in den Hintern, in den Mund,
oder in ihre Fotze spritzten. Daran hatte sie sich im
Laufe der Zeit gewöhnt. Sie schaltete einfach ab und
träumte sich an den Strand in Holland, während die
Männer sich auf ihr austobten. Ab und zu gab sie ein
Geräusch von sich oder bestärkte sie in ihren
Bemühungen. Aber das war nur ihr Körper, ihr Geist war
lange woanders.
Doch jetzt war sie wieder mit ihrem Körper vereint. Und
damit setzte der Entzug ein. Sie brauchte dringend einen
Schuss. Sie hoffte, dass der Boss bald kommen würde,
um ihr ihre Belohnung zu geben. Ihre Entschädigung
dafür, dass sie dem Kunden ihren Körper zur Verfügung
gestellt hatte und ihm und seinen Kumpels eine Menge
Geld beschert hatte. Da war es doch fair, dass er ihr
etwas brachte, damit sie für den nächsten bereit war,
der sicher bald käme. Aber warum dauerte das so lange?
Das war ungerecht. Sie hatte ihre Arbeit getan und
wollte dafür bezahlt werden. Sie krümmte sich unter
Schmerzen auf dem Bett zusammen. Ihr letzter Kunde
hatte sie nicht nur nach allen Regeln der Kunst gevögelt,
sondern war dabei auch nicht besonders zärtlich

vorgegangen. Im Gegenteil, er hatte sie geschlagen und gewürgt. Sie brauchte die Dosis, um die Schmerzen zu vergessen.

Sie hörte, wie die Tür aufging und versuchte, sich aufzurichten. Er sollte nicht merken, wie schlecht es ihr ging. Obwohl ihr ganzer Körper schmerzte, schaffte sie es, sich auf die Bettkante zu setzen.

„Du siehst Scheiße aus", sagte er vorwurfsvoll zu ihr. „Sieh zu, dass du das wieder hinbekommst. Der nächste Kunde kommt in 15 Minuten. Geh in die Dusche und mach dir Schminke ins Gesicht. Die Männer wollen keine beschädigte Ware. Also sieh zu."

„Ich brauche was", stammelte sie zwischen zusammengepressten Lippen hervor.

„Was du brauchst ist eine Dusche und ein neuer Anstrich."

„Bitte", bettelte sie. „Ich schaffe es sonst nicht."

Er schlug ihr mit der Faust in den Magen. Sie klappte zusammen und fiel vom Bett. Sie schnappte nach Luft, konnte kaum atmen. Er kam zu ihr, beugte sich hinunter, packte sie an den Haaren und zog ihren Kopf dicht an seinen Mund.

„Jetzt hör mir mal zu, du kleine Schlampe. Wenn du in 15 Minuten nicht fertig bist und den Kunden zufrieden stellst, ist ein Schuss dein kleinstes Problem. Wir brauchen keine Huren, die nur rumjammern und ihre Arbeit nicht vernünftig erledigen. Haben wir uns verstanden?"

Sie nickte.

Er ließ sie los und stand auf. Sie merkte, wie zwei Pillen neben ihr auf den Boden fielen.

„Das sollte dir erstmal helfen", sagte er und verließ das Zimmer. Gierig kroch sie zu den Pillen und schluckte sie ohne Wasser hinunter. Sie bemerkte die Wirkung unmittelbar. Die Schmerzen ließen nach, auch wenn sie nicht ganz verschwanden. Dazu war die Dosis nicht stark genug, aber immerhin konnte sie aufstehen und sich für den nächsten Kunden fertig machen.

Irgendwie hatte sie es geschafft, den Typ zufrieden zu stellen. Zum Glück war er nicht so brutal gewesen. Zwar hatte auch er sie hart genommen, aber nicht geschlagen. Sie hatte ihm einen astreinen Blowjob besorgt und danach hatte er sie in den Hintern gefickt. So wie er stöhnte, hatte es ihm gefallen. Nachdem er weg war, bekam sie ihren versprochenen Schuss. Sie hatte Angst gehabt, dass sie einen weiteren Kunden bedienen musste, doch man sagte ihr, dass für heute Feierabend sei, und sie erhielt eine kleine Tüte mit Stoff für eine Ration. Dieser rann nun durch ihren Körper und sie entspannte sich mehr und mehr. Sie wusste, dass es eine kurze Phase der Entspannung war, denn ihre nächste Dosis musste sie sich wieder verdienen. Und der Preis wurde von Mal zu Mal höher. Ihr war klar, dass sie das nicht mehr lange aushalten würde. Sie musste hier weg, aber wie? Mittlerweile war es ihr egal, wie sie von diesem Ort wegkam. Sie schaute auf die Narben an ihren Handgelenken. Nächstes Mal würde sie es besser machen, dann könnte sie niemand mehr zurückholen. Für sie gab es keinen anderen Ausweg.

Kapitel 21

Sonntag, 05.06.2016; 13:20 Uhr
Weber stand mit Teresa auf dem Parkplatz und starrte auf die tote Gestalt, die im Graben lag.
„Weggeworfen wie Abfall", sagte die Ermittlerin betroffen.
„Und noch so jung", ergänzte sie.
„Wie alt schätzt du ihn?"
Weber überlegte einen Moment.
„Nicht älter als 25, würde ich sagen."
Teresa nickte.
„Ich hätte ihn sogar noch jünger, Anfang 20 geschätzt."
Weber wandte sich an die Spurensicherer, die um die Leiche standen.
„Habt ihr schon seine Taschen durchsucht?"
Carlo Himmelmann, der zusammen mit Julius Heinrichs eingesetzt war, nickte.
„Ja, aber seine Taschen sind leer. Falls es dir um seine Identifizierung geht, muss ich dich leider enttäuschen. Wir haben nichts gefunden, was da weiterhelfen könnte."
„Ok", sagte Weber.
Er und Teresa standen in ihren weißen Schutzanzügen am Rand des Grabens am hinteren Ende des Parkplatzes, der zum Nordeingang des Gartenschauparks Rietberg gehörte. Der Park umfasste ein Areal von 30 Hektar und war in zwei Teile aufgeteilt. Sie befanden sich im nördlichen Teil des Geländes, welches aus der Landesgartenschau im Jahr 2008 hervorgegangen war. Um den Park auch nach deren Ende in einer guten Qualität erhalten und immer wieder neue Veranstaltungen durchführen zu können, war ein Förderverein gegründet worden, in dem jeder Mitglied werden konnte. So war der Park nach wie vor ein

lohnendes und vor allem von Familien genutztes Naherholungsgebiet mit vielen Attraktionen.

„Brett, my guy", hörte Weber plötzlich eine Stimme hinter sich. Er drehte sich um und sah Phil Andersen, der auf ihn zukam.

„Wer hat dich denn rausgelassen?", fragte er mit einem Grinsen im Gesicht.

„Diesmal keine Büroarbeit, Funkzellen anfragen und auswerten?"

„Well, man hat sich dazu entschlossen, jetzt mal die richtigen Kriminalisten ran zu lassen, nachdem ihr es nicht geschafft habt."

„Und was hat Sherlock Holmes herausgefunden?"

„Not much", gab Anderson zu.

„Ich habe gerade mit der Vorsitzenden des Fördervereins des Parks gesprochen. Nice girl, by the way."

Er grinste.

„Und sonst noch was Interessantes?"

„Well, gestern Abend gab es keine Veranstaltung im Park. Das heißt, dass ab 22 Uhr niemand mehr in den Park reingekommen ist. Die Kasse in diesem Teil des Parks schließt um 18 Uhr, die Hauptkasse im Innenstadtbereich um 20 Uhr. Allerdings darf man bis zum Einbruch der Dunkelheit, spätestens bis 22 Uhr im Park bleiben. Der Nordteil ist in der Regel gegen 20 Uhr leer. Auch auf dem Parkplatz stehen dann keine Autos mehr. The nice girl wird sich bei der Kassiererin informieren, die gestern als Letzte Dienst hatte, wann sie gegangen ist und ob hier noch Autos standen, oder ihr was aufgefallen ist. Sobald sie was weiß, sagt sie uns Bescheid."

Weber nickte.

„Brett", meldete sich der Fotograf Alfons Peitz.

Er kniete neben der Leiche und hielt seine Kamera ans Auge.

„Was gibt es?"

„Es geht um die Verletzungen des Toten. Soweit ich weiß, gab es bei den anderen Opfern jeweils einen Einschuss in den Hinterkopf und einen in die Brust."

Weber nickte.

Peitz machte ein Foto und nahm die Kamera herunter bevor er weitersprach.

„Ich sehe hier zwei Einschüsse im vorderen Bereich. Einer in die Brust, einer in die Stirn. Genau zwischen die Augen."

Weber machte ein überraschtes Gesicht.

„Habt ihr ihn schon umgedreht?"

„Nein", sagte Himmelmann.

„Nur einmal kurz angehoben, um die hinteren Taschen seiner Hose abzuklopfen. Wir müssen ihn erst vorne abkleben."

Weber stieg in den Graben hinunter.

„Wir müssen ihn auf die Seite drehen. Ich muss wissen, ob er auch einen Schuss in den Hinterkopf abbekommen hat".

Himmelmann nickte. Er fasste die Leiche an den Füßen, Heinrichs an der Hüfte und Weber nahm seinen Kopf. Auf ein Kommando des Kommissars drehten sie den Toten auf dessen rechte Seite. Er sah den Einschuss in den Hinterkopf sofort.

„Warum diesmal drei Schüsse?", fragte er laut.

„Bei den anderen Opfern waren es nur zwei. Warum noch ein Schuss in die Stirn? Außerdem ist er jünger als die anderen. Wenn er auch eine Vorstrafe hat und in Haft war, muss er seine kriminelle Karriere früh angefangen haben."

Er sah zu Teresa auf, die mit den Schultern zuckte.

Zurück im Präsidium stellte er bei der Besprechung der MK die gleichen Fragen.

„Wir haben versucht, ihn anhand seines Daumenabdruckes zu identifizieren, aber ohne Erfolg. Er ist nicht bei uns im System", sagte Heinrichs.

„Woraus wir schließen können", fuhr Behlau fort, „dass er nicht in Haft war. Was wiederum bedeutet, dass wir auch hier eine Abweichung von den anderen Opfern haben."

„Also nicht nur das Alter und die Anzahl der Schüsse", fügte Weber hinzu.

„Wobei ich sagen muss", sagte Behlau, „dass ich die Sache mit dem Alter als nicht so auffallend empfinde. Die beiden anderen Punkte schon eher."

„Vielleicht nimmt seine Aggressivität zu", mutmaßte Manuela Meins. „Es reicht ihm nicht mehr, sein Opfer mit zwei Schüssen hinzurichten, es müssen jetzt drei sein, um den Kick zu erhalten."

„Oder er verliert die Kontrolle über sein Handeln", warf Grund ein.

„Das glaube ich eher weniger", sagte Behlau. „Dafür ist der Rest der Tat nach wie vor zu präzise ausgeführt. Bei einem Kontrollverlust würde ich mehr Abweichungen am Tatort erwarten. Es muss einen anderen Grund geben."

„Vielleicht will uns der Täter auch einfach nur verwirren, was die Schüsse angeht. Damit wir uns genau diese Fragen stellen und von unseren bisherigen Spuren abbringen lassen", überlegte Teresa.

„Nur, dass wir kaum Spuren haben, von denen wir uns abbringen lassen könnten", bemerkte Behlau.

„Aber das weiß der Täter ja nicht", blieb die Kommissarin hartnäckig.

„Ok", sagte der MK-Leiter. „Schluss mit den Spekulationen. Welche realen Hinweise haben wir?"

Gerd Höppner, der für die Aufnahme des Tatorts verantwortlich gewesen war, meldete sich zu Wort: „Mal wieder nicht viele. Wir haben keine Hülsen gefunden und rund um den Fundort haben wir auch nichts Verdächtiges entdeckt. Es gibt zwar einige Reifenspuren auf dem Grünstreifen am Graben, aber keine davon lässt sich eindeutig einem möglichen Täterfahrzeug zuordnen. Die Gerichtsmediziner waren vor Ort und haben die Körpertemperatur des Opfers gemessen. Eine ganz grobe Schätzung ihrerseits geht davon aus, dass die Tatzeit zwischen 19 und 23 Uhr gestern Abend liegt. Ansonsten konnten sie noch sagen, dass es sich um drei aufgesetzte Schüsse handelt."

„Womit wir wieder bei den Abweichungen zu den anderen Taten wären. Oder hast du noch was?" fragte Behlau an Höppner gewandt.

Dieser schüttelte den Kopf.

„Wie sieht es mit der Identifizierung aus?"

„Bis jetzt negativ", antwortete Himmelmann. „Soweit wir bis jetzt feststellen konnten", fuhr Eldeg fort, „passt seine Beschreibung zu keiner der vorliegenden Vermisstenanzeigen. Wir werden nach der Besprechung nochmal alle Anzeigen durchgehen."

Behlau nickte.

„Irgendetwas an seiner Kleidung, dass uns helfen könnte ihn zu identifizieren?"

„Nichts, was wir bis jetzt entdeckt hätten", sagte Heinrichs.

„Wann ist die Obduktion?", fragte Weber.

Behlau sah auf seine Armbanduhr. Es war mittlerweile kurz vor 17 Uhr.

„In 30 Minuten", sagte er dann. „Ich fahre gleich hin. Vielleicht gibt es ja auffällige Tätowierungen oder Narben, die uns bei der Identifizierung helfen können."

„Was ist mit einer Öffentlichkeitsfahndung?", fragte Teresa.

„Wenn wir gar nicht weiterkommen, werde ich mit Kempa darüber sprechen", erwiderte Behlau.

„Was ist mit einem Handy? Ich nehme an, ihr habt keins gefunden?", nahm Weber die Antwort vorweg.

Höppner bestätigte ihm: „Richtig. Weder bei ihm noch in der unmittelbaren Umgebung."

„Also hat es der Täter wieder mitgenommen."

Höppner nickte.

„Well, ich bin schon dran, die Funkzellendaten anzufordern", sagte Anderson. „Wir haben wieder Glück mit dem Provider und ich hoffe, dass die Daten morgen Abend vorliegen."

Danach war die Besprechung zu Ende. Die restliche Arbeitszeit über versuchten sie, den Toten zu identifizieren, was ihnen jedoch nicht gelang.

Frustriert machten sie schließlich Feierabend.

Kapitel 22

Weber stand noch immer unter dem Eindruck der Vernehmung durch die Wiener Kollegen. Er hatte kurz mit Yuna nach deren Gespräch mit den Beamten reden können. Sie hatte ihnen nicht viel sagen können, da ihre Erinnerungen an das letzte Treffen mit ihrem Ex nur noch bruchstückhaft waren. Immerhin waren seit damals viele Jahre vergangen. Aber sie hatte sich daran erinnern können, dass Weber an dem Abend mit ihm gesprochen hatte. Doch zu seinem Glück konnte sie nicht mehr angeben, wie lange er fort gewesen war. Er hatte ihr damals gesagt, dass er mit ihrem Ex in eine Kneipe gegangen war und dort ein stundenlanges Gespräch geführt hatte. Anschließend sei er in seine Unterkunft gefahren. Yuna hatte das damals merkwürdig gefunden, aber ihm war keine bessere Ausrede eingefallen. Und sie hatten ja tatsächlich was getrunken, in einer Bar in der Nähe ihrer Wohnung. Nur war Weber danach nicht in sein Hotel gegangen, sondern hatte mit Basti einen Ausflug gemacht. Einen Ausflug, von dem dieser nicht zurückgekehrt war. Während sie getrunken hatten, hatte Weber versucht, ihn davon zu überzeugen, dass er Yuna in Ruhe lassen sollte. Doch Basti war so absolut überzeugt gewesen, dass sie ihn immer noch liebte, und deshalb hatte er nach dem zweiten Bier wieder zu ihr gehen und mit ihr reden wollen. Weber hatte gemerkt, dass er mit vernünftigen Argumenten nicht davon abzubringen war und er Yuna weiterhin stalken würde. Also hatte er versucht, ihn einzuschüchtern, indem er ihm gedroht hatte, dass die Polizei ihn nicht mehr aus den Augen lassen würde, falls er noch einmal vor Yunas Haustür auftauchen sollte. Seine Ansprache hatte die gegenteilige Wirkung erzielt. Basti war aufgesprungen und hatte die Gaststätte verlassen. Dabei hatte er Weber deutlich zu verstehen gegeben, dass ihn seine Drohung nicht abschrecken würde. Er hatte den Wahnsinn in Bastis Augen aufleuchten sehen und gewusst, dass er Yuna niemals in Ruhe lassen würde. Eher würde er ihr etwas antun - nach dem Motto: „Wenn ich dich nicht haben kann, dann auch kein anderer." Weber war ihm nachgegangen und hatte einen allerletzten Versuch unternommen - erfolglos. Da hatte er zugeschlagen.

Er war an dieser Stelle seiner Überlegungen angelangt, als sein Telefon klingelte. Es war Anderson.

„Come on, my friend", sagte dieser. „Ich habe die Telefondaten von unserem letzten Opfer bekommen. Wird dich sicher interessieren. Wir treffen uns im Besprechungsraum."

17 Uhr

„Ich habe es für einen Scherz gehalten. Ich habe den Anruf überhaupt nicht mit diesen Morden in Verbindung gebracht."

Weber und Teresa saßen Judith Landsberg in deren Wohnzimmer gegenüber.

„Ich wollte auch zuerst gar nicht rangehen, da er wusste, dass er mich außerhalb der Sprechzeiten nicht anrufen sollte. Für Notfälle ist sein Psychologe zuständig - war zuständig", korrigierte sie sich.

Die Auswertung der Funkzellen hatte eine auffällige Handynummer ergeben, von der zur vermuteten Tatzeit ein Anruf von 13 Sekunden zu einer anderen Mobilfunknummer erfolgt war. Eine eilig durchgeführte Feststellung des Anschlussinhabers hatte sie zu Landsberg geführt. Da Weber schon mit ihr gesprochen hatte, war er auch diesmal zu ihr gefahren.

Die Bewährungshelferin war geschockt gewesen, als er und Teresa ihr erklärt hatten, warum sie sie aufsuchten. Sie machte sich Vorwürfe, weil sie nicht sofort an die anderen Morde gedacht und die Polizei verständigt hatte. Weber konnte ihr versichern, dass dies nichts am Tod des Jungen geändert hätte. Sie hatten nun auch endlich den Namen des Opfers: Enrico von Seewald, Spitzname „Rico", 19 Jahre alt, vorbestraft wegen sexueller Nötigung und versuchter Vergewaltigung, zwei Jahre Jugendstrafe in der JVA Herford, entlassen im Dezember 2015 auf Bewährung. Seitdem stand er unter ihrer Aufsicht. Auch er war, wie Claus, in das Sonderprogramm für auf freien Fuß gesetzte Sexualstraftäter aufgenommen worden.

„Rico wohnt - wohnte noch bei seinen Eltern. Die haben eine große Villa am Senner Hellweg. Er war ein Einzelkind und da seine Eltern viel Geld haben, hat er alles bekommen, was er wollte. Außer Liebe und Aufmerksamkeit. Die hat er versucht, sich auf andere Weise zu holen. Zuerst mit kleineren Diebstählen und als er anfing, sich für Mädchen zu interessieren, glaubte er, diese mit dem Geld seiner Eltern beeindrucken zu können. Bei der ein oder andern gelang das auch. Und bei denen, die sich nicht beeindrucken ließen, versuchte er, sich mit Gewalt zu holen, was ihm seiner Meinung nach zustand."

Landsberg machte eine kurze Pause, bevor sie weitersprach.

„Das steigerte sich dann soweit, dass er versuchte eine 17-Jährige zu vergewaltigen, die er in einer Disco getroffen hatte, die aber nichts von ihm wollte. Er hat ihr vor der Damentoilette aufgelauert und sie in eine Kabine gezerrt. Sie hat dann so getan, als wenn sie mitmachen würde, sich dann aber bei der ersten Gelegenheit losgerissen und Hilfe geholt. Die

Rausschmeißer konnten ihn noch auf der Toilette erwischen und der Polizei übergeben. Dafür wurde er dann verurteilt.

Es wurde vermutet, dass Rico noch mehr Frauen vergewaltigt, oder es zumindest versucht hat, aber es haben sich keine weiteren Opfer gemeldet".

„Wie war er nach seiner Entlassung aus dem Gefängnis?", fragte Teresa nach.

„Er ist in eine Ein-Zimmer-Wohnung in der Innenstadt gezogen. Vor der Haftstrafe hatte er eine eigene Wohnung in der Innenstadt. Wurde von seinem Vater finanziert. Aber nach der Verurteilung hat er Rico die finanzielle Hilfe entzogen."

„Hatte er einen Job?", fragte Weber.

Landsberg schüttelte den Kopf.

„Rico war der Meinung, dass er es nicht nötig hätte zu arbeiten. Er hat mit Ach und Krach seinen Realschulabschluss gemacht. Irgendwann, da war er sich sicher, würde er die Firmen seines Vaters übernehmen. Aktuell hat er von Sozialhilfe gelebt."

„Was macht der Vater eigentlich, dass er so viel Geld hat?", hakte Teresa nach.

„Soweit ich weiß, hat er einige Immobilienbüros in Bielefeld und im Ruhrgebiet. Außerdem soll er seine Finger in irgendwelchen Pharmaunternehmen haben. Aber genau kann ich Ihnen das nicht sagen."

„Wann haben Sie ihn zuletzt gesehen?"

„Er war am Mittwoch vorletzter Woche bei mir. Das nächste Treffen war für nächste Woche Mittwoch geplant."

„Wie war er beim letzten Mal drauf?", fragte Weber.

„Normal arrogant wie immer", antwortete Landsberg.

„Mir ist nichts Besonderes an ihm aufgefallen. Das Treffen dauerte nicht lange, weil reine Routine. Es gab nichts Besonderes und nach 10 Minuten ist er wieder gegangen."

Kurz darauf beendeten sie das Gespräch und fuhren zu Ricos Eltern.

Das Haus der Seewalds war eine wunderschöne alte Villa. Weber mochte sich nicht vorstellen, was diese gekostet hatte. Sie stand mittig des Senner Hellwegs und der Garten grenzte direkt an den Teutoburger Wald. Hier lebten die Menschen, die das große Geld besaßen, aber anscheinend waren die von Seewalds eine noch größere Nummer. Weber fragte sich, ob man so viel Kohle nur mit legalen Geschäften verdienen konnte. Oder kam da sein polizeiliches Misstrauen durch? Er nahm sich vor, von Seewald bei nächster Gelegenheit einmal genauer unter die Lupe zu nehmen.

Vom Senner Hellweg gelangten sie über eine geschwungene Zufahrt zum Haus. Das gesamte Grundstück war von einem zwei Meter hohen Zaun begrenzt und Weber war aufgefallen, dass sich an jeder Ecke eine Überwachungskamera befand. Die Zufahrt wurde von einem Metalltor gesichert. Sie mussten vor dem Tor klingeln und eine weitere Kamera blickte dem Fahrer direkt ins Gesicht. Als sich eine Frauenstimme meldete, stellte Teresa sie vor und bat darum, mit den Eltern von Ricardo sprechen zu dürfen. Weber fragte sich, ob die Stimme der Hausherrin oder einer Bediensteten gehörte. Die Frage wurde ihm beantwortet, als er aus dem Auto stieg. Eine bildhübsche, große blonde Frau in schwarzer Lederhose und weißer Bluse stand vor der Haustür. Das konnte keine Angestellte sein. Er behielt Recht.

„Hallo", sagte sie, als Weber und Teresa zu ihr traten.

„Mein Name ist Tatjana von Seewald," stellte sich die Blondine vor. Sie sprach mit einem leichten osteuropäischen Akzent. Er tippte auf eine ukrainische Abstammung.

„Was kann ich für Sie tun?"

„Wir müssen mit Ihnen über Ihren Sohn sprechen", eröffnete Weber.

„Er ist nicht zu Hause. Was hat er denn jetzt wieder verbrochen?"

„Dürfen wir reinkommen?", fragte der Kommissar.

Sie seufzte, drehte sich um und ging voraus ins Haus. Weber und Teresa fassten das als eine Einladung auf und folgten ihr. Sie schritten durch eine riesige Eingangshalle und landeten in einem Wohnzimmer von der Größe einer Aula. An der Rückseite des Zimmers befand sich eine Glaswand mit einer Tür, durch die man einen herrlichen Blick in den gepflegten Garten und den Wald hatte. Von Seewald setzte sich auf ein weißes Ledersofa und bot ihnen mit einer Geste an, sich in die Sessel ihr gegenüber zu setzen.

„Ist Ihr Mann auch zu Hause?", fragte Teresa.

„Nein, er ist auf Geschäftsreise in Südamerika."

„Sie sind also ganz allein hier?"

„Mein Hausfreund sitzt im Schlafzimmer im Kleiderschrank und wartet, dass ich zurückkomme", sagte von Seewald mit einem Grinsen.

„Also, was wollen Sie?"

Die Kommissarin rutschte auf ihrem Sessel bis zur Kante nach vorne. Sie hatten sich auf der Fahrt abgesprochen, dass Teresa die Nachricht überbringen sollte, falls nur die Mutter von Ricardo zu Hause war.

„Wir haben eine sehr traurige Mitteilung für Sie", begann die Kommissarin.

„Ihr Sohn ist gestern tot aufgefunden worden."

Sie warteten auf eine Reaktion der Frau. Doch sie saß fast eine ganze Minute regungslos da, bevor sie fragte: „Was ist passiert?"

Teresa holte einmal tief Luft, ehe sie antwortete.
„Er wurde erschossen."
Von Seewald brach bewusstlos auf dem Sofa zusammen.

Sie riefen einen Krankenwagen. Die Frau war in eine so
tiefe Ohnmacht gefallen, dass weder Weber noch Teresa
sie wach bekamen. Den Sanitätern gelang es zwar, sie
aus ihrer Bewusstlosigkeit zu holen, doch sie driftete
immer wieder ab. Der ebenfalls gerufene Notarzt
entschied, die Patientin in ein Krankenhaus zu bringen,
da sie auf keinen Fall alleine zu Hause bleiben sollte. Sie
versuchten, eine Erreichbarkeit ihres Ehemannes von ihr
zu erhalten, doch sie war so durcheinander, dass sie ihre
Frage gar nicht mitbekam.
Teresa ging ins Schlafzimmer und holte einige Sachen für
von Seewald aus ihren Schränken, welche diese im
Krankenhaus gebrauchen konnte. Dabei schaute sie
auch in allen Schränken nach, ob nicht doch noch
irgendwo ein Liebhaber hockte - was nicht der Fall war.
Sie packte die Sachen in eine Reisetasche, die sie auf
einem Schrank entdeckt hatte. Weber fand einen
Haustürschlüssel, verschloss die Haustür und gab den
Sanitätern die Tasche und den Schlüssel mit. Dann
fuhren sie zurück zum Präsidium.

16:45 Uhr; Flughafen Hannover
Alfons Hofer und Katharina Feichtinger saßen in einem
Café in der Innenstadt von Hannover. Nachdem sie Yuna
Weber und ihren Ehemann vernommen hatten, waren
sie direkt zum Flughafen aufgebrochen. Die Beiden
waren am frühen Morgen in Wien gestartet und hatten
sich nach der Landung einen Mietwagen genommen. Sie
hatten am Tag zuvor mit dem Ehepaar Weber telefoniert
und für den heutigen Tag Termine vereinbart. Zuerst
hatten sie sich mit Yuna Weber getroffen. Sie hatten sie

zu Hause aufgesucht. Ihr Ehemann war bereits zu Arbeit aufgebrochen, da er an einer Besprechung teilnehmen musste. Ihn wollten sie im Anschluß in Bielefeld in einem Café in der Innenstadt treffen.

„Was hälst du von den beiden?" fragte Hofer seine Kollegin.

Aufgrund eines Staus auf der Rückfahrt, hatten sie ihren Flug um 15:45 Uhr verpasst. Sie hatten von unterwegs einen neuen Flug gebucht, der allerdings erst um 20:05 Uhr abflog. Daraufhin hatten sie entschieden, nicht direkt zum Flughafen zu fahren, sondern einen Abstecher in die Innenstadt zu machen.

„Frau Weber erschien mir sehr authentisch," antwortete Feichtinger.

„Ich glaube ihr, dass sie nicht wusste, dass der Freund ihrer Freundin der Bruder ihres früheren Freundes war. Genau wie ich ihr abnehme, dass sie nichts von dem Leichenfund ihres ehemaligen Freundes wusste und dass dieser ermordet wurde."

Sie machte eine kurze Pause.

„Aber besonders interessant fand ich, was sie uns über Benjamin Kurz erzählt hat. Das sie sich von ihm getrennt hatte und er sie belästigt hat. Und dass sie ihn nach seinem letzten Auftritt bei ihr nicht mehr gesehen, oder gesprochen hat. Aber noch interessanter finde ich, dass unser deutscher Kollege damals bei ihr war und mit Benjamin Kurz gesprochen hat und ihn dabei wohl überzeugen konnte, seine Ex-Freundin in Ruhe zu lassen."

„Und nach diesem Gespräch hat ihn niemand mehr gesehen," fügte Hofer hinzu.

„Außer dem Mörder," bemerkte Feichtinger.

Hofer sah sie durchdringend an.

„Außer dem Mörder," wiederholte er gedankenverloren.

Danach sprachen sie erst wieder über die Vernehmungen, als sie im Flugzeug saßen. Sie hatten sie verbleibende Zeit bis zum Abflug genutzt, um durch die Stadt zu schlendern und hatten noch eine Kleinigkeit gegessen. Diesmal war es Katharina Feichtinger, die das Gespräch eröffnete.

„Was sagen sie zu Marc-Andre Weber?" fragte sie ihren Chef.

Dieser ließ sich mit der Antwort viel Zeit. Und auch dann war seine Antwort für Feichtinger nicht sehr aufschlussreich.

„Er ist eben ein Kollege", sagte er nur.

20:30 Uhr

Im Anschluss an eine kurze Abschlussbesprechung fuhr Weber nach Hause. Die Kinder waren im Bett und schliefen, als er eintraf. Yuna fand er im Wohnzimmer, wo sie vor einem Glas Wein saß und in den Fernseher starrte, in dem ein amerikanischer Liebesfilm lief. Sie schien von der Handlung nichts mitzubekommen. Weber holte sich ein Bier aus dem Kühlschrank und setzte sich neben sie. Erst als er ihr eine Hand auf den Oberschenkel legte, zuckte sie zusammen und bemerkte seine Anwesenheit.

„Sorry, ich wollte dich nicht erschrecken", sagte er zu ihr und zog seine Hand zurück.

„Ich habe gar nicht gemerkt, dass du nach Hause gekommen bist."

„Alles ok mit dir? Gab es Stress mit den Kindern?"

Yuna nahm einen Schluck Wein, bevor sie antwortete.

„Mit den Kindern ist alles gut, Leon ist super eingeschlafen und die beiden Großen sind auch ohne zu murren ins Bett gegangen."

Sie machte eine Pause und Weber drängte sie nicht, weiterzureden.

„Ich habe heute viel über die Vernehmung nachgedacht und was deine Kollegen aus Wien erzählt haben. Was mit Basti passiert ist."

Wieder machte sie eine Pause. Es war das erste Mal seit Jahren, dass sie über ihn sprachen. Nach ihrer Hochzeit hatten sie gar nicht mehr über ihn gesprochen. Wenn ein Gespräch auf ihr Kennenlernen kam, wurde er ab und zu erwähnt. Yuna schien ihn vergessen zu haben. Bis jetzt, wo alles wieder präsent war, was mit ihm zu tun hatte. Was sie damals erlebt hatte, wie er sie gestalkt hatte.

„Ich habe immer gedacht, er hätte es eingesehen und mich deshalb in Ruhe gelassen. Aber ermordet? Warum und von wem?"

Sie sah ihn an und er zuckte mit den Schultern.

„Keine Ahnung. Haben die Kollegen einen Verdacht geäußert?"

Yuna schüttelte den Kopf.

„Sie gehen davon aus, dass er kurz nach seinem letzten Besuch bei mir umgebracht wurde."

Sie wandte sich ihm ganz zu.

„Du hast an dem Abend doch mit ihm gesprochen? Was hat er danach gemacht? Habt ihr euch gestritten?"

Weber nahm einen Schluck von seinem Bier, bevor er antwortete:

„Das habe ich dir doch damals alles erzählt. Ich konnte ihn vor dem Haus beruhigen und dazu überreden, mit mir was trinken zu gehen. Dabei habe ich ihm klargemacht, dass du nichts mehr von ihm wissen willst und er dich endlich in Ruhe lassen soll. Ansonsten würden wir die Polizei einschalten. Ich habe ihm auch gesagt, dass ich selbst Polizist bin. Das war keine direkte Warnung, aber ich glaube er hat verstanden, was ich damit sagen wollte."

„Nämlich?", fragte Yuna nach.

„Das ich ihn selbst einsperren könnte, wenn er weitermacht und dass die Kollegen konsequenter handeln, wenn ich sie darum bitte."

Sie sah ihn lange an und er merkte, wie es hinter ihrer Stirn arbeitete.

„Wie hat er darauf reagiert?", fragte sie nach einer, wie es ihm schien, Ewigkeit.

Er trank einen weiteren Schluck Bier, um Zeit zu gewinnen.

„Er hat es eingesehen und versprochen, dich in Ruhe zu lassen", antwortete er kurz.

„Hast du ihm gesagt, dass wir zusammen sind?"

Er schüttelte den Kopf.

„Nicht direkt. Ich habe ihm aber gesagt, dass ich dich öfter sehen werde und es deshalb mitbekomme, wenn er wieder bei dir auftaucht. Ich denke, ihm war klar, was ich damit meinte."

„Und dann ist er einfach gegangen?", fragte Yuna ungläubig.

„Ja", antwortete Weber genervter, als er wollte. „Er ist einfach aufgestanden und gegangen, ohne etwas zu sagen."

„Und danach hat ihn wohl niemand mehr gesehen", sagte Yuna.

„Außer dem Mörder", fügte Weber automatisch hinzu.

Sie sah ihn an.

„Außer dem Mörder", wiederholte sie leise.

Kapitel 23

Weber saß in seinem Büro und schrieb an einem Bericht, als sein Diensttelefon klingelte.

„Kripo Bielefeld, Weber", meldete er sich.

„Was wollten ihre Kollegen aus Wien von Ihnen und Ihrer Frau?", fragte die Stimme am anderen Ende der Leitung ohne Begrüßung. Aber er wusste auch so, wer dran war.

„Hat Ihnen Chiara davon erzählt, Snow?", fragte er.

Der Anrufer lachte.

„Hören Sie, Weber. Ich habe nicht nur Ihre hübsche Kollegin, die mir Infos zukommen lässt. Es ist aber auch egal. Also, was wollten die wissen?"

Der Kommissar war erschrocken über Snows Aussage, dass außer Chiara weitere Kollegen für ihn innerhalb des PP spionierten. Obwohl er damit hätte rechnen müssen. Er wollte seinen Geschäftsbereich ausweiten und dabei sollten Konkurrenten auf der Strecke bleiben. Weber hatte längst bemerkt, dass Snow keine Skrupel hatte. Und es war natürlich hilfreich, Infos von Spitzeln bei der Polizei zu erhalten - je mehr, desto besser. Hatte er noch einen anderen Kollegen aus seiner Abteilung in der Tasche? Er hoffte es nicht.

Weber berichtete dem Gangster kurz und knapp, was die Beamten aus Wien wissen wollten. Nachdem er seinen Bericht beendet hatte, sagte Snow nur:

„Ich kümmere mich darum", und brach das Gespräch ab, bevor er etwas erwidern konnte.

Er wusste nicht, ob er wollte, dass sich der Unterweltboss um die Sache kümmerte. Das konnte nichts Gutes bedeuten. Er griff zum Telefon, um ihn anzurufen und ihm zu sagen, dass er seine Finger aus dem Spiel lassen sollte. Doch dieser hob den Hörer nicht ab. Er dachte an Yuna und wie sie ihn gestern Abend angesehen hatte. Als hätte sie Zweifel, dass es damals genauso verlaufen war, wie er es geschildert hatte. Die Sache musste ein Ende haben. Er hatte Angst, dass sie die Wahrheit erraten würde, was zumindest das Aus für ihre Ehe bedeuten würde. Und er war sich nicht sicher, ob sie nicht zur Polizei gehen würde, würde sie je erfahren, was er mit Basti gemacht hatte.

Er nahm die Hand vom Telefon und lehnte sich resignierend in seinem Stuhl zurück. Sollte Snow die Sache doch regeln. Egel wie, Hauptsache es wäre zu Ende.

21:15 Uhr
Der Rest des Tages war ruhig verlaufen. Weber hatte erfahren, dass die Kollegen aus Wien wieder zurückgeflogen waren. Er sah es als gutes Zeichen, dass sie nicht nochmal mit Yuna oder ihm hatten sprechen wollten.

Er und Teresa waren zum Krankenhaus gefahren und hatten versucht, mit Tatjana von Seewald zu reden. Doch die Ärzte hatten ihnen klar zu verstehen gegeben, dass sie noch unter Schock stand und auf Ansprechen nicht reagierte. Sie sollten es am nächsten Tag erneut versuchen, aber besser vorher anrufen, um sich einen unnötigen Weg zu ersparen.

Jens von Seewald war auf dem Rückflug von seiner Geschäftsreise, wie ihnen der behandelnde Arzt verraten hatte. Die Patientin war heute morgen kurz so klar gewesen, dass sie ihnen seine Handynummer hatte sagen können. Der Doc hatte ihn erreicht und über den Gesundheitszustand seiner Frau informiert. Von dem Mord an seinem Sohn hatte der Arzt nichts gesagt. Von Seewald hatte versprochen, den ersten Flieger zu nehmen und nach seiner Ankunft sofort zum

Krankenhaus zu kommen. Weber hatte um die Handynummer gebeten und darum, benachrichtigt zu werden, wenn von Seewald eintraf. Der Arzt hatte ihm die Nummer bereitwillig gegeben und zugesagt, sich umgehend zu melden. Bis zum Feierabend war kein Anruf gekommen.

Weber war um 17:30 nach Hause gefahren und saß nun mit Yuna auf dem Sofa. Sie hatte sich an ihn gekuschelt und sie schauten eine Dokumentation im Fernsehen. Sie war noch immer in Gedanken bei ihrer Vernehmung. Er hoffte, dass sie in den nächsten Tagen ganz ins Hier und Jetzt zurückkehren und nicht weiter an Basti denken würde. Sie hatten nicht mehr über ihn oder den Besuch der Beamten gesprochen. Weber hatte ihr lediglich gesagt, dass diese wieder abgereist waren.

„Ich habe vorhin noch kurz mit Saki telefoniert", sagte sie plötzlich zu ihm.

„Sie ist noch immer ziemlich fertig. Am Freitag ist die Beerdigung und sie hat mich gefragt, ob ich sie begleiten könnte."

„Was hast du ihr geantwortet?", fragte Weber.

„Das ich dich zuerst fragen muss. Die Kinder würde ich natürlich hierlassen."

Er nickte. Er hatte damit gerechnet, dass Yuna nach Wien fahren wollte, um ihre Freundin zu unterstützen.

„Wie lange willst du bleiben?"

„Ich würde am Donnerstagnachmittag hin- und am Sonntagabend wieder zurückfahren."

Sie machte eine kurze Pause. Weber ahnte, was sie noch sagen wollte.

„Ich habe Saki angeboten, mit mir mitzukommen. Ich glaube, sie braucht ein wenig Abstand und Unterstützung."

Weber nickte. Er hoffte, dass er ihr in die Augen sehen können würde.

Früher am Tag:

„So ein Mist!", schimpfte Bettina Landy, als ihr die Milchflasche aus den Händen fiel und auf dem Asphalt des Parkplatzes zersprang. Sie hatte nur schnell Milch kaufen wollen. Als sie durch die Gänge des Supermarktes zum Kühlregal im hinteren Teil des Ladens gegangen war, kam sie an den Süßigkeiten vorbei. Tina hatte sich vor zwei Wochen geschworen, keine Leckereien mehr zu kaufen. Sie wollte unbedingt abnehmen. In den letzten sechs Monaten, nachdem ihr Ehemann sie verlassen hatte, waren Schokolade, Chips und Weingummi ihre besten Freunde gewesen. In dieser Zeit hatte sie fast 10 Kilo zugelegt und sie hatte sich neue Hosen kaufen müssen. Zudem hatte sie auf den regelmäßigen Sport verzichtet, den sie sonst ausgeübt hatte. Den Sport, der ihrer Ehe zum Verhängnis geworden war. Sie war früher mindestens zwei Mal die Woche ins Fitnessstudio gegangen. Der Trainer, der ihr die Einweisung an den Geräten gegeben hatte, hatte ihr von Anfang an sehr gut gefallen. Sie hatte schnell gemerkt, dass sie ihm auch gefiel und sie hatten bei jedem Training geflirtet. Schließlich war sie nur noch im Studio gewesen, wenn er dort war. Sie hatten ihre Handynummern ausgetauscht und so war es gekommen, wie es kommen musste. Im Scherz hatte sie ihn gefragt, ob er nicht auch Hausbesuche machen würde. Er hatte prompt geantwortet, bei ihr würde er eine Ausnahme machen. Aus dem Spaß war Ernst geworden und eines Morgens war er vor ihrer Haustür gestanden. Dass ihr Ehemann nicht da gewesen war, war logisch. Der Sport, den sie dann in den nächsten drei Stunden ausgeübt hatten, hatte nichts mit den Übungen im Studio zu tun gehabt.

Die Hausbesuche hatten von da an fast jede Woche stattgefunden. Eines Tages war es dann wiederum

gekommen, wie es hatte kommen müssen. Tinas
Ehemann war unverhofft nach Hause gekommen, da er
eine Akte vergessen hatte. Er hatte die beiden bei einer
intensiven Übung auf dem Sofa erwischt. Da beide ins
Training vertieft gewesen waren, hatte sie ihn erst
bemerkt, als er direkt hinter ihnen gestanden war.
Wortlos hatte er seine Sachen gepackt und seitdem
hatte er kein Wort mehr mit ihr gesprochen. Ihre Anrufe
hatte er ignoriert und auf WhatsApp-Nachrichten hatte
er nicht geantwortet. Wenn er mit ihr kommunizierte,
dann über seinen Anwalt. Dieser hatte ihr zu verstehen
gegeben, dass es für seinen Mandanten keinen Weg zu
ihr zurück geben würde. Die Scheidung war
unumgänglich gewesen. Das Haus hatte er verkaufen
wollen, da er es nicht ertragen würde, dort zu wohnen,
wo sie von ihrem Personal Trainer durchgefickt worden
war. Sie hatte bleiben können, bis sie was anderes
gefunden hatte.
Bis vor 14 Tagen hatte sie sich als Opfer gefühlt und sich
ihrem Schicksal ergeben. Es hatte noch zwei Treffen mit
ihrem Liebhaber gegeben, dann hatte er ihr gesagt, dass
es eine andere gäbe. Seitdem saß sie zu Hause und
futterte sich ihren Frust von der Seele. Unterbrochen
nur von einigen, wenigen Besuchen bei ihrer Nachbarin,
der sie ihr Leid klagte. Doch vor zwei Wochen hatte sie
endlich beschlossen, ihr Opferdasein aufzugeben und
wieder am Leben teilzunehmen.
Gerade an diesem Tag aber war es in der Arbeit
beschissen gewesen, so dass sie sich entschlossen hatte,
heute ausnahmsweise mit ihrer selbst auferlegten
Süßigkeiten-Diät auszusetzen. Während sie die
heruntergefallenen Sachen vom Boden aufhob,
bemerkte sie den schwarzen VW Bulli nicht, der in die
Parklücke neben ihrem Skoda fuhr. Als sie alles
zusammen hatte, richtete sie sich auf und wollte zur Tür

auf der Fahrerseite gehen, als sie von hinten gepackt und in den VW gestoßen wurde. Ihr wurde ein Knebel in den Mund gesteckt und eine Kapuze über den Kopf gezogen. Sie strampelte verzweifelt, doch gegen den harten Griff ihres Gegners hatte sie keine Chance. Ihr wurden die Hände auf den Rücken gedreht und dort zusammengebunden. Dann fixierte der Unbekannte auch ihre Beine und sie konnte sich nicht mehr bewegen. Sie hörte, wie die Schiebetür des Fahrzeugs geöffnet und wieder geschlossen wurde. Sie war allein. Dann spürte sie, wie der Wagen anfuhr.

Sie konnte nicht sagen, wie lange sie gefahren waren, bis der Bulli zum Stehen kam und die Schiebetür geöffnet wurde. Dann spürte sie Hände an ihrem Körper, die sie ins Freie zogen. Sie landete der Länge nach bäuchlings auf einer Wiese. Die Tür wurde wieder geschlossen und das Fahrzeug fuhr davon.
Lassen sie mich jetzt einfach hier liegen?, fragte sich Tina. Doch im nächsten Moment waren die Hände wieder da und zogen sie auf die Knie. Die kurze Hoffnung, die sie verspürt hatte, verlosch so schnell, wie sie gekommen war. Ihr wurden die Fesseln von den Händen genommen. Plötzlich spürte sie trotz der Sturmhaube einen warmen Atem an ihrem rechten Ohr und eine ihr unbekannte Stimme flüsterte: „Ich ziehe ihnen jetzt die Kapuze vom Kopf und nehme ihnen den Knebel aus dem Mund. Kommen sie ja nicht auf die Idee, sich umzudrehen oder zu schreien. Denken sie erst gar nicht daran. Machen sie eine falsche Bewegung, erschieße ich sie, ohne mit der Wimper zu zucken. Wenn sie das verstanden haben, nicken sie."
Tina merkte an der Stimme des Mannes, dass er es absolut ernst meinte. Sie nickte. Plötzlich wurde es hell und sie musste die Augen zusammenkneifen. Dann

nahm der Unbekannte ihr den Knebel aus dem Mund. Sie konnte erkennen, dass es sich um ein altes Geschirrhandtuch handelte, dass zusammengeknüllt worden war. Dann hörte sie die Stimme des Mannes wieder an ihrem rechten Ohr.

„Ich gebe ihnen gleich ihr Handy. Sie suchen die Nummer ihres Mannes raus und rufen ihn an. Wenn er nicht dran geht, können sie gehen, wenn doch, sterben sie."

Sie hatte sagen wollen, dass er nie auf ihre Anrufe reagierte, überlegte es sich im letzten Moment aber anders. Dann drückte der Unbekannte ihr das Smartphone in die Hand. Ihre Hände zitterten so sehr, dass sie drei Versuche brauchte, um das Muster zum Entsperren des Geräts einzugeben. Sie öffnete ihre Kontaktliste und suchte die Rufnummer ihres Ex heraus. Sie atmete tief durch und drückte die Wähltaste, die sie jedoch erst beim zweiten Versuch traf. Es klingelte drei Mal, dann wurde es dunkel um sie.

Der Bulli hatte in nicht allzu weiter Entfernung geparkt. Nachdem er eingestiegen war, wandte er sich an die Person auf dem Fahrersitz.

„Das war's. Alles erledigt."

Die Person nickte. Sie griff in die Innentasche ihrer Jacke, zog einen dicken Briefumschlag heraus und überreichte ihn dem Mann.

„Danke", sagte sie.

Er nickte und steckte den Umschlag in seine Jackentasche, ohne den Inhalt zu kontrollieren.

„Kann ich Sie irgendwo absetzen?", fragte sie.

„Am Bahnhof", antwortete er und sie fuhr los.

Als Tina wieder zu sich kam, war es bereits dunkel. Sie erschrak, da sie sich zuerst nicht daran erinnern konnte, wo sie war und wie sie dort hinkam. Dann sickerten die schrecklichen Ereignisse langsam in ihr Gehirn ein. Dieses war aber noch nicht bereit, sich damit zu beschäftigen und schaltete ab. Sie wurde wieder ohnmächtig.

Als sie das nächste Mal zu sich kam, war es nicht nur dunkel, sondern auch kalt. Zwar war es tagsüber sonnig und warm gewesen, doch mittlerweile hatte es sich abgekühlt. Ihr Zittern war nicht nur auf die Kälte zurückzuführen. Ihr Körper reagierte immer noch heftig auf das, was ihr zugestoßen war. Zumindest verhinderte das Zittern, dass sie wieder bewusstlos wurde. Tina versuchte, sich aufzurichten, bereute es aber sofort, als ein heftiger, stechender Schmerz durch ihren Schädel fuhr. Sie ließ sich zurück auf das Gras sinken und drehte sich auf den Rücken. So blieb sie einen Moment liegen, bevor sie die Augen öffnete. Sie schaute in einen sternenklaren Himmel. Ihr Vater hatte ihr als Kind erklärt, welche Sterne zu welcher Jahreszeit am Firmament zu erkennen waren. Tina konzentrierte sich auf das über ihr zu sehende Sternbild und erkannte das Sommer-Sternbild Adler. Besonders gut zu sehen war der hellste Stern in dem Sternbild, der Altair. Dieser bildete mit den Sternen Wega und Deneb das Sommerdreieck am Nachthimmel. Sie musste lächeln als sie sich daran erinnerte, wie oft ihr Vater die Konstellationen am Himmel erklärt hatte, bevor sie diese verstanden hatte. Noch heute hatte sie im Wohnzimmer ein Teleskop stehen, mit dem sie hin und wieder die Sterne beobachtete. Diese Gedanken halfen ihr, langsam, aber sicher wieder im Hier und Jetzt anzukommen. Sie versuchte erneut, sich aufzusetzen, doch diesmal deutlich vorsichtiger. Trotzdem protestierte ihr Kopf heftig. Als sie saß, begrub sie ihn in den Händen und wartete, bis die Schmerzen erträglich wurden. Dann fühlte sie mit der rechten Hand an ihren Hinterkopf. Tina berührte eine dicke Platzwunde und sofort schoss ein neuer Schmerz durch ihren Schädel. Sie merkte, dass ihre Haare an der Stelle verklebt waren. Die Wunde musste stark geblutet haben, doch mittlerweile war die Blutung zum Stillstand gekommen. Tina drehte langsam den Kopf in alle Richtungen, um sich zu orientieren. Doch sie konnte keinerlei Anhaltspunkt finden, wo genau sie sich befand. Sie saß auf einer Wiese und weit und breit war kein Licht zu sehen. Weder eine Straßenlaterne noch ein beleuchtetes Haus. Ihr war bewusst, dass sie nicht länger dort sitzen bleiben konnte. Auch wenn ihre Verletzung nicht lebensgefährlich war, so musste sie doch dringend versorgt und wohl genäht werden. Schließlich nahm sie all ihren Mut zusammen und stand auf. Augenblicklich wurde ihr schwindelig und sie drohte umzufallen. Mit einer enormen Kraftanstrengung gelang es ihr, auf den Beinen zu bleiben. Sie sah sich erneut um, da sie nicht wusste, in welche Richtung sie gehen sollte. Dann entdeckte sie plötzlich rechts von ihr ein Licht, dass sie aus ihrer sitzenden Position heraus nicht hatte sehen können. Sie taumelte darauf zu.

Kapitel 24

Mittwoch, 08.06.2020; 4:30 Uhr
„Wie geht es der Frau?", fragte Weber den Arzt in der Notaufnahme.

Er und Teresa saßen im Warteraum des St. Elisabeth Krankenhauses in Gütersloh. Weber war vor einer Stunde von Behlau angerufen worden. Dieser hatte ihm mitgeteilt, dass gegen 2:00 Uhr eine Frau mit einer schweren Gehirnerschütterung in die Klinik eingeliefert worden war. Augenscheinlich hatte sie einen heftigen Schlag auf den Hinterkopf bekommen, der zudem eine große Platzwunde zur Folge gehabt hatte, die mit 10 Stichen hatte genäht werden müssen. Die Frau war von einem Taxifahrer auf der Straße in Rietberg aufgegriffen worden. Sie war torkelnd über die Fahrbahn gelaufen und der Mann hatte zuerst gedacht, dass sie betrunken wäre. Doch als er sich ihr von hinten genähert hatte - er war langsam gefahren, da er Angst gehabt hatte, dass ihm die Frau vors Auto läuft, hatte er bemerkt, dass sie am Hinterkopf stark geblutet hatte. Er hatte angehalten und sie angesprochen. Die Unbekannte hatte etwas von einem Überfall gemurmelt. Der Taxifahrer hatte daraufhin einen Krankenwagen gerufen, der sie ins Krankenhaus gebracht hatte.

Dort hatte sie dem Arzt, der jetzt mit ihnen sprach, erzählt, dass sie entführt worden war und dann ihren Mann hatte anrufen sollen. Während es geklingelt hatte, war ihr schwarz vor Augen geworden. Als sie aufgewacht war, war der Entführer weg gewesen und es war dunkel geworden. Der Arzt hatte daraufhin die Polizei verständigt und nun waren die Polizisten ja da.

Nein, sie könnten jetzt nicht mit der Frau sprechen. Sie hätte ein Beruhigungsmittel bekommen und schliefe. Vielleicht morgen Früh.

Nein, sie hatte keine Ausweispapiere dabei gehabt.

Nein, auch kein Handy und keinen Schlüssel.

Sie vereinbarten mit dem Arzt, dass sie am Morgen gegen 8 Uhr anrufen würden, um sich nach dem Zustand der Frau zu erkundigen.

Sie verließen das Krankenhaus. Als sie ins Freie traten, blieb Weber plötzlich stehen, weil ihm ein Gedanke gekommen war. Teresa bemerkte dies erst, als sie schon einige Meter weiter gegangen war. Sie drehte sich zu ihm um:

„Was ist los?", fragte sie überrascht.

Weber kam langsam auf sie zu, ohne zu antworten. Erst als er neben ihr stand, sagte er:

„Ich glaube, ich habe die Frau schon mal gesehen. Mir fällt nur nicht ein wo."

„Im Zusammenhang mit dem Fall?"

Weber schwieg wieder einen Moment, bevor er antwortete:

„Ich bin mir nicht sicher, aber ich habe das Gefühl, dass es noch nicht so lange her ist. Und es war nicht im Dienst, das war privat."

Schweigend gingen sie zu ihrem Dienstwagen. Kaum hatten sie sich gesetzt, als Webers Diensthandy klingelte. Es war Behlau, der im Präsidium in seinem Büro wartete.

„Ich wollte dich gerade anrufen und Bericht erstatten", entschuldigte Weber sich.

„Deswegen rufe ich nicht an", bemerkte Behlau.

„Hier sitzt ein Mann auf der K-Wache, der seine Frau als vermisst meldet. Ich schicke euch ein Foto der Frau aufs Handy und ihr sagt mir dann, ob das die Verletzte ist."

„Ok", stimmte Weber zu. „Ich rufe dich zurück."

Er legte auf und erzählte Teresa, was er gerade erfahren hatte. Sie sah ihn mit großen Augen an.

„Das ging ja schnell."

Kurz darauf gab Webers Handy einen Ton von sich, der den Eingang einer WhatsApp-Nachricht verkündete. Er öffnete die Mitteilung und lud das Foto herunter. Dann sah er es sich an und reichte das Smartphone an Teresa weiter.

„Bingo", sagte sie.

„Die Frau heißt Bettina Landy und wohnt in Rietberg-Neuenkirchen", sagte Behlau.

„Sie und ihr Mann leben seit einiger Zeit getrennt. Er hatte sie erwischt, wie sie ihn in ihrem Haus mit dem Fitnesstrainer betrog. Das Ganze muss wohl schon eine Weile gelaufen sein, bevor er sie überraschte. Er ist daraufhin sofort ausgezogen und erst in ein Hotel gegangen. Mittlerweile hat er eine kleine Wohnung in Verl. Seit dem Auszug hatte er keinen persönlichen Kontakt mehr zu ihr. Er hat alle ihre Kontaktversuche abgeblockt und nur noch über seinen Anwalt mit ihr kommuniziert. Sie wusste deshalb auch, dass er auf Anrufe und Nachrichten nicht reagieren würde. Sie hatte es auch gar nicht mehr versucht. Bis gestern Abend."

Behlau machte eine Pause bevor er fortfuhr.

„Gestern am frühen Abend erhielt er doch wieder einen Anruf von ihr. Wie er ihr hatte ausrichten lassen, nahm er das Gespräch nicht an. Im Laufe des Abends bekam er aber ein schlechtes Gewissen, weil er den Anruf nicht angenommen hatte. Er dachte, dass es für den Anruf einen wichtigen Grund gab, wenn sie anrief, obwohl sie wusste, dass er sich nicht melden würde. Schließlich rief er sie doch zurück. Sie meldete sich aber nicht. Da er dachte, sie wollte ihm damit eins auswischen, schrieb er ihr eine bitterböse Nachricht, auf die sie seiner Meinung nach garantiert geantwortet hätte. Was aber nicht geschah. Er bekam ein ungutes Gefühl, da er gehört hatte, dass sie die Trennung nicht gut überwunden hatte und er nun fürchtete, sie könnte sich was angetan haben. Er versuchte noch drei weitere Anrufe und verschickte sechs Nachrichten, ohne dass eine Antwort erfolgte. Schließlich fuhr er gegen 23 Uhr zu ihrem Haus. Sie war nicht da. Er fuhr nach Hause und versuchte noch drei weitere, erfolglose Anrufe, bevor er ins Bett ging. Da er nur unruhig schlief, war er bereits um 2 Uhr wieder wach und telefonierte erneut. Als sie sich wieder nicht meldete, war er überzeugt, dass sie sich etwas angetan hatte und kam hierher."

„Wie heißt er?", fragte Weber, als Behlau mit seinem Bericht fertig war.

„Emil Landry, Schweizer Staatsbürger, lebt aber seit 30 Jahren in Deutschland und seit 15 Jahren in OWL. Die beiden haben vor 13 Jahren geheiratet."

„Hast du sie schon überprüft?", fragte Teresa.

Behlau nickte.

„Sie ist komplett negativ. Keine Vorstrafen."

Weber schaute auf und warf einen Blick in Teresas Augen. Er sah ihr an, dass sie das Gleiche dachte wie er.

„Da stimmt was nicht", sagte er dann.

„Woran denkst du?", fragte Behlau nach.

Weber wusste, dass ihm die gleichen Gedanken durch den Kopf gingen. Aber es war an ihm, diese auszusprechen.

„Der Täter weicht in wesentlichen Punkten von seinem bisherigen Opfertyp ab. Zum einen waren die anderen Opfer alle Männer. Und alle waren wegen eines Sexualdelikts oder Gewalt gegen Frauen vorbestraft. Bettina Landy hat nichts in diese Richtung getan."

„Oder es ist bis jetzt nicht bekannt geworden", warf Teresa ein.

„Aber woher soll dann der Täter davon wissen?", hielt Behlau dagegen.

„Woher wusste er es bei den anderen Opfern?",
konterte Teresa.

Für einen kurzen Moment flackerte in Webers Kopf ein
Gedanke auf, der aber genauso schnell wieder verlosch,
wie er gekommen war.

„Du hast Recht", sagte er dann.

„Das ist ein Punkt, den wir bis jetzt noch nicht geklärt
haben. Aber ich denke, es ist einfacher davon zu
erfahren, wenn jemand vor Gericht stand, als wenn die
Tat nicht öffentlich bekannt wurde."

„Es sei denn", hielt Teresa erneut dagegen, „dass der
Mörder von dieser Tat wusste, beteiligt oder das Opfer
war."

„Aber was für eine Tat sollte das gewesen sein?", fragte
Behlau.

„Sprechen wir jetzt von einem weiblichen Täter? Oder
an welcher Tat könnte eine Frau beteiligt gewesen
sein?"

Teresa schwieg einen Augenblick, bevor sie antwortete.

„Sie muss ja nicht aktiv an der Tat beteiligt gewesen
sein. Sie kann auch von der Tat gewusst haben, ohne
diese anzuzeigen. Wie es oft bei Frauen ist, deren Kinder
missbraucht werden und die es dulden."

Weber musste zugeben, dass Teresas Argumente Hand
und Fuß hatten. Aber er glaubte nicht, dass der
Verbrecher von so einer Tat erfahren haben könnte. Es
waren insgesamt zu viele Abweichungen.

„Was ist mit dem Ehemann? Ist er noch hier?"
Behlau schüttelte den Kopf.

„Nachdem ich ihm die Nachricht überbracht habe, habe
ich ihn nach Hause bringen lassen. Er war trotz der
Tatsache, dass er nichts mehr von ihr wissen wollte,
ziemlich fertig."

„Könnte es gespielt gewesen sein?"
Behlau schüttelte den Kopf.

„Er war wirklich am Boden. Wenn es wirklich gespielt war, ist er ein verdammt guter Schauspieler und hat jede Auszeichnung dafür verdient. An was denkst du?"
Weber sah wieder zu Teresa hinüber.
„Ein Trittbrettfahrer."
14:30 Uhr
„Ich habe sein Gesicht nicht gesehen", sagte Bettina Landy.
„Er hat mich von hinten angegriffen und mich in den Wagen gezerrt. Dann hat er mir einen Knebel in den Mund gesteckt und mir eine Kapuze über den Kopf gezogen. Ich war so überrascht und starr vor Angst, dass ich mich gar nicht umdrehen konnte. Deshalb kann ich ihn nicht beschreiben."
„Ok", sagte Weber.
„Was ist dann passiert?"
Er saß zusammen mit Teresa am Krankenbett von Landy. Der behandelnde Arzt hatte um 13 Uhr im Präsidium angerufen und ihnen berichtet, dass die Patientin vernehmungsfähig wäre. Sie hatte die Nacht gut überstanden und sich wieder soweit beruhigt, dass sie mit der Polizei über die Ereignisse reden konnte.
Landy berichtete in kurzen, knappen Sätzen, was ihr zugestoßen war. Während sie von dem Anruf erzählte, sahen sich die Ermittler überrascht an, unterbrachen sie aber nicht. Erst als sie mit ihrem Bericht zu Ende war, fragte Weber:
„Er hat Ihnen also Ihr Handy gegeben und Ihnen vorgegeben, welche Nummer Sie anrufen sollen?"
„Ja", antwortete Landy.
„Ich wollte zuerst aus einem Impuls heraus protestieren, aber dann fiel mir zum Glück noch ein, dass mein Mann nicht rangehen würde, wenn ich ihn anrief. Deshalb habe ich nichts gesagt."

„Sie durften sich die Rufnummer nicht selbst aussuchen?", hakte Weber ungläubig nach.
„Glauben Sie mir nicht? Es ist genauso passiert, wie ich es Ihnen erzählt habe."

„Auf jeden Fall können wir ausschließen, dass ihr Mann dahintersteckt", sagte Teresa, als sie wieder in ihrem Dienstwagen saßen.
Weber antwortete nicht sofort. Er wollte diese Spur nicht zu schnell zu den Akten legen.
„Ich weiß nicht", sagte er.
„Der ganze Tatablauf unterscheidet sich in einigen Punkten so stark von den anderen Taten, dass ich noch nicht an ein und denselben Täter glauben will. Warum zum Teufel sollte er auf einmal so von seinem Muster abweichen? Dass passt doch hinten und vorne nicht."
Er startete den Motor und fuhr los. Teresa sprach erst wieder, als sie fast am Präsidium waren.
„Aber was soll das Ganze dann? Warum erschießt er sie dann nicht? Wenn es der Ehemann war und er sie loswerden wollte, warum bringt er es nicht zu Ende? Was soll die Nachahmung, wenn man es nicht durchzieht? Warum will er dann von sich ablenken?"
Da Weber darauf keine Antwort wusste, schwieg er. Teresa hatte Recht, was hatte Emil Landy davon, die Tat dem Serienmörder in die Schuhe schieben zu wollen, wenn er diese nicht ausführte? Hatte er sich am Ende nicht getraut, seine Frau zu erschießen?
„Vielleicht wollte Landy seine Ex auch nur erschrecken", sagte Teresa plötzlich.

16 Uhr
Behlau hatte die gesamte MK, inklusive Caro, im Besprechungsraum versammelt, um die neueste Entwicklung zu diskutieren. Weber und Teresa hatten

über das berichtet, was sie von Bettina Landy erfahren hatten. Nach Ende ihres Berichts brach eine heftige Diskussion darüber aus, ob es sich um ihren Täter, oder einen Nachahmer handelte, wobei in diesem Fall alle auf den Ehemann tippten.

„Wenn es wirklich der Ehemann war", sagte Caro, „woher hatte er die Infos zum Modus Operandi? Ich habe mir alle Mitteilungen angesehen, die an die Presse herausgegeben und veröffentlicht wurden. Es war in den Artikeln immer nur die Rede davon, dass eine Leiche gefunden wurde, die mit jeweils einem Schuss in den Nacken und einem in die Brust getötet worden war. Es gab nirgendwo den kleinsten Hinweis auf die Anrufe. Die Info haben wir nicht herausgerückt und sie ist auch nicht von den Angehörigen, oder sonst einer an den Ermittlungen beteiligten Seite, weitergegeben worden. Also woher wusste der Täter davon? Wie hat eine Person, die von sich ablenken wollte, von diesem Tatmuster erfahren?"

In Weber blitzte wieder der Gedanke auf, den er schon bei Teresas Ausführungen gehabt hatte, den er aber nicht festhalten konnte. Er hatte etwas mit Ablenkung zu tun, ein Umstand, den auch Teresa angesprochen hatte. Jedoch nicht die Art Ablenkung, an die seine beiden Kolleginnen dachten.

„Brett", drang plötzlich die Stimme von Caro zu ihm durch.

„Machst du noch mit, oder bist du schon im Feierabend?"

Er verfluchte sie innerlich dafür, dass sie ihn in seinem Gedankengang unterbrochen hatte.

„Sorry", antwortete er.

„Habe nicht viel geschlafen."

Caro schenkte ihm als Erwiderung ein Lächeln, bei dem er dahinschmolz, das ihm aber auch sagte, dass er schon anders bei der Sache gewesen war, nachdem er eine Nacht nicht zum Schlafen gekommen war. Ein Umstand, an dem sie wesentlich beteiligt gewesen war. Und das nicht nur einmal.

„Was hältst du von den Abweichungen beim Modus Operandi?", fragte sie dann.

Ihm kam ein neuer Gedanke.

„Wir dürfen nicht vergessen, dass es nicht die erste Abweichung vom Tatmuster ist", antwortete er dann.

Er sah in Caros Augen etwas aufblitzen.

„Die Anzahl der Schüsse beim vierten Opfer", sagte sie.

Weber nickte.

„Dort hat unser Täter drei Kugeln abgefeuert und nicht, wie bei den Opfern zuvor, zwei."

„Du willst doch jetzt hoffentlich nicht behaupten, dass wir es hier mit drei Tätern zu tun haben?", fragte Ansgar Schnelle.

Weber sah ihn irritiert an.

„Natürlich nicht", sagte er unwirscher, als er es gewollt hatte. Aber solche Bemerkungen brachten ihn aus seinen Überlegungen.

„Was dann?", hakte Schnelle nach.

„Nur, dass wir diesen Aspekt im Auge behalten sollten", antwortete Weber genervt.

„Wir haben zwei Fälle, bei denen der Modus Operandi von den drei Taten zuvor abweicht. Im ersten Fall nur etwas, im zweiten deutlich. Ich will nur, dass wir uns fragen, was dazu geführt haben kann. Warum hat der Täter hier anders gehandelt? Was natürlich auch zu der Frage führen wird, ob wir es mit einem Täter, oder mit zweien zu tun haben. Ich bin mir sicher, dass die ersten 4 Opfer auf das Konto desselben Mörders gehen. Trotz des dritten Schusses, der aber eventuell auch eine Bedeutung haben kann. Bei dem letzten Opfer bin ich mir nicht sicher, ob es der gleiche ist."

Caro stimmte dem zu.

„Ich bin Bretts Meinung. Wir sollten Kontakt mit der Operativen Fallanalyse aufnehmen. Vielleicht haben die eine Erklärung für das abweichende Verhalten des Täters. Ich kenne den Leiter dort ganz gut und könnte ihn gleich mal anrufen. Wenn du nichts dagegen hast", wandte sie sich an Behlau.

Dieser sah sich unter den Mitgliedern der MK um.

„Falls keiner eine einleuchtende Idee zu diesem Punkt hat, habe ich nichts dagegen", sagte er dann.

„Schließlich haben wir ja nicht so viele Spuren und können jede Hilfe gebrauchen."

19 Uhr

Im Anschluss an die Besprechung war Weber direkt nach Hause gefahren. Er war so müde gewesen, dass er fast hinter dem Steuer eingeschlafen wäre. Dort angekommen, herrschte mal wieder helle Aufregung, da Leon sich von Yuna nicht waschen und den Schlafanzug anziehen lassen wollte. In letzter Zeit hatte er es sich angewöhnt, auf alle Fragen und Vorgaben seiner Eltern mit „Nein" zu antworten. Das fing am Frühstückstisch an und endete beim Schlafengehen. Insbesondere Yuna war fast täglich so genervt, dass sie hin und wieder die Beherrschung verlor und sich nicht anders zu helfen wusste als Leon anzuschreien. Was aber nur dazu führte, dass dieser anfing zu weinen, da er nicht nur nervig, sondern auch sehr sensibel und empfänglich für jede Art von Stimmungsschwankung war. Yuna hatte dann immer ein schlechtes Gewissen, was die Situation nicht verbesserte. Weber war es selbst schon passiert, dass er den Kleinen angeschrien hatte. In diesen Fällen wünschte er sich immer weit weg. Zum Glück waren die beiden Großen so einfühlsam, dass sie ihre Eltern dann so gut es ging in Ruhe ließen.

Weber und Yuna waren dafür in diesen Situationen des Öfteren aneinandergeraten und hatten sich gestritten. Dabei hatte ihm seine Frau schon vorgeworfen, dass sie ja die ganze Last der Erziehung zu tragen habe, da er aufgrund seines Jobs fast nie zu Hause sei. Worauf Weber heftig widersprochen und seinerseits Yuna vorgeworfen hatte, dass es nur deshalb so stressig für sie wäre, weil sie überhaupt kein Organisationstalent hätte. Sie versuchte immer, mehrere Dinge gleichzeitig zu erledigen und es wäre nicht verwunderlich, wenn sie nichts zu Ende brächte und frustriert wäre. In einem bitteren Streit hatte sie ihm eröffnet, dass sie sich manchmal wünschen würde, Leon wäre nicht geboren worden. Daraufhin war Weber fast ausgerastet und hatte mit zusammengebissenen Zähnen geraunt, dass sie besser eine Therapie machen solle, wenn ihre Ehe nicht ein baldiges Ende finden sollte. Sie hatte sich zwar am nächsten Morgen für ihre Worte bei ihm entschuldigt, aber er wusste, dass an solchen Äußerungen immer etwas Wahres dran war, selbst wenn sie aus großer Frustration heraus gesagt wurden. Weber gelang es trotz seiner Müdigkeit und seiner Kopfschmerzen, Leon fürs Bett fertig zu machen und ihn zum Schlafen zu bringen.

Kapitel 25

Donnerstag, 09.06.2020; 10 Uhr
„Rudi", sagte Weber überrascht.
„Was machst du denn hier?"
Er ging auf seinen ehemaligen Gitarrenlehrer zu und
reichte ihm die Hand. Bauer schien ebenso erstaunt wie
sein vormaliger Schüler. Weber hatte keine Ahnung
gehabt, dass dieser bei der Bewährungshilfe in Bielefeld
arbeitete. Er schaute auf das Namenschild neben der
Bürotür, auf die Bauer zugesteuert war, als er ihn
entdeckt hatte.
„Bewährungshilfe; Rudolf Bauer", stand dort.
„Ich bin irgendwie nie auf die Idee gekommen, dass du
außer Gitarrenlehrer noch einen anderen Beruf haben
könntest."
Bauer lächelte.
„Leider sind meine Fähigkeiten in dem Gebiet doch nicht
so überragend, dass ich damit meinen Lebensunterhalt
verdienen könnte."
Bauer warf einen Blick auf die Uhr.
„Tut mir leid, aber ich habe gleich einen Termin", sagte
er dann.
„Kein Problem", antwortete Weber.
„Ich melde mich, wenn ich Neuigkeiten habe", konnte er
noch sagen, bevor Bauer in seinem Büro verschwand.
Der Kommissar fand sein Verhalten merkwürdig, konnte
sich darüber aber keine weiteren Gedanken machen, da
in diesem Moment Landsberg zu ihm trat und ihn
hereinbat. Sie hatte ihn am Morgen angerufen und ihm
gesagt, dass sie aus dem Kopf eine Liste mit Namen
erstellt hatte, die Enrico von Seewald ihr gegenüber
erwähnt hatte. Weber betrat ihr Büro und sie setzten
sich.

„Ich habe gerade meinen alten Gitarrenlehrer Rudi
Bauer hier getroffen. Ich wusste gar nicht, dass er
Bewährungshelfer ist", sagte er zu Landsberg.
„Rudi, ja. Der arbeitet schon lange hier."
Sie überlegte einen Moment.
„Ich arbeite seit acht Jahren hier und er war schon drei
Jahre da, als ich kam."
„In welchem Bereich arbeitet er denn?"
„Er war früher für die KURS-Probanden zuständig. Aber
als sich die Vorschriften in dem Bereich extrem
verschärft haben, wollte er dort nicht weitermachen.
Jetzt kümmert er sich nur noch um die anderen
Kunden."
Weber blieb 20 Minuten bei Landsberg, in denen sie sich
über von Seewald und die Namen auf der Liste
unterhielten. Dann dankte er ihr und verließ das
Gebäude.

11:25 Uhr

Zusammen mit Teresa betrat er die Klinik, in der sich
Bettina Landy weiterhin befand. Die Ärzte hatten ihr
empfohlen, einen weiteren Tag zur Beobachtung zu
bleiben. Sie war dem Vorschlag gefolgt, da sie aufgrund
der Gehirnerschütterung, die sie durch den harten
Schlag mit der Waffe auf den Hinterkopf erlitten hatte,
immer noch unter leichtem Schwindel litt. Aber sie sah
wesentlich besser aus als bei ihrem ersten Besuch, fand
Weber.
„Wir würden Ihnen gerne ein paar Fragen stellen", sagte
er, nachdem sie sich nach ihrem Wohlbefinden
erkundigt hatten.
„Ich glaube nicht, dass ich Ihnen was Neues sagen kann.
Ich habe mir den ganzen Ablauf nochmal durch den Kopf
gehen lassen, aber mir ist dabei nichts eingefallen, was
ich Ihnen nicht schon gesagt habe."

„Haben sie in den Tagen vor dem Vorfall ungewöhnliche Anrufe erhalten?", fragte Teresa.

Landy schüttelte den Kopf.

„Nein", sagte sie dann.

„Hatten Sie das Gefühl, dass Sie verfolgt oder beobachtet werden? Hat jemand vor Ihrem Haus herumgelungert?"

Wieder schüttelte sie den Kopf.

„Aber ich kann ja mal meine Nachbarn fragen, wenn ich wieder zu Hause bin. Die sind immer sehr aufmerksam, was das angeht".

„Wo wohnen Sie eigentlich?", fragte der Ermittler, dem auffiel, dass er ihre Anschrift gar nicht kannte.

„Ich wohne in Rietberg-Neuenkirchen. Im Rüschfeld."

Bei Weber klingelte es.

„Sagt Ihnen der Name Rudi Bauer etwas?", fragte er.

„Ja, sicher", antwortete Landy und lächelte.

„Die Bauers sind meine direkten Nachbarn."

Dann wurde sie nachdenklicher.

„Katrin war eine der ganz wenigen, die sich nach der Trennung von meinem Mann nicht von mir abgewandt haben. Die meisten unserer Freunde und Bekannten wollten nichts mehr von mir wissen, was ich auch in einem gewissen Maße nachvollziehen kann. Aber nicht mehr auf meine Anrufe oder Nachrichten zu reagieren, fand ich doch ziemlich hart. Man hätte ja zumindest mal mit mir reden und sich meine Version der Geschichte anhören können. Sie ließen mir jedoch keine Chance, meinen Fehltritt zu erklären."

Es war ja wohl mehr als nur ein Fehltritt, dachte Weber, sprach es aber nicht laut aus. Er konnte es nicht ausstehen, wenn die „Täter" sich später selbst als „Opfer" darstellten.

„Karin war da ganz anders", fuhr Landry fort. „Wir waren zwar zuvor nie die besten Freundinnen gewesen, hatten uns immer nur draußen getroffen und ein paar Worte gewechselt, aber sie war mir von unserem ersten Treffen an sympathisch gewesen. Wir haben uns dann mal wieder zufällig auf der Straße getroffen und uns unterhalten. Als sie dabei nach meinem Mann fragte, konnte ich mich nicht zurückhalten und habe ihr von meinem Fehltritt erzählt. Sie hat mir viel Verständnis entgegengebracht und ich habe gemerkt, dass sie es ernst meinte. Sie war der Meinung, dass ich eine zweite Chance verdient hätte. Gerade, wo wir doch schon über 10 Jahre verheiratet waren. Nach diesem Tag haben wir uns regelmäßig getroffen und sind sowas wie Freundinnen geworden. Mir tat es sehr gut, mit ihr zu reden. Sie war auch maßgeblich daran beteiligt, dass ich mein Einsiedlerleben aufgegeben und wieder mehr für mich getan habe."

„Wie gut kennen Sie Rudi Bauer?", unterbrach Weber ihren Redefluss.

Teresa, die Bauer nicht kannte und nichts über deren vermisste Tochter wusste, sah ihn verständnislos an. Mit einer schnellen Geste gab er ihr zu verstehen, dass er später alles erklären würde.

„Nicht so gut wie seine Frau", antwortete Landy. „Er war ein- oder zweimal zu Hause, als ich Karin besucht habe."

„Wusste er von der Trennung?"

Landy zuckte mit den Schultern.

„Ich denke schon. Ich habe es ihm nicht erzählt. Aber ich habe Karin auch nicht verboten, es weiterzusagen. Ich gehe davon aus, dass sie es ihm erzählt hat. Allein schon als Erklärung, warum wir uns auf einmal so oft treffen. Ob sie ihm auch den Grund der Trennung genannt hat, weiß ich natürlich nicht."

Zehn Minuten später verließen sie die Klinik. Als sie in ihrem Dienstwagen saßen, fragte Teresa, was seine Fragen zu dieser Familie Bauer zu bedeuten hatten.

Weber erklärte ihr, dass dieser sein ehemaliger Gitarrenlehrer war und dass er deshalb aus reiner Neugier gefragt hatte. Teresa sah ihn an und schien mit dieser Erklärung nicht zufrieden. Doch er machte keine Anstalten, ihr mehr zu erzählen.

Weber fuhr zurück zum Präsidium und setzte Teresa dort ab. Er erfand einen Vorwand, unter dem er nochmal wegfuhr. Er brauchte Zeit für sich, um nachzudenken. Er ging in die Fußgängerzone, setzte sich in ein Eiscafé und bestellte bei einer mürrischen Bedienung einen Kaffee und ein Spaghettieis. Dann ließ er seinen Gedanken freien Lauf. Hatte es etwas zu bedeuten, dass Rudi Bauer in den letzten Tagen zwei Mal in Verbindung mit Personen aufgetaucht war, die direkt oder indirekt mit dem Fall zu tun hatten? Einmal, als er Judith Landsberg besucht und erfahren hatte, dass er als Bewährungshelfer arbeitete, und heute, als Nachbar des 5. Opfers. Konnte das eine Spur sein? Immerhin war Bauer der Erste, der in irgendeiner Weise eine Verbindung zu zwei der Todesopfer hatte. Oder spann er nur rum, um endlich weiterzukommen? Als er an diesem Punkt seiner Überlegungen angelangt war, kam die Kellnerin mit seiner Bestellung zurück. Weber unterbrach sein Nachdenken und widmete sich seinem Kaffee und dem Eis.
Auf dem Weg ins Präsidium überlegte er, wie er weiter vorgehen sollte. Kurz bevor er das Gebäude betrat, kam ihm eine Idee. Sobald er im Büro war, setzte er diese in die Tat um. Er suchte in seinem Smartphone nach Bauers Handynummer und rief die Übersicht mit den Funkzellendaten auf, die vom ersten Tatort übermittelt worden waren. Er tippte die Nummer in die Suchmaske der Excel-Tabelle ein und drückte die Enter Taste.

Innerhalb von wenigen Sekunden erhielt er das Ergebnis: Kein Treffer.

Anschließend machte er das Gleiche mit den Funkzellen der anderen Tatorte: ebenfalls negativ.

Wäre ja auch zu einfach gewesen, dachte er.

Dann kam ihm eine weitere Idee, die zwar noch abwegiger war als die mit den Handydaten, aber was hatte er zu verlieren. Er öffnete das entsprechende Programm und tippte Bauers Namen und Anschrift ein. Als Ergebnis erhielt er die Auskunft, das auf diesen ein brauner VW Amarok zugelassen war. Also weit von dem Fahrzeugtyp entfernt, den der Zeuge in Bad Pyrmont mit dem 3. Opfer und einer anderen Person darin gesehen hatte.

Weber überlegte noch einige Zeit, aber ihm fiel nichts weiter ein. Anschließend ging er zur Besprechung der MK, in der er und Teresa über ihr Gespräch mit Bettina Landy berichteten. Chiara Bültmann und Anna Ensing hatten sich deren Ehemann vernommen. Er war bei seiner ersten Aussage geblieben und hatte sich trotz mehrfacher Nachfragen zum Ablauf des Tatabends nicht in Widersprüche verwickelt. Er sollte am nächsten Tag nochmal befragt werden, doch glaubte niemand, dass er etwas mit der Entführung seiner Frau zu tun hatte. Warum die Tatausführung von den anderen abwich, konnte allerdings auch keiner erklären. Da es sonst nichts Neues zu berichten gab, konnten alle früh Feierabend machen.

Auf der Fahrt nach Hause hatte Weber sich entschlossen, Bauer anzurufen und ein Treffen mit ihm zu vereinbaren. Als Vorwand würde er die Suche nach seiner Tochter vorgeben. Snow hatte sich nicht bei ihm gemeldet und Weber fürchtete, dass ihm der Unterweltboss nicht helfen konnte. Er hatte sich ausführlich mit den Kollegen aus Bielefeld unterhalten, die das Phänomen Loverboy dort bearbeiteten. Sie hatten ihm Tipps gegeben, wo er sich umhören oder umsehen könnte. Sie hatten versprochen, bei ihren Informanten nachzufragen, ob diese etwas über Sofia Bauer wussten.

Yuna freute sich, dass er so früh zu Hause war und bat ihn direkt, einkaufen zu fahren. Leon wollte unbedingt mit. Weber setzte seinen Jüngsten in den Kindersitz und fuhr mit ihm zum Edeka-Center in Melle. Leon, der in letzter Zeit begeistert die Hörspiele von Bob der Baumeister hörte, bestand darauf, während der Fahrt ein solches zu hören. Weber verband sein Smartphone mit dem Autoradio und startete eine Geschichte. Prompt ertönte die Titelmusik aus den Lautsprechern und Leon begann begeistert mitzusingen. Zwar konnte er nicht alles richtig aussprechen, aber einige Wörter konnte man verstehen. Auch den Text konnte sein Sohn mitsprechen, zumindest in seiner eigenen Sprache. Im Gegensatz zu Leon mochte Weber die Hörspiele von Bob nicht besonders. Speziell die Stimme von Mixi der Mischmaschine nervte ihn. Als ein „Yo, wir schaffen das", aus den Lautsprechern tönte, hatten sie den Supermarkt erreicht.

Weber setzte seinen Sohn in den Einkaufswagen und innerhalb einer halben Stunde hatten sie alles beisammen. Zum Glück war es an der Kasse nicht so voll, so dass sie sich als zweite dort anstellen konnten. Vor ihnen war eine korpulente Frau, die einige Tüten Chips und drei Flaschen Cola auf das Laufband legte. Weber schüttelte den Kopf, ohne dass diese es sah, da er nicht verstehen konnte, wie man so viel ungesundes Zeug kaufen konnte, wenn man eh schon so dick war. Als hätte Leon seine Gedanken gelesen, zeigte er mit dem ausgestreckten Zeigefinger seiner rechten Hand auf die Frau und fragte:

„Ist das? Dick!"

Leon sprach so laut, dass sie es mitbekam, sich umdrehte und ihnen einen bösen Blick zuwarf. Weber lenkte ihn ab, indem er ihm eine Packung Käse in die Hand drückte, welche er auf das Laufband legen sollte. Es funktionierte.

Als sie zurück zum Auto gingen, bemerkte er die dicke Frau, die ihren Pkw drei Parkbuchten neben seinem Fahrzeug abgestellt hatte. Sie stand vor der geöffneten Fahrertür und telefonierte mit ihrem Handy. Weber lud die Einkäufe in den Kofferraum und setzte Leon wieder in seinen Kindersitz. Dann stellte er den Einkaufswagen zurück und wollte einsteigen, als er die Frau sagen hörte:

„Man sollte die Prügelstrafe wieder einführen. Außerdem sollten solche Kinder gar nicht erst auf die Welt kommen."

In Weber stieg eine Wut hoch, die er nur mit Mühe beherrschen konnte. Er ging zum Auto der Frau hinüber und lehnte sich über das Dach des VW Polo.

„Zum einen war er immerhin so höflich und hat nicht fett gesagt", entgegnete er dann lächelnd. „Zum anderen sollten Leute wie sie, die mit ihrem Aussehen bei anderen Augenkrebs auslösen, weggesperrt werden. Bei Wasser und Brot", sagte er weiter grinsend.

Dann wandte er sich ab, ging zu seinem Passat, stieg ein und fuhr los. Als er an der Frau vorbeifuhr, sah er sie mit offenem Mund neben ihrem Polo stehen. Die gesamte Rückfahrt hatte er das Lächeln im Gesicht, das ihm nicht einmal Mixi die Mischmaschine verderben konnte.

Kapitel 26

Als Weber am nächsten Morgen in die Küche kam, hatte Yuna bereits den Tisch gedeckt. Er hatte ihr nichts von dem Vorfall am Vortag gesagt. Aber wenn er daran zurückdachte, legte sich noch immer ein Lächeln auf sein Gesicht. Yuna hatte es registriert und fragte ihn:
„Worüber freust du dich denn so?"
Er ging zu ihr und nahm sie in die Arme.
„Darüber, dass du da bist", antwortete er und gab ihr einen intensiven Kuss.
Seine Frau hatte eigentlich vorgehabt an dem Tag nach Wien zur Beerdigung von Sakis Freund zu fahren. Doch die Beerdigung war verschoben worden, da der Leichnam nicht rechtzeitig frei gegeben worden war. Ein Umstand, der für die Kollegen in Wien ziemlich peinlich sein musste, und bei Yunas Freundin für noch mehr Tränen gesorgt hatte. Die Bestattung war nun um eine ganze Woche verschoben worden.
Gleich nachdem er sein Büro betreten hatte, rief Weber Bauer an und verabredete sich mit ihm für den späten Nachmittag. Der Bewährungshelfer versprach, im Anschluss an die Arbeit zu ihm ins Büro zu kommen. Ob es denn Neues wegen Sofia gab, hatte er gefragt. Weber antwortete ihm, dass es leider keine Neuigkeiten gab und er ihn in einer anderen Sache sprechen wollte.
Bauer gab sich damit zufrieden.
Die Funkzellendaten vom letzten Tatort waren eingetroffen und Weber hatte auch hier nach Bauers Handynummer gesucht, ohne Erfolg. Er hatte nicht ernsthaft erwartet, einen Treffer zu landen. Falls dieser was mit den Taten zu tun hatte, war er schlau genug und hatte sicher in seinem Beruf mitbekommen, dass bei einem Kapitalverbrechen regelmäßig die Funkzellen

angefordert wurden. Weber überlegte, ob er sich stattdessen direkt die Daten von Bauers Smartphone holen sollte. Er wusste, wie er einen Antrag formulieren und einreichen musste. Er entschied sich dafür, würde aber mit keinem der Kollegen darüber sprechen, selbst mit Anderson oder Caro nicht. Er war gerade dabei, die letzten Sätze zu tippen, als sein Telefon klingelte. Er griff zum Hörer, ohne auf die Nummer des Anrufers im Display zu achten.

„Kripo Bielefeld, Weber", meldete er sich.

„Hallo Marc", sagte eine Frauenstimme am anderen Ende der Leitung.

„Susanne", bemerkte er überrascht.

„Wie geht es dir?"

„Danke, gut", antwortete sie. „Ich hoffe ich störe dich nicht."

„Nein", sagte er. „Ich freue mich, von dir zu hören."

„Können wir uns treffen?", fragte sie ohne Umschweife. Weber merkte ihrer Stimme an, dass sie unter Anspannung stand.

„Ist was passiert?"

„Es geht um deinen aktuellen Fall", antwortete sie.

„Wann?"

„Kannst du heute Abend zu mir kommen?"

Er überlegte einen Moment.

„Passt es um 19 Uhr?"

„Super!", sagte sie. „Bis dahin."

Sie hatte aufgelegt, bevor Weber noch etwas sagen konnte.

Er tippte den Text zu Ende und schickte ihn per Mail an den richterlichen Eildienst. Er hatte den Antrag als dringend bezeichnet und hoffte, im Laufe des Tages den Beschluss zu erhalten, den er an den Mobilfunkprovider weiterleiten konnte. Weber hatte überlegt, ob er das Gespräch mit Bauer verschieben sollte, bis er die

Antwort hatte. Er entschied sich dagegen. Wenn sich aus der Auswertung der Daten eine heiße Spur ergab, musste er Behlau und Caro eh einweihen und Bauer offiziell vernehmen.

Ihm war bewusst, dass er mit der Anfrage ein Risiko einging. Für den Antrag beim Richter brauchte er eigentlich die Zustimmung eines Staatsanwalts. Die hatte er nicht einholen können. Aber Kai Kemper hatte ihnen gesagt, dass er allen Anträgen zur Erhebung von Funkzellendaten und daraus resultierenden weiteren Anfragen zustimmte und sie ihn dafür nicht extra anrufen müssten. Gleiches galt für die Beantragung von Durchsuchungsbeschlüssen, sollte sich aus der Auswertung ein Hinweis auf einen möglichen Täter ergeben. Wobei er in dem Fall zeitnah nachträglich informiert werden wollte. Weber dachte sich, dass seine Anfrage indirekt ja aus der Analyse der Funkzellen resultierte, weshalb er dies als Ausrede nutzen würde, sollte ihn jemand fragen.

Rudi Bauer erschien 20 Minuten später als vereinbart zum Termin mit Weber. Er hatte ihn zuvor angerufen und ihm gesagt, dass sein letztes Gespräch länger gedauert hatte als gedacht. Der Kommissar holte ihn an der Pforte ab und ging mit ihm in die Kantine. Teresa sagte er, dass er Besuch von einem Bekannten erhielt. Er wollte ungestört mit Bauer reden. Sie bestellten sich einen Kaffee und Weber ging mit seiner Tasse voraus zu einem Tisch, der sich in der hintersten Ecke des Raums befand.

Sie sprachen zuerst über Sofia und die Tatsache, dass es keine neue Spur gab. Bauer berichtete, dass sich seine Frau, je länger die Ungewissheit anhielt, immer mehr in sich zurückzog. Auch ihm machte sie Situation zu schaffen und er wunderte sich, wie er es schaffte, jeden

Tag zur Arbeit zu gehen. Diese Aussage gab Weber einen guten Grund, auf Bauers Job zu sprechen zu kommen.

Er erzählte ihm in groben Zügen, woran er arbeitete.

Dabei erwähnte er nur, dass Enrico von Seewald eine Bewährungshelferin hatte, was er mit Sicherheit durch Judith Landsberg eh schon wusste. Dass die anderen Opfer ebenfalls einen Bewährungshelfer hatten, sagte er nicht. Auch verriet er die Namen der Personen nicht.

„Hast du mal etwas mit von Seewald zu tun gehabt?", fragte er dann.

Bauer trank einen Schluck von seinem Kaffee, bevor er antwortete. Er taxierte Weber mit einem Blick, als wollte er herausfinden, worauf dieses Gespräch hinauslief. Dann schüttelte er den Kopf.

„Nein. Enrico von Seewald wurde nur durch Judith betreut."

„Auch nicht als Vertretung, wenn Frau Landsberg im Urlaub war?"

Wieder schüttelte Bauer den Kopf.

„Nein, das hat ein anderer Kollege übernommen. Aber warum fragst du?"

Weber ließ sich Zeit mit seiner Antwort.

„Wir wollen natürlich so viel wie möglich über die Opfer erfahren. Deshalb befragen wir alle Personen, die möglicherweise Kontakt zu ihnen hatten, auch wenn dieser nur minimal war".

Bauer nickte zwar, aber Weber merkte, dass er nicht überzeugt war. Er hoffte, dass, falls dieser etwas mit den Taten zu tun hatte, er nicht misstrauisch werden würde.

Die nächste Frage überraschte Weber.

„Was hat es eigentlich mit der Entführung meiner Nachbarin auf sich? War das wirklich der Gleiche, der die anderen erschossen hat?"

Weber sah Bauer prüfend an. Drehte er jetzt den Spieß um, und versuchte seinerseits Infos aus ihm herauszuholen? Deshalb antwortete er nur knapp.
„Gute Frage. Wir wissen es nicht."
Ihm kam plötzlich ein neuer Gedanke.
„Wie gut kennst du Bettina Landy und ihren Ehemann?"
„Ihren Mann kenne ich so gut wie gar nicht, obwohl wir schon seit elf Jahren nebeneinander wohnen. Wir haben uns zwar immer gegrüßt, wenn wir uns auf der Straße oder im Garten gesehen haben. Und auch das ein oder andere längere Gespräch geführt, aber dabei ging es meistens um Fußball oder die Gartenpflege. Er hat uns nie besucht. Das Gleiche gilt für Bettina, die erst nach der Trennung von ihrem Mann eine Freundin meiner Frau wurde. Ich habe auch mit ihr in der Zeit nur wenig geredet. Allerdings hat mir Katrin einiges von dem erzählt, was nebenan passiert ist. Von ihrem Seitensprung und dem Auszug ihres Mannes, dass er sie seitdem ignorierte und weder auf Anrufe noch Nachrichten reagierte. Etwas heftig, wie ich fand. Ich war der Meinung, dass er ihr zumindest eine Chance für eine Erklärung geben sollte. Ein Telefonat hätte ja gereicht, er hätte sie ja nicht treffen müssen. Katrin war nicht meiner Meinung und konnte Emil verstehen. Sie würde an seiner Stelle genauso handeln, hat sie zu mir gesagt. Also immer schön die Hände bei mir halten", schloss Bauer seine umfangreichen Ausführungen mit einem Grinsen.
Weber grinste nicht, denn sein ehemaliger Gitarrenlehrer hatte etwas gesagt, was für die Aufklärung des Falls von entscheidender Bedeutung sein konnte.

Weber und Teresa saßen Tatjana und Jens von Seewald in deren Wohnzimmer gegenüber. Ricardos Mutter sah immer noch mitgenommen aus, hatte sich jedoch soweit erholt, dass sie sich bereit erklärt hatte, ihre Fragen zu beantworten. *Wahrscheinlich unterstützt durch eine entsprechende Medikation*, dachte Weber. Aber sie machte keinen abwesenden Eindruck und ihre Antworten waren klar und verständlich.

Es war Herr von Seewald, der die Fragen hauptsächlich beantwortete. Er erzählte ihnen, dass Enrico bis zu seinem 13. Lebensjahr ein „guter Junge" gewesen war. Dann hatten die Probleme angefangen. Er hatte die falschen Freunde kennengelernt und war dadurch auf die schiefe Bahn geraten. Enrico hatte angefangen, Alkohol zu trinken und Marihuana zu rauchen. Seine Leistungen hatten in dem Maße abgenommen, wie sein Alkoholkonsum gestiegen war. Er musste schließlich sogar die Schule wechseln und ab da war so gut wie gar nichts mehr gelaufen. Mit Ach und Krach schaffte er einen Hauptschulabschluss, fand dementsprechend keine Ausbildungsstelle und hielt sich mit Arbeiten bei einer Zeitarbeitsfirma über Wasser. Seine Eltern unterstützten ihn, so gut es ging. Er gab das ganze Geld für Alkohol und Drogen, statt für vernünftige Dinge aus. Deshalb stellten sie die Zahlungen ein und warfen ihn aus dem Haus, in dem der bis dahin in seinem Zimmer gewohnt hatte.

Danach hatten sie ihn fast gar nicht mehr gesehen. Damals war er gerade 17 geworden. Das Nächste, was sie von ihm gehört hatten, war, dass er wegen Vergewaltigung festgenommen worden war. Sie hatten ihn in der JVA besucht, aber er hatte sie nicht sehen wollen. Sein Vater hatte es anschließend noch ein weiteres Mal versucht, doch auch da hatte er sich geweigert, mit ihm sprechen. Dass er aus der JVA entlassen worden war, hatten sie durch einen Brief von seinem Anwalt erfahren. Darin hatte er sie gebeten, ihm seine Sachen an die Anschrift des Verteidigers zu schicken. Sie waren dem Wunsch nachgekommen, so dass sie nicht gewusst hatten, wo er nach der Entlassung gewohnt hatte. Dann schaltete sich Tatjana von Seewald in das Gespräch ein.

„Ich habe ihn vor einigen Monaten zufällig in der Stadt gesehen."

Ihr Mann sah sie überrascht an.

„Davon hast du mir nichts gesagt", sagte er vorwurfsvoll.

„Wann war das?" hakte er nach.

„Weiß ich nicht mehr genau. Irgendwann im Frühjahr. April oder Mai".

Von Seewald schüttelte den Kopf.

„Hör auf, mit dem Kopf zu schütteln", sagte seine Frau wütend.

„Das hätte dich doch eh nicht interessiert. Seit er dich in der JVA abgewiesen hat, wolltest du nichts mehr von ihm wissen. Dir war es ab da doch völlig egal, was er macht und mit wem er zusammen ist."

Weber wurde hellhörig.

„Was meinen Sie damit?", fragte er, bevor sie fortfahren konnte.

Sie sah ihren Mann an, als sie antwortete.

„Er war nicht alleine. Deshalb habe ich ihn auch nicht angesprochen. Ich wollte vor seiner Freundin nicht wie ein Trottel dastehen, wenn er mich ohne ein Wort links liegen lässt."

Bevor von Seewald antworten konnte, fragte Weber:

„Er war also mit seiner Freundin in der Stadt? Kannten Sie die Frau?"

Tatjana wandte sich an ihn.

„Es war eher ein Mädchen als eine Frau. Sie sah noch ziemlich jung aus. Höchstens 19 Jahre schätze ich. Und nein, ich hatte sie zuvor noch nie gesehen."

„Können Sie sie beschreiben?"

Tatjana schüttelte den Kopf. „Ich habe sie nur kurz von vorne betrachtet. Ich erinnere mich nur daran, dass sie lange blonde Haare hatte und schlank war."

„Würden Sie das Mädchen auf Fotos wiedererkennen?"

Sie überlegte einen Moment, dann antwortete sie: „Kann sein, ich glaube aber eher nicht."

„Wo genau haben Sie die beiden gesehen?"

„Das war am Jahnplatz, bei der Würstchenbude. Sie sind über die Ampel Richtung Altstadt gegangen. Ich wollte ihnen zuerst nachgehen, musste aber bei Rot stehen bleiben und als ich rübergehen konnte, waren sie schon weg."

Als sie nach dem Gespräch in ihren Dienstwagen stiegen, fragte Teresa:

„Warum hast du dich so für die Freundin von Enrico interessiert?"

Weber startete den Motor, bevor er antwortete:

„Nur so ein Bauchgefühl, dass sie für die Ermittlung wichtig sein könnte."

Mehr sagte er wieder nicht und sie gab sich damit zufrieden.

19:15 Uhr

„Schön, dich zu sehen", sagte Susanne Almili und nahm Weber in den Arm.

Er umarmte sie ebenfalls und zog sie dicht an sich. So blieben sie einige Zeit stehen, bevor sie sich lösten. Dabei gab sie ihm einen Kuss auf die Wange. Dann drehte sie sich um und er folgte ihr ins Wohnzimmer. Sie setzte sich aufs Sofa und er nahm ihr gegenüber in einem Sessel Platz.

„Wie geht es dir?", erkundigte sie sich.

Sie unterhielten sich einige Minuten über ihr Privatleben, bevor Susanne fragte, ob er etwas trinken wollte.

Sie holte sich ein Glas Wein und brachte ihm einen Southern Comfort mit O-Saft mit. Sie stießen an und Weber fragte: „Immer noch Solo?"

Sie nickte.

„Es findet sich einfach keiner, der mit einer Spinnerin wie mit zusammen sein möchte."

„Das glaube ich nicht. Du bist eine bildhübsche Frau. Die Männer müssten doch Schlange stehen."

Sie lachte.

„Wenn es darum geht, mit mir zu vögeln, dann ja. Aber eine Beziehung..."

Sie ließ den Satz unvollendet. Weber erinnerte sich daran, dass sie teilweise eine direkte Wortwahl bevorzugte.

„Wenn es mir nur um meine sexuelle Befriedigung gehen würde, käme ich voll auf meine Kosten. Aber was hilft mir das, wenn ich mich durch die Betten vögle, ich aber niemanden habe, bei dem ich mich anlehnen kann. Außerdem geht es bei mir nur, wenn zumindest ein bisschen Liebe dabei ist. Ansonsten werde ich nicht richtig feucht", sagte sie mit einem Augenzwinkern.

„Aber darum habe ich dich nicht angerufen. Es geht um deinen aktuellen Fall. Ich glaube, dass ich dir wieder helfen kann."

Weber schwieg einen Moment, bevor er fragte: „Was weißt du über den Fall?"

Susanne nahm einen Schluck von ihrem Getränk, bevor sie antwortete:

„Es geht um die Ermordung von mehreren Männern, die erschossen wurden, nachdem sie telefoniert haben. Was es genau mit dem Telefonat auf sich hat, kann ich nicht sagen."

Sie machte eine kurze Pause.

„Heute habe ich gesehen, dass es noch einen anderen Vorfall mit einer Frau gibt. Die wurde wohl nicht erschossen, aber die Vorfälle gehören zusammen."

Weber rutschte auf dem Sessel bis auf die Vorderkante. Er merkte, dass Susanne ihm noch etwas mitteilen wollte.

„Was hast du noch gesehen?", fragte er deshalb.

„Ich habe den Mörder gesehen", sagte sie.

„Es ist ein Mann. Aber es gibt noch jemanden, der damit zu tun hat. Eine Frau."

Weber starrte sie an.

„Zwei Täter?", fragte er überrascht.

Susanne schüttelte den Kopf.

„Nein. Ich habe nur den Mann mit der Waffe in der Hand gesehen, aber nicht die Frau. Die stand immer hinter dem Mann. Keine Ahnung, was das zu bedeuten hat."

In Webers Kopf formte sich ein Gedanke, der ihm jedoch ziemlich abwegig erschien. Aber je länger er darüber nachdachte, desto mehr Puzzleteile passten zu seiner Theorie. Susanne saß ruhig auf dem Sofa und störte ihn nicht in seinen Gedankengängen. Schließlich hatte er einen Plan entwickelt, wie er weiter vorgehen wollte, um seine Theorie zu untermauern. Als er aufsah, bemerkte er, dass Susanne ihn interessiert anschaute.

„Ich konnte dir praktisch ansehen, wie deine Synapsen gearbeitet haben", sagte sie. „Was ich dir gesagt habe, hat dich augenscheinlich auf eine Idee gebracht."

Sie grinste ihn an.

Weber nickte.

„Allerdings ist es erstmal nur eine sehr vage Idee. Bis jetzt habe ich noch keine Beweise, die meine Vermutung bestätigen. Aber ich denke, ich weiß, wie ich an die Beweise rankommen kann."

Er stand auf und setzte sich neben sie. Dann nahm er sie in den Arm und gab ihr einen Kuss auf den Mund. Er löste seine Lippen, als er merkte, dass sie den Kuss nicht erwiderte. Er rückte etwas von ihr ab.

„Was war das denn jetzt?", fragte sie ihn.

„War das für meine Hilfe oder..."

Sie ließ den Satz unvollendet.

„Tut mir leid", stammelte Weber als Antwort.

„Ich... ich… wollte dir nicht zu nahetreten."

„Ach so", sagte Susanne mit ernstem Blick.

„Du hast wohl gedacht, nachdem ich dir alles gesagt habe, könntest du mir als kleine Belohnung einen Fick schenken, was? Einfach da weitermachen, wo wir das letzte Mal aufgehört haben und nach dem du dich überhaupt nicht mehr gemeldet hast."

Er machte den Mund auf, aber es kam kein Wort über seine Lippen.

„Soll ich dir mal was sagen? Du hast recht gehabt."

Mit einem Grinsen setzte sie sich auf seinen Schoß.

Knapp zwei Stunden später fuhr er entspannt, aber mit einem schlechten Gewissen nach Hause.

Was bin ich für ein beschissener Ehemann, dachte er.

Kapitel 27

Weber war früh im Büro, um Beweise für seine am gestrigen Abend entwickelte Theorie zu finden. Er hatte eine Mobilfunknummer ermittelt und diese mit den Funkzellen der Tatorte verglichen. Keine Treffer. Weber fluchte leise vor sich hin und überlegte fieberhaft, was er als nächstes tun könnte. Dann kam ihm eine Idee und er schrieb einen Antrag für die Übersendung aller Anrufe, die zu oder von der von ihm ermittelten Handynummer getätigt oder an diese eingegangen waren. Er rief den richterlichen Eildienst an und erklärte dem diensthabenden Richter, dass er den Beschluss für die Ermittlungen in den Mordfällen dringend brauchte. Er erreichte diesen beim Einkaufen mit seiner Frau. Er bat ihn, den Antrag per Mail zu übersenden. Sobald er wieder zu Hause sei, würde er sich darum kümmern. Weber bedankte sich und schickte die elektronische Post los. Dann wartete er und hing seinen Gedanken nach. Er dachte an den gestrigen Abend. Mittlerweile hatte er zwei Geliebte. Nicht nur mit Susanne, sondern auch mit seiner Chefin hatte er geschlafen. Sein letztes Treffen mit Caro war vor knapp einer Woche gewesen. Sie hatte ihn zu sich nach Hause zum Essen eingeladen. Bevor sie zum Dinner gekommen waren, hatten sie sich auf dem Sofa im Wohnzimmer geliebt, als ob es kein Morgen geben würde. Dann hatten sie gegessen und waren in ihr Schlafzimmer gewechselt. Dort hatten sie sich drei Stunden ausgetobt, bevor er nach Hause gefahren war. Er war erst mitten in der Nacht angekommen und hatte sich nicht getraut, zu Yuna ins Zimmer zu gehen. Er hatte angezogen auf dem Sofa geschlafen. Seiner Frau hatte er am nächsten Morgen erzählt, dass sie derzeit eine dringende

Haftsache bearbeiteten und er deswegen Überstunden hatte machen müssen.

Weber war an diesem Punkt seiner Gedanken angekommen, als ein Ton den Eingang einer Mail verkündete. Diese kam von Richter Cien, der ihm mitteilte, dass er den Beschluss ausstellen und ihm diesen per Fax zuschicken würde. Zehn Minuten später hielt er das amtliche Dokument in der Hand, das er direkt an den Provider der Handynummer weiterleitete. Wenn alles gut ging, würde er die Daten am Montag erhalten. Hoffentlich kam niemand dahinter, was er hier tat. Falls doch, könnte ihm das eine Menge Ärger einbringen.

Weber machte gegen Mittag Feierabend und fuhr nach Hause. Als er dort ankam und seinen Wagen abgestellt hatte, kam ihm Yuna entgegengelaufen.

„Sie haben ihn", rief sie ihm zu.

Er sah sie überrascht an, da er mit ihrem Ausruf nichts anfangen konnte.

„Wer hat wen?", fragte er deshalb.

„Nikkis Mörder!", antwortete sie atemlos.

Ihm klappte der Unterkiefer herunter. Fast wäre ihm ein „Das kann nicht sein!" herausgerutscht, aber er konnte sich im letzten Moment beherrschen. Yuna redete unablässig auf ihn ein, während sie ins Haus gingen, doch Weber bekam nur die Hälfte mit. *Was ist denn jetzt wieder passiert*, dachte er. Dann kam ihm ein Gedanke: *Da konnte nur Snow dahinterstecken!*

Aus Yunas Ausführungen, die zu ihm durchgedrungen waren, erfuhr er, dass sich bei der Polizei in Wien ein Mann gemeldet und zugegeben hatte, Nikki und auch damals seinen Bruder ermordet zu haben. Als Motiv sollte er angegeben haben, dass er Benjamin Kurz in einem Streit wegen Geld umgebracht hätte. Dieser hätte ihm 5.000 Euro geschuldet, was er nicht zurückzahlen wollte und als der Täter ihm drohte, zur Polizei zu gehen, wäre Benni handgreiflich geworden und hätte ihn angegriffen. Der Mann hätte sich verteidigt und ihn dabei aus Notwehr getötet. Dann hätte er ihn auf dem Gelände des Wiener Hafens vergraben. Nachdem die Leiche gefunden worden war, war eines Tages Nikki Kurz vor seiner Haustür gestanden und hatte ihn des Mordes an seinem Bruder beschuldigt. Woher er das gewusst hatte, konnte der Killer nicht sagen. Nikki hatte persönlich Rache nehmen wollen und versucht, ihn zu erschießen. Er hatte sich verzweifelt gewehrt und dabei Nikkis Waffe zu fassen bekommen. In seiner Angst hatte er ihn dann erschossen.

„Warum hat er sich denn gestellt?", fragte Weber später, nachdem die Kinder im Bett waren und sie im Wohnzimmer nebeneinander auf dem Sofa saßen.

„Die Polizei hat Saki erzählt, dass er mit der Schuld an einem Doppelmord nicht länger leben konnte. Deshalb habe er die Taten gestanden."

Weber schaute auf den Boden bevor er sagte: „Dann ist die Sache ja jetzt erledigt."

Wien, einige Stunden zuvor

Der Mann stand auf dem Bürgersteig der Taubstummengasse und schaute zum gegenüberliegenden Gebäude. Er schaute die vierstöckige sandfarbene Fassade hinauf und ließ seinen Blick dann langsam zurück zu dem Schild über dem Eingang der Hausnummer 11 wandern. Sein Blick blieb auf dem blauen Schild mit der weißen Schrift hängen. Er war sich sicher, dass die Personen die sich in dem Haus aufhielten, schon längst auf ihn aufmerksam geworden waren. Sicher würden bald die ersten herauskommen und ihn fragen, was er hier wollte. Aber er musste selbst den ersten Schritt machen.

Lange hatte er überlegt, ob er überhaupt hier herkommen sollte. Aber hatte er den eine Wahl? Zwar wurde im allgemeinen behauptet, dass man immer eine Wahl hatte, aber in seinem Fall gab es einfach keine. Wenn er nicht rübergehen würde, hätte dies erhebliche Konsequenzen für seine Familie. Er musste an Maria denken. Zwar hatte er sie in den Jahren in denen sie nun zusammen waren schon unzählige Male betrogen. Trotzdem spürte er, dass er sie liebte. Warum wurde ihm das erst jetzt bewusst?

Aber noch stärkere Gefühle wallten in ihm auf, als er an seine Kinder dachte. Eigentlich hatte er nie Kinder haben wollen. Doch dann hatte er Maria kennengelernt und sie war schwanger geworden. Sie hatte sich geweigert, das Kind abzutreiben und er hatte sich schließlich damit abgefunden. Eine Entscheidung, die er nie bereut hatte. Im Gegenteil: Als er Hans das erste Mal in seinen Armen hielt, hatte er die Welt mit anderen Augen gesehen. Und dann waren noch zwei Kinder zur Welt gekommen: Jakob und Hannah. Er liebte seine Kinder über alles und das war ihm schon immer bewusst gewesen. Nicht erst jetzt, als er hier in der Taubstummengasse stand.

Und aus genau diesem Grund, musste er jetzt hinübergehen, wollte er seine Kinder und Maria schützen. Er atmete noch einmal tief ein und ging dann mit festem und entschlossenem Schritt auf die andere Straßenseite. Dort öffnete er die Tür zur Hausnummer 11 und betrat die Polizeiwache.

Dort wurde er von einem Polizisten in Uniform in Empfang genommen.

„Grüß Gott. Was kann ich für sie tun?"

Der Mann spielte einen Moment mit dem Gedanken, die Wache wieder zu verlassen. Kurz tauchte ein Bild seiner toten Kinder vor seinem inneren Auge auf und er verwarf den Gedanken so schnell, wie er gekommen war.

„Mein Name ist Andreas Hofbauer. Ich möchte mich stellen, da ich Benjamin und Nikolas Kurz ermordet habe."

Wien, 21:55 Uhr

Chefinspektor Alfons Hofer saß in seinem Büro und ließ den Tag Revue passieren. Die Entwicklungen die der aktuelle Fall heute genommen hatte, waren für ihn überraschend gewesen. Nie hatte er damit gerechnet, dass sich der Mörder der Brüder Kurz stellen würde. Er war von den Kollegen der Wache in der Taubstummengasse angerufen worden, nachdem diese sich davon überzeugt hatten, dass sie es nicht mit einem Spinner zu tun hatten. Hofer hatte angeordnet, dass der Mann zu ihnen ins Landeskriminalamt in die Wasagasse gebracht wurde. Der Chefinspektor hatte ihn zusammen mit Bezirksinspektor Heino Wallner vernommen. Andreas Hofbauer war ein Berufsverbrecher, der seit seinem 15 Lebensjahr immer wieder mit dem Gesetz in Konflikt geraten war. Es hatte mit kleineren Diebstählen begonnen. Dann hatte er seine Verbrecherkarriere mit Einbrüchen und Raubüberfällen fortgesetzt, bevor er sich an Betrügereien versucht hatte. Zwischendurch war er immer wieder wegen Körperverletzung und Drogendelikten in Erscheinung getreten. Von seinen 41 Lebensjahren hatte er insgesamt 15 in diversen Gefängnissen verbracht.

Hofbauer hatte eine ehemalige Prostituierte geheiratet und hatte mit ihr drei Kinder. Seit der Geburt seines ältesten Sohnes vor sechs Jahren, war er nicht mehr in Erscheinung getreten. Seit vier Jahren hatte er sogar eine feste Arbeitsstelle als Lkw-Fahrer bei einer Wiener Spedition.

Jetzt saß er also vor den beiden Beamten und hatte gerade sein Geständnis wiederholt. Er hatte ihnen genau beschrieben, wie er Benjamin Kurz erschlagen und vergraben hatte und wie er dessen Bruder Nikki erschossen und mit einem Gewicht beschwert in der Donau versenkt hatte. Die Details, mit denen er seine Taten beschrieb, passten zu den Erkenntnissen, welche die Ermittler bis jetzt gesammelt hatten. Wobei Hofer auffiel, dass diese zu dem Mord an Nikki Kurz noch präziser waren als zu dem an Benjamin.

„Also nochmal," sagte Wallner gerade.

„Warum haben sie Benjamin Kurz ermordet?"

Hofbauer, der die gesamte Zeit über seinen Kopf gesenkt hielt, antwortete mit ruhiger Stimme:

„Ich hatte mir damals Geld von ihm geliehen. Wir hatten uns am Hafen getroffen, da er das Geld von mir zurückhaben wollte. Ich hatte aber nicht die gesamte Summe auftreiben können. Deshalb kam es zum Streit und er griff mich an. Ich habe mich gewehrt und im Laufe des Kampfs griff ich nach einem herumliegenden Stein und erschlug ihn. Dann habe ich die Leiche vergraben."

„Woher hatten sie die Waffe mit der sie Nikki Kurz erschossen haben?" wechselte Hofer das Thema, um Hofbauer aus der Ruhe zu bringen.

Doch dieser ließ sich keine Anspannung anmerken und antwortete gelassen:

„Die habe ich von einem alten Bekannten gekauft."

„Wie heißt der Bekannte?"

Hofbauer schüttelte den Kopf.

„Den Namen verrate ich ihnen nicht."

„Wo ist die Waffe jetzt?"

„Ich habe sie in die Donau geworfen."

„Um was für eine Pistole handelte es sich?", schoß Hofer
seine Fragen ab.

Doch Hofbauer hatte auf alles eine passende Antwort,
ohne sich zu widersprechen.

Und das, obwohl sie ihn nun schon seit drei Stunden
ohne größere Unterbrechung vernahmen.

„Was wird aus ihrer Frau, wenn sie ins Gefängnis gehen?
Und was aus ihren drei Kindern?", fragte er
unvermittelt.

Langsam hob Hofbauer den Kopf und zum ersten Mal im
Laufe der Vernehmung sah er dem Chefinspektor direkt
in die Augen. Hofer meinte darin in kleines Funkeln zu
erkennen. Was er aber mit Sicherheit sah, waren die
Tränen, die in die Augen seines Gegenübers traten.

„Für sie ist gesorgt", antwortete er lediglich und senkte
wieder den Kopf.

„Und jetzt will ich einen Anwalt."

Hofer und Wallner versuchten noch mehr aus Hofbauer
herauszubekommen, doch dieser schwieg ab nun eisern.

„Was hälst du von Hofbauer?" fragte Wallner eine
Stunde später seinen Chef.

Sie saßen sich in dessen Büro gegenüber. Hofbauer war
vor zehn Minuten ins „Graue Haus" gebracht worden,
wie die Wiener umgangssprachlich die Justizanstalt
Josefstadt, nannten. Das Gefängnis wurde bereits seit
Beginn seines Bestehens so genannt, was auf die damals
graue Kleidung der Häftlinge zurückzuführen war. Der
zuständige Richter hatte gegen Hofbauer die
Untersuchungshaft angeordnet, was aufgrund seines
Geständnisses nicht verwunderlich war. Eigentlich hätte
Hofer guter Stimmung sein sollen. Immerhin war ein
Doppelmord aufgeklärt worden, auch wenn er und sein
Team nicht so viel zum Erfolg beigetragen hatten.

Aber tief in ihm hatte sich ein hartnäckiger Zweifel an den Schilderungen Hofbauers eingenistet. Irgendetwas passte da nicht zusammen. Wie hatte der Kleinkriminelle Hofbauer Kontakt zu Benjamin Kurz erhalten, um sich von diesem Geld zu leihen? Wie war er überhaupt darauf gekommen, sich ausgerechnet an Kurz zu wenden? Soweit der Chefinspektor aus den Ermittlungsakten hatte entnehmen können, war Kurz nicht besonders reich gewesen, was auch für seine Eltern und seinen Bruder galt. Sicher hatte Kurz einen gut bezahlten Job in der IT-Branche gehabt, aber sprang da so viel bei heraus, dass er größere Summen verleihen konnte? Oder hatte Benjamin Kurz zusätzlich seine Hände in dunklen Geschäften gehabt, die ihm hohe zusätzliche Einnahmen brachten? Doch es gab keine Hinweise darauf. Hofer würde sich auf jeden Fall nochmal Benjamins Kurz Kontostände zum Zeitpunkt seines Verschwindens genau ansehen. Außerdem wollte er ermitteln, ob es irgendeine Verbindung zwischen Hofbauer und Benjamin oder Nikki Kurz gab.

Zudem hatte Hofbauer nichts dazu gesagt, warum er Nikki ermordet hatte. Und was hatte er damit gemeint als er sagte, dass seine Familie gut versorgt sei? In Hofers Hirn nahm ein Gedanke Gestalt an, dem er noch nicht wagte mehr Raum zu schenken. Erst musste er noch das ein oder andere überprüfen. Aber er war sich nun sicher, dass Andreas Hofbauer weder Benjamin Kurz, noch Nikolas Kurz ermordet hatte.

Kapitel 28

Weber erhielt die Daten von Katrin Bauers Handy am Dienstagvormittag. Den Sonntag hatten sie frei gemacht und am Montag hatte sich nichts Neues ergeben. Der Ermittler hatte gehofft, die Daten am Vortag zu bekommen, aber das hatte nicht geklappt. Jetzt hatte er die Excel-Tabelle mit den vielen Spalten und Zahlen vor sich auf dem Bildschirm seines PCs. Er hatte noch immer niemandem von seinen Ermittlungen und Vermutungen erzählt. Weber war sich nicht mehr sicher, ob er mit seiner Theorie, dass ein Mann und eine Frau hinter den Taten steckten, richtig lag. Und erst recht nicht mit seinem Verdacht bezüglich der Personen, gegen die er versuchte, Beweise zu sammeln. Er wollte abwarten, was die Auswertung der Tabelle ergab. Er rief ein Programm auf, das automatisch eine Analyse der Daten vornahm. Es dauerte keine fünf Minuten, und das Ergebnis lag vor. Ein Augenmerk bei der Überprüfung lag darauf, festzustellen, welche Rufnummern von Katrins Handy am häufigsten angewählt wurden. Es zeigte sich, dass sie in den letzten Wochen wiederholt eine Mobilfunknummer angerufen und Anrufe von dieser Nummer erhalten hatte. Diese gehörte zu keinem ihrer bekannten Kontakte. Konnte es sein, dass Bauer über zwei Handys mit unterschiedlichen Rufnummern verfügte?

Weber fragte den Anschlussinhaber der Nummer ab. Die Antwort erhielt er 15 Minuten später. Als er den Namen las, klappte ihm der Unterkiefer runter: Enrico von Seewald.

Sollte das ein Scherz sein?

Was hatte Katrin Bauer mit ihrem vierten Opfer zu tun? Dann sah er sich die Daten der Anrufe nochmal genauer an und stellte fest, dass die Telefonate nach dem Mord an Enrico weitergingen.

Was hatte das denn wieder zu bedeuten?

Weber fluchte vor sich hin. Anstatt Licht in den Fall zu bringen, wurde alles komplizierter. Er rief auf dem PC die Strafanzeige zum Mord an dem jungen Mann auf und verglich die dort eingetragene Rufnummer mit der von ihm abgefragten. Sie stimmten nicht überein. Weber ging nicht davon aus, dass Enrico zwei Handys gehabt hatte. Außerdem, wer sollte dieses nach seinem Tod genutzt haben? Doch wie kam es, dass diese verdammte Rufnummer für ihn vergeben war? Wer hatte das gemacht und warum?

Weber spürte, dass er auf eine heiße Spur gestoßen war. Ihm fiel auf, dass sich die Anzahl der Anrufe an bestimmten Tagen gehäuft hatten. Angefangen hatten die Telefonate Mitte Mai. Genauer gesagt, am 15. Mai. Zwei Tage vor dem Mord an Andreas Greb! Nach dem Tattag gab es zunächst keine Anrufe mehr. Diese setzten erst am 25. Mai wieder ein. Einen Tag vor der Ermordung von Benjamin Dietrich! Ab dem 26. wiederum eine Pause, bis zum 30. Mai. Olaf Claus war am 31. Mai ermordet worden. Dann keine Aktivitäten bis zum 03. Juni, dem Tag bevor Enrico erschossen worden war. Eine erneute Anrufpause bis zum 06.06. Der Tag vor der Entführung von Bettina Landy! Seit dem Tag hatte es keine Gespräche mehr gegeben.

Weber war beim Abgleich der Daten immer unruhiger geworden. Ihm blieb nun nichts anderes übrig, als mit seinen Erkenntnissen zu Caro zu gehen. Aber vorher verfasste er einen Antrag, um an die Daten der Pre-Paid-Nummer zu kommen. Außerdem sollten sie das Smartphone des Unbekannten und das von Katrin Bauer so schnell wie möglich aufschalten lassen. Falls ein weiterer Mord geplant war, könnten sie dies mitbekommen, wenn es wieder Kontakt zwischen den Personen gab. Er schrieb den Bericht zu Ende, druckte ihn aus und schickte diesen per Fax an den Richter. Dann holte er sich erstmal einen Kaffee und ein Brötchen aus der Kantine. Das hatte er sich verdient. Getreu dem Motto „Ohne Mampf kein Kampf".

Als er aus der Kantine zurückkam, wartete Caro auf ihn.
„Brett", rief sie, sobald sie ihn erblickte.
„In mein Büro."
Er hörte ihrer Stimme an, dass sie wütend war. Als er ihr Büro betrat, wedelte sie mit einem DIN-A4-Blatt in der Hand herum.
„Kannst du mir erklären, was das hier ist? Und bitte keine blöden Kommentare wie „ein Blatt Papier" oder so. Dazu habe ich absolut nicht den Nerv."
Er nahm ihr das Schriftstück aus der Hand. Es war der Sendebericht zu dem Fax, das er vorhin an den Richter gesandt hatte. Es gab nur ein Faxgerät im Kommissariat und das stand in Caros Büro. Er hatte nicht mehr daran gedacht, dass der Bericht ausgedruckt wird. Neben den Daten der Versendung war ein Teil des Texts zu lesen. Weber seufzte, aber er hatte Caro ja eh alles erzählen wollen.
„Ich wollte nicht, dass du es auf diesem Weg erfährst. Ich hatte vor, es dir gleich zu erläutern."
„Was genau?", fragte sie.
Weber schloss die Bürotür und setzte sich. Caro sah ihn einen Moment wütend an, dann entspannten sich ihre Gesichtszüge und sie nahm ebenfalls Platz.
„Ich konnte dir schon früher nicht lange böse sein. Also, schieß los", sagte sie mit einem Grinsen im Gesicht.
„Aber egal, was es ist, es kostet dich ein Abendessen mit Abschluss bei mir."

Weber wusste, was dieser „Abschluss" bedeutete. Es konnte schlimmere Strafen geben.

Caro hörte ihm zu und sah ihn anschließend lange an, ohne etwas zu sagen. Dann griff sie zum Telefonhörer und rief Behlau an. Dieser erschien kurz darauf in ihrem Büro. Weder Weber noch Caro hatten in der Zwischenzeit ein Wort gesagt. Sobald der MK-Leiter die Tür geschlossen und sich gesetzt hatte, erklärte der Kommissar seinen Verdacht erneut. Sein Kollege hörte ihm zu, ohne ihn zu unterbrechen. Nachdem er geendet hatte, sah Behlau überlegend auf seine Hände. Dann hob er den Kopf, sah Weber und Caro nacheinander an und sagte:

„Informieren wir die anderen."
Als sich die MK im SoKo-Raum versammelt hatte, berichtete Weber innerhalb von 90 Minuten zum dritten Mal von seiner Theorie.

„Gut", sagte Behlau schließlich.
„Irgendwelche Anmerkungen zu Bretts Ausführungen?"
„Wo liegt das Motiv?", fragte Chiara Bültmann.
„Ich finde, das Ganze ist ziemlich weit hergeholt."
Weber sah sie an. Dass die ersten Zweifel von ihr kamen, hätte er sich denken können.

„Gute Frage", antwortete er.
„Da habe ich ehrlich gesagt noch keine Idee."
Es fiel ihm schwer, dies zuzugeben und er sah Chiara an, dass sie das wusste und genoss.

„Well", übernahm Anderson das Gespräch.
„Gehen wir davon aus, dass Bretts Theorie richtig ist. Dann stecken Katrin und Rudi Bauer hinter den Morden. Sie haben sich dazu entschlossen, Leute umzubringen, die ihrer Meinung nach nicht genug bestraft worden waren."

Er hob die Hand, als Chiara ihn unterbrechen wollte.

„Ich weiß, was du sagen willst. Wie Bettina Landy dann in die Liste der Opfer passt."

Chiara nickte zur Bestätigung.

„Komme ich gleich zu", fuhr Anderson fort.

„So, die ersten vier Opfer waren vorbestraft und hatten alle einen Bewährungshelfer. So konnte Rudi Bauer an ihre Namen kommen. Er hat sie ausgesucht und dann mit seiner Frau die Taten geplant und ausgeführt. Die Opfer hatten alle Vorstrafen wegen Sexualdelikten. Und so passt auch Bettina Landy ins Bild. Sie hat zwar keine Straftat begangen, aber sie hat ihren Mann über einen längeren Zeitraum betrogen. Also gab es bei allen Opfern ein Vergehen", beim letzten Wort malte er mit den Fingern der rechten Hand Anführungszeichen in die Luft, „im Zusammenhang mit Sex."

Chiara lachte auf.

„Du willst wirklich einen Vergewaltiger mit einer Ehebrecherin gleichstellen?", fragte sie zweifelnd.

Anderson zuckte mit den Schultern.

„Immerhin ist sie eine Nachbarin der Bauers und sie wussten von ihrer Affäre. Vielleicht kam Bauer an keine neuen Namen heran und deshalb haben sie ihre Nachbarin gewählt."

Peter Eldeg meldete sich zu Wort.

„Also ehrlich gesagt finde ich die Zusammenhänge nicht so plausibel. Warum sollten so unbescholtene Bürger wie die Bauers plötzlich anfangen, Menschen zu ermorden? Selbst wenn sie es aus ihrer Sicht verdient hatten."

Weber kam ein Gedanke.

„Weil ihre Tochter verschwunden ist", sagte er mehr zu sich selbst als zu den Kollegen.

Alle sahen ihn überrascht an. Bis jetzt hatte er niemanden von Sofias Verschwinden berichtet. Er hatte es nicht als nötig empfunden, da Bauer ihn privat um

Hilfe gebeten und der Vorfall nichts mit ihrem Fall zu tun hatte. Bis jetzt.

In kurzen Worten schilderte er den Sachverhalt.

„Also Rache dafür, dass ihre Tochter möglicherweise von einem Loverboy entführt wurde", sagte Caro zum Schluss.

Weber zuckte mit den Schultern.

„Immerhin mehr als wir bis jetzt hatten", bemerkte er.

„Ok", begann Behlau.

„Brett, ich möchte, dass du die Spur weiterverfolgst. Schau mal, ob du über die Pre-Paid Nummer noch was herausfindest. Und dann hol dir Katrin Bauer zur Vernehmung. Begründe es mit der Entführung ihrer Nachbarin. Nimm Teresa dazu."

Weber nickte.

„Die anderen machen erstmal damit weiter, womit sie gerade beschäftigt waren."

Behlau wusste nur allzu gut, dass das nicht viel war.

Weber rief Rudi Bauer an und ließ sich von ihm die Rufnummer seiner Frau geben. Anschließend telefonierte er mit ihr und bat sie, am Nachmittag zu ihm ins Präsidium zu kommen. Er gab an, dass er mit ihr über die Entführung von Bettina Landy reden wollte. Katrin Bauer erklärte ihm, dass sie keine Zeit hätte und sie heute nicht mehr kommen könnte. Sie kamen überein, dass sie am nächsten Morgen um 10 Uhr erscheinen sollte. Danach schrieb Weber einen Antrag, um die Pre-Paid-Nummer abhören zu lassen. Nachdem er diesen per Mail versandt hatte, rief er den zuständigen Richter an und bat ihn, sein Anliegen bevorzugt zu behandeln. Sein Anruf trug Früchte und schon eine Stunde nach dem Versand der E-Mail-Nachricht kam der Beschluss per Fax. Weber leitete diesen umgehend weiter. In der Zwischenzeit waren alle

Vorbereitungen für das Abhören des Anschlusses getroffen worden. 70 Minuten später war die Rufnummer aufgeschaltet und nun warteten sie gespannt auf das erste Telefonat. Sie hatten eine Einteilung vorgenommen, so dass ein Kollege auch während der Nacht immer die Leitung überwachte. Doch es tat sich nichts.

Kapitel 29

„Danke, dass Sie so schnell kommen konnten", begrüßte Weber Katrin Bauer am nächsten Morgen.

Die beiden saßen zusammen mit Teresa in ihrem Büro.

„Kein Problem", antwortete diese.

„Ich habe zurzeit eh Urlaub und darum passt mir der Termin ganz gut."

„Wie lange haben Sie denn Urlaub?", fragte Weber.

„Ich bin schon seit zwei Wochen zu Hause und habe noch bis Ende dieser Woche frei. Leider passt es dieses Jahr nicht mit Rudis Urlaub. Er kann erst im August, nach den Sommerferien, in Urlaub gehen."

Katrin machte auf Weber einen gefassten Eindruck. Seiner Meinung nach gefasster, als es eine Mutter sein sollte, deren Tochter seit Monaten verschwunden war und von der niemand wusste, wo sie sich aufhielt und wie es ihr ging. Nach dem, was Rudi Bauer bei ihrem letzten Treffen berichtet hatte, hätte er eine andere Zeugin erwartet. Aber möglicherweise riss sie sich für die Polizisten zusammen.

„Wie ich schon am Telefon gesagt habe", begann Weber die Vernehmung, „geht es um die Entführung Ihrer Nachbarin Bettina Landy. In diesem Zusammenhang möchte ich Sie heute als Zeugin befragen."

Er belehrte sie und fragte sie anschließend, ob sie damit einverstanden wäre, wenn das Gespräch auf Tonband aufgenommen werden würde. Da sie nichts dagegen hatte, schaltete er das Gerät ein, sprach die üblichen Formalien auf und legte es auf den Schreibtisch.

„Was können Sie mir über Ihre Nachbarin Bettina Landy sagen?", fragte er dann.

„Eigentlich nicht viel. Wir wohnen zwar schon seit Jahren nebeneinander, hatten aber nie so richtig

Kontakt. Mehr als einen Gruß, oder ein kurzes Gespräch hatte es nie gegeben. Erst vor einiger Zeit, nachdem Tina von ihrem Ehemann verlassen worden war, haben wir uns besser kennengelernt. Ich hatte sie eines Tages angesprochen, ich glaube es ging um die mal wieder nicht abgeholte Papiermülltonne, und in dem Gespräch habe ich sie dann nach ihrem Mann gefragt, weil ich ihn schon lange nicht mehr gesehen hatte. Sie hat mir dann direkt erzählt, was passiert ist. Ich glaube, es tat ihr gut, darüber zu sprechen. Wir sind ins Haus gegangen und ich habe Kaffee gekocht. Wir haben uns noch eine ganze Weile unterhalten. Wir haben uns sofort sehr gut verstanden. Da sie sonst niemanden zu haben schien, mit dem sie reden konnte, haben wir uns danach öfter getroffen und sind auch mal zusammen weg gegangen. Dabei hat sich eine Freundschaft entwickelt. Deshalb war ich auch so sehr geschockt, als ich von der Entführung gehört habe. Ich habe sie auch im Krankenhaus besucht."

„Wie haben Sie von der Entführung erfahren?", hakte Weber nach.

Sie musste einen Moment überlegen, bevor sie antwortete.

„Das kann ich ehrlich gesagt gar nicht beantworten. Ich glaube aber, dass sie es mir selbst erzählt hat."

„Wissen Sie, ob Frau Landy nach der Trennung von ihrem Mann einen Freund hatte, oder einen Bekannten, der sie öfter besucht hat?"

Katrin schüttelte den Kopf.

„Ihr Trainer kam nach dem Auszug von Emil nicht mehr. Und andere Freunde hatte sie nicht. Die haben sich alle nach der Trennung von ihr abgewandt."

Weber stellte weitere Fragen zu Bettina Landy und ihrem Mann. Er hatte mit Teresa vor der Vernehmung abgesprochen, dass sie erstmal nichts von den Anrufen zu der Pre-Paid-Nummer erwähnen würden. Dann kam Weber auf das heikle Thema mit ihrer Tochter zu sprechen.

„Frau Bauer", begann er vorsichtig, „wissen Sie, dass Ihr Mann mich um Hilfe bei der Suche nach Sofia gebeten hat?"

Wenn er erwartet hatte, dass sie spätestens jetzt irgendwelche Anzeichen eines Schocks, oder Zusammenbruchs zeigen würde, wurde er enttäuscht. Sie schluckte zwar einmal heftig bevor sie antwortete, aber das war die einzige Andeutung, dass ihr die Frage naheging.

„Ja. Er hat es mir im Nachhinein erzählt."

Sie machte eine kurze Pause.

„Er wollte mir keine falschen Hoffnungen machen. Aber wir waren zu dem Zeitpunkt so verzweifelt, dass wir nach jedem Strohhalm gegriffen haben. Und da Rudi sie von früher kannte, war es naheliegend, dass er sich auch an sie wandte. Klar war uns aber auch, dass sie wahrscheinlich nicht viel mehr ausrichten können als ihre Kollegen."

„Leider nicht", sagte Weber betroffen.

„Wie geht es Ihnen heute?"

Katrin Bauer sah auf ihre Hände, bevor sie mit stockender Stimme antwortete.

„Nicht wesentlich besser. Nach wie vor gibt es keine Spur von Sofia und Ihre Kollegen gehen davon aus, dass sie einem Loverboy in die Hände gefallen ist."

Sie machte eine Pause und wischte sich mit einem Taschentuch die Tränen aus den Augen.

Also doch eine emotionale Reaktion, dachte Weber, dem Katrin viel zu kalt vorgekommen war. „Wir hoffen einfach, dass es ihr einigermaßen gutgeht und sie bald wieder auftaucht."

Der Kommissar wunderte sich, dass sie mit keinem Wort den Täter erwähnte. Normalerweise reagierten die Verwandten von Opfern so, dass sie wünschten, der Schuldige würde gefasst und einer gerechten Strafe zugeführt werden. Lag es daran, dass sie wusste, dass der Täter schon bestraft worden war? Konnte es sein, dass Enrico von Seewald der Loverboy ihrer Tochter gewesen war? Konnte Frau Bauer deshalb so entspannt sein, weil sie das Verschwinden Sofias gerächt hatte? Zusammen mit ihrem Mann?

„Brauchen Sie mich noch?", unterbrach Katrin seine Gedanken.

Weber schreckte hoch.

„Nein", antwortete er.

„Vielen Dank für Ihre Hilfe!"

Er stand auf und brachte sie zum Ausgang.

15 Uhr

Die MK hatte sich wieder im SOKO-Raum zu einer Besprechung eingefunden. Zuerst berichtete Weber von seinem Gespräch mit Katrin Bauer.

„Welchen Eindruck hattest du von ihr?", fragte Behlau.

„Das sie für eine Mutter, deren Tochter möglicherweise in einem Bordell gelandet ist, ungewöhnlich gefasst war."

Teresa stimmte ihm zu.

„Ich fand es auch merkwürdig, dass sie der Polizei mit keinem Wort einen Vorwurf machte, dass wir bis jetzt weder ihre Tochter noch den Täter gefunden haben. Sowas kommt bei verzweifelten Eltern immer vor. Aber wie Brett schon anmerkte, so richtig verzweifelt war sie nicht."

„Kann es sein, dass sie unter dem Einfluss von Tabletten stand?", fragte Caro.

Weber und Teresa schüttelten gleichzeitig die Köpfe.

„Sie wirkte überhaupt nicht abwesend. Sie konnte dem Gespräch folgen und hat selbst klar und deutlich gesprochen."

„Genau!", stimmte Teresa zu.

„Es war eher das Gegenteil der Fall. Als ob ihre Tochter gar nicht verschwunden oder wieder zurückgekommen wäre."

Sie diskutierten noch eine Weile, was dies bedeuten könnte, kamen aber zu keinem abschließenden Ergebnis. Dann meldete sich Chiara Bültmann zu Wort.

„Ich glaube, ich habe eine Spur."

Alle sahen sie gespannt an.

„Dann los!", forderte Behlau sie auf, mehr preiszugeben.

„Spann uns nicht auf die Folter."

„Ich habe mir nochmal Gedanken wegen dem Unbekannten und seinen Handydaten gemacht. Wie wir ja wissen, war der letzte Kontakt am Hauptbahnhof. Und wir haben auch die passende Uhrzeit dazu. Deshalb bin ich dort hingefahren und habe mich erkundigt, wie es mit Überwachungskameras aussieht."

Sie machte eine Pause, um ihre Worte wirken zu lassen. Es ärgerte Weber, dass sie so überheblich auftrat. Sie genoss ihren Vortrag und sie wusste, dass es ihren ehemaligen Partner reizte. Das steigerte ihre Befriedigung, wie er an dem Blick, den sie ihm zuwarf, sehen konnte.

„Es gibt tatsächlich zwei Kameras, die den Bahnhofsvorplatz überwachen. Dann gibt es vier Stück in der Halle, drei in dem Tunnel, der zu den Gleisen führt und jeweils zwei auf den Bahnsteigen. Ich habe mir zuerst die Bilder aus den Kameras vor dem Bahnhof angesehen."

Chiara stand auf und ging zu einem der PCs, die sich in dem Raum befanden. Sie öffnete ein Programm und startete ein Video, das über einen Beamer an der Decke auf eine Leinwand an der Kopfseite des Zimmers geworfen wurde. Es zeigte den Bahnhofsvorplatz in Richtung Innenstadt. Zu sehen waren die vor dem Platz wartenden Taxen und einige der Bushaltestellen.

„Achtet jetzt auf das Auto, das an dem Taxenstand hält." Soeben fuhr ein VW Bulli an den Stand, aus dem auf der Beifahrerseite eine männliche Person ausstieg. Der Mann ging auf den Eingang des Bahnhofs zu und verschwand in der Eingangshalle. Das Bild wurde schwarz und zeigte kurz darauf die Halle. Sie sahen den Typen sofort wieder, der zielstrebig durch die Vorhalle in Richtung Rolltreppe ging, die zu dem Tunnel hinab führte, durch welchen man zu den Bahngleisen gelangte. Als er gut im Bild zu erkennen war, stoppte Chiara den Film.

„Kennt jemand den Typen?", fragte sie.

„Es ist auf jeden Fall nicht Rudi Bauer", sagte Weber.

„Das habe ich mir schon gedacht", kommentierte Chiara. Niemand kannte den Mann auf dem Standbild. Er war etwa 35 bis 40 Jahre alt, hatte kurze Haare. Da der Film in Schwarz-Weiß war, konnte man seine Haarfarbe nicht erkennen. Weber schätzte, dass der Mann 1,80m bis 1,90m groß war. Da ihn niemand erkannte, ließ Chiara das Video weiterlaufen. Sie sahen den Unbekannten im Tunnel wieder und ihn dann die Stufen zum Gleis 2 hochsteigen. Anschließend entdeckten sie ihn auf dem Bahnsteig, wo er auf einen Zug wartete. Der Mann stand ruhig und entspannt dort, nicht wie jemand, der gerade eine Frau entführt hatte. Kurz darauf fuhr ein ICE ein und der Unbekannte stieg zu. Das Video endete.

„Welcher Zug?", fragte Behlau.

„ICE 645 nach Berlin Gesundbrunnen, über Hannover Hbf und Berlin Hbf."

„Gut. Chiara, kümmere dich darum, dass du ein vernünftiges Bild von dem Unbekannten aus dem Video bekommst und schicke es an die Kollegen in Berlin. Vielleicht kennt ihn ja dort jemand. Zusätzlich möchte ich, dass das Bild in unserem Fahndungsportal eingestellt wird und ein Rundschreiben an alle Polizeibehörden im Land über das LKA und BKA. Mal schauen, ob wir den Kerl nicht identifiziert bekommen."

„Ich bin aber noch nicht fertig", sagte Chiara, als die ersten aufstehen wollten.

„Ich habe mir zusammen mit einem Kollegen die Szenen von der Ankunft des Mannes am Bahnhof genauer angesehen. Es ist ihm gelungen, den Ausschnitt zu vergrößern, auf dem man einen Blick auf den Bulli und den Fahrer werfen kann. Es ist ihm zudem geglückt, dass Kennzeichen herauszuarbeiten. Es gehört zu einem Mietwagen der Firma ‚Sixt'. Das Fahrzeug wurde hier in Bielefeld angemietet, und zwar am Tag der Entführung um 12 Uhr und am gleichen Abend wieder zurückgebracht. Die Rückgabezeit ist nicht bekannt, da der Bulli auf dem Hof von ‚Sixt' abgestellt und der Schlüssel in den Briefkasten geworfen wurde."

„Spann uns nicht auf die Folter", fuhr Caro dazwischen. „Wer hat das Fahrzeug angemietet?"

Anstatt zu antworten, klickte Chiara mit der Maus und auf der Leinwand war ein grobkörniges Bild einer Person zu sehen, die am Lenkrad eines Autos saß. Es war eine Frau. Aufgrund der Vergrößerung des Bildausschnitts konnte man sie nicht deutlich erkennen, aber Weber wusste, um wen es sich handelte.

Kapitel 30

Freitag, 17.06.2016; 5 Uhr
Sie standen vor einem Zwei-Familienhaus im Bielefelder Süden. Die Frau aus dem Video bewohnte hier eine Eigentumswohnung im oberen Stockwerk. Nachdem sie die Fahrerin des Bulli gestern Abend auf dem Film identifiziert hatten, hatten sie überlegt, ob sie die Verhaftung sofort vornehmen oder bis zum nächsten Morgen warten sollten. Sie hatten umgehend ein Team zu der Anschrift geschickt, um zu prüfen, ob die Tatverdächtige zu Hause war. Die Kollegen hatten festgestellt, dass in der Wohnung Licht brannte. Es war ihnen allerdings nicht gelungen, zu ermitteln, ob sich die Frau alleine dort aufhielt. Da sie nicht sicher sein konnten, dass der Unbekannte nicht nach Bielefeld zurückgekommen war und sich bei ihr befand, hatten sie das SEK angefordert. Der Mann war ein gefährlicher und abgebrühter Killer, dessen Festnahme man lieber den speziell dafür ausgebildeten Kollegen überlassen wollte. Der Kommandoführer war mit seinem Vertreter um 22 Uhr im Kommissariat erschienen und sie hatten das Vorgehen besprochen. Es war ihnen gelungen, einen Grundriss der Wohnung zu erhalten. Einer der SEK-Beamten hatte Beziehungen zu einem Mitarbeiter des Katasteramtes - dieser war sein Bruder - und so waren sie trotz der Uhrzeit an den Plan gelangt.
Man hatte sich darauf geeinigt, den Zugriff am nächsten Morgen um 6 Uhr durchzuführen. So konnten sich alle noch etwas ausruhen. Man wollte sich um 5:30 Uhr in der Nähe des Objekts treffen.
Nun standen sie pünktlich auf dem Gelände einer Tankstelle, welche sie als Treffpunkt ausgemacht hatten. Der Plan sah vor, dass die Beamten des SEK mit ihrem Pkw vorfuhren und abgesetzt vom Objekt ausstiegen. Sie

sollten sich ans Haus heranschleichen und versuchen, die Haustür zu öffnen, indem sie bei den Bewohnern der unteren Wohnung klingelten. Durch eine Abfrage wussten sie, dass dort ein Ehepaar wohnte und die Observation hatte ergeben, dass dieses zu Hause war. Sobald die SEK-Kräfte im Gebäude waren, würden sie Behlau und seinem Team über Funk ein Zeichen geben damit sie nachzogen und das Haus von außen umstellten, um so die Fluchtwege abzuschneiden. Weber und Teresa saßen, bekleidet mit ihren Schutzwesten, in einem Dienstwagen, als das SEK losfuhr. Der Kommissar fuhr ihnen langsam hinterher. Er war nervös, wie es bei Festnahmen mit Unterstützung durch Sondereinsatzkräfte immer der Fall war. Er hoffte nur, dass niemand verletzt werden oder Schlimmeres geschehen würde. Er hatte in der Nacht kaum geschlafen, da ihn die überstürzenden Entwicklungen am gestrigen Abend beschäftigt hatten und er nicht zur Ruhe gekommen war. Nie im Leben hätte er mit dieser Frau als Täterin gerechnet. Oder war sie nur Mittäterin, Anstifterin? Egal, welche Rolle sie bei den Morden gespielt hatte, er hätte kaum überraschter sein können, als er sie auf dem grobkörnigen Foto aus dem Video erkannt hatte. Zwar gab es noch viele Punkte zu klären, was die Taten und die Person des Mörders anging, aber damit konnten sie sich nach der Verhaftung beschäftigen. Weber wurde aus seinen Gedanken gerissen, als über Funk das Zeichen des SEK zum Zugriff kam.

Er startete den Dienstwagen und fuhr zum Haus. Dort sprangen er und Teresa aus dem Auto und rannten zu den ihnen zugewiesenen Positionen. Inzwischen hörten sie über Funk, wie die Kollegen in die Wohnung eindrangen.

„Polizei", drang es aus den Kopfhörern, durch die sie den Funkverkehr mithörten.

„Polizei, keine Bewegung. Bleiben sie liegen", hörten sie einen der Beamten sagen.

„Zeigen sie mir ihre Hände."

Es herrschte einen Moment Stille, bevor eine andere Stimme sagte.

„Eine Person sicher im Schlafzimmer."

Dann eine weitere Stimme.

„Wohnung ist sicher. Keine andere Person anwesend."

Weber atmete durch. Die Verhaftung war ohne eine Schussabgabe erfolgt. Der Kommissar verließ seine Position und ging mit Behlau ins Haus. Sie betraten die Wohnung und schritten ins Schlafzimmer. Mittlerweile waren alle Lampen eingeschaltet worden. Weber trat ans Bett und blickte auf die Person hinunter, die dort mit vor dem Bauch gefesselten Händen lag. Ihre Blicke trafen sich.

„Sie haben uns ja ganz schön an der Nase herumgeführt, Frau Landsberg."

8:20 Uhr

Sie saßen in Webers Büro. Ihm gegenüber am Schreibtisch saß Teresa, vor ihnen auf einem Stuhl Judith Landsberg.

„Wer ist das?", fragte der Ermittler.

Er hatte vor ihr auf dem Tisch das Foto des Mannes gelegt, den sie zum Bahnhof gefahren hatte. Bis jetzt hatte sie, außer dass sie einen Anwalt haben wollte, nichts gesagt. Trotzdem hatten Weber und Teresa versucht, etwas aus ihr herauszubekommen. Vergeblich. Landsberg sah sie nur mit großen Augen an, sagte aber weiterhin nichts. In diesem Moment klingelte das Telefon. Im Display erkannte er, dass es sich bei dem

Anrufer um einen Kollegen aus der IT-Abteilung handelte.

„Ja", meldete er sich. Dann hörte er eine Weile zu.

„Ok, danke", sagte er und legte auf.

„Das war mein Kollege, der sich Ihr Smartphone vorgenommen hat. Oder besser gesagt, Ihre beiden Handys. Die Kollegen haben nämlich bei der Durchsuchung Ihrer Wohnung noch ein Samsung Galaxy S8 gefunden."

Er wartete einen Moment, bevor er fortfuhr, um zu sehen, wie Landsberg reagierte. Doch sie sah nur auf ihre Hände, die sie in ihren Schoß zusammengelegt hatte.

„Das S8 war nicht gesperrt, so dass die Kollegen kein Problem hatten, es genauer zu untersuchen", fuhr er fort.

„Dabei haben sie festgestellt, dass das Smartphone gar nicht Ihnen gehört. Sondern vielmehr Katrin Bauer."

Weber machte erneut eine Pause, doch auch diesmal zeigte Landsberg keine Reaktion. Er schrieb etwas auf einen Zettel und reichte ihn Teresa. Diese las:

Ruf bitte Katrin Bauer an und frag sie, ob sie in den letzten Wochen ihr Handy verloren hat.

Seine Kollegin nickte ihm zu und verließ das Büro, um ungestört telefonieren zu können. Als sie den Raum verlassen hatte, sagte Weber zu der Bewährungshelferin:

„Frau Landsberg, bitte überlegen Sie es sich noch einmal und helfen Sie uns. Ich weiß, dass Sie die Leute nicht ermordet haben. Sie können vielleicht mit einer Minderung Ihrer Strafe rechnen, wenn Sie uns sagen, wer der Mörder ist und wo wir ihn finden. Wer steckt sonst noch mit drin? Rudi Bauer?", fragte Weber.

Landsberg sah kurz auf und bestätigte damit seine Vermutung. Deshalb fuhr er fort.

„Warum schweigen Sie? Sehen Sie nicht, dass das Ihre letzte Chance ist, glimpflich aus der ganzen Angelegenheit rauszukommen? Haben Sie Angst vor dem Killer? Ich verspreche Ihnen, wenn wir ihn erstmal verhaftet haben, kann er Ihnen nichts mehr tun. Er wird für den Rest seines Lebens hinter Gitter kommen, ohne Chance, jemals wieder rauszukommen. Wenn Ihr Anwalt erstmal da ist, ist Ihre Chance vorbei! Reden Sie."

Er wartete einen Moment.

„Was hat Rudi Bauer mit der Sache zu tun? Hat er Ihnen das Handy seiner Frau gegeben? Warum schützen Sie die beiden Männer?"

Plötzlich kam Weber eine Idee.

„Haben sie eine Affäre mit Bauer?", fragte er mit ruhiger Stimme.

Wieder sah Landsberg für einen Moment auf. Er hatte ins Schwarze getroffen. In diesem Augenblick ging die Bürotür auf und Teresa kam zurück. Weber sah sie auffordernd an.

„Katrin Bauer hat ihr Handy am 07.05 dieses Jahres verloren, oder es wurde ihr gestohlen, als sie mit ihrem Mann beim Einkaufen war. Sie konnte das noch so genau nachvollziehen, da sie zwei Tage später, am 09.05.2016 einen neuen Vertrag abgeschlossen hat. Ihr Mann hatte ihr versprochen, sich um die Sperrung der SIM-Karte des alten Smartphones zu kümmern."

Weber hatte, während Teresa gesprochen hatte, in seinen Unterlagen geblättert.

„Am 11.05 begannen die Anrufe zu einer Pre-Paid-Nummer, die wir dem Mörder zuschreiben. Bauer hat die SIM nicht sperren lassen, im Gegenteil, er hat das Smartphone ohne Sperre an seine Geliebte weitergegeben, damit diese Kontakt mit dem Killer aufnehmen und halten kann."

Teresa sah ihn interessiert an, doch Landsberg hielt den Kopf gesenkt. Weber ging alle Erkenntnisse, die sie hatten, in Gedanken durch. Er spürte, dass die Lösung nahe war, als sein Handy klingelte. Er sah aufs Display und stellte fest, dass es sich bei der Anruferin um Susanne handelte.

„Was gibt es? Ich bin gerade in einer wichtigen Vernehmung."

Er hörte ihr zu und die letzten Puzzlesteine fielen an den richtigen Platz.

„Danke", sagte er und legte auf.

Er sah kurz zu Teresa hinüber und gab ihr mit einem Blick zu verstehen, dass er nun wusste, was passiert war.

„Sie hatten es nur auf Enrico von Seewald abgesehen", stellte er dann fest.

„Die anderen haben sie nur getötet, um von ihm als eigentlichem Opfer abzulenken. Rico ist der Loverboy, der Sofia Bauer unter seine Kontrolle gebracht und dann in ein Bordell verschleppt hat."

Endlich sah Landsberg auf und ihr standen Tränen in den Augen. Sie sah Weber an und nickte. Er hatte Recht.

16 Uhr

Die Beamten saßen im SOKO-Raum zusammen. Es sollte die Abschlussbesprechung werden, bevor die ersten Kollegen wieder in ihre angestammten Abteilungen zurückkehrten. Im Anschluss an die Besprechung wollte man sich auf ein Bier oder zwei in einer Kneipe treffen. Weber war derjenige, der zuerst sprach.

„Mein erster Verdacht richtete sich nur gegen Rudi Bauer. Ich habe nicht gewusst, dass er als Bewährungshelfer arbeitet und habe es erst erfahren, als ich ihn zufällig traf, als ich einen Termin bei Landsberg hatte. Das zweite Mal tauchte er im Rahmen der Ermittlungen auf, als seine Nachbarin das fünfte

Opfer unseres Mörders war. An der Stelle muss ich hinzufügen, dass Bauer mir erzählt hatte, seine Tochter sei seit einigen Wochen verschwunden. Die Kollegen in Gütersloh gehen davon aus, dass sie das Opfer eines Loverboys wurde. Als ich das erfuhr, fragte ich mich wieder, warum auf von Seewald drei Schüsse abgefeuert worden waren. Dabei kam mit der Verdacht, dass seine Ermordung eine sehr persönliche Komponente hatte, die ja vielleicht was mit seinem Auftreten als Loverboy zu tun haben könnte. Und da fiel mit wieder Bauer ein. Konnte er wissen, dass Enrico seine Tochter verschleppt und zur Prostitution gebracht hatte? Und wenn ja, woher konnte er das wissen? Ich muss zugeben, dass ich für meine Vermutungen keine handfesten Beweise hatte, sondern nur spekuliert habe. Ich denke, dass Bauer irgendwie von einem seiner Klienten von Enrico und seinen Machenschaften erfahren hatte. Das hat er dann mit dem Verschwinden seiner Tochter in Verbindung gebracht und Rache geschworen. Ob Enrico tatsächlich Sofia verschleppt hat, oder nur stellvertretend für den richtigen Loverboy steht, weiß ich nicht. Also hat er beschlossen, Enrico zu töten und damit wir nicht merken, dass er es nur auf ihn abgesehen hatte, hat er auch die anderen getötet. Vielleicht hat er nach Enrico kein passendes Opfer mehr gefunden und kam dann auf seine Nachbarin. Immerhin war sie fremdgegangen. Aber er wollte sie nicht töten, deshalb hat er ihr vorgegeben, ihren Ex-Mann anzurufen, da er wusste, dass dieser den Anruf nicht annehmen würde. So konnte er sie laufen lassen. Deshalb habe ich in diese Richtung weiter geforscht und die Funkzellen der Tatorte mit Bauers Mobilfunknummer abgeglichen. Keine Treffer. Dann kam mir die Idee, dass seine Frau möglicherweise mit drinsteckt und habe ihre Handynummer überprüft.

Wieder kein Treffer, aber mir fiel auf, dass sie jeweils vor den Morden vermehrt mit einer bestimmten Nummer telefoniert hat. Ich habe die Nummer abgefragt und als Anschlussinhaber kam heraus: Enrico von Seewald."
Er machte eine kurze Pause. Er merkte, dass ihn einige seiner Kollegen zweifelnd ansahen. Dann meldete sich Chiara zu Wort:
„Das alles hast du auf eigene Faust gemacht? Ohne uns über deine Fortschritte zu informieren?"
„Ich...", begann er, als sich Caro einschaltete.
„Brett hatte mich informiert und ich hatte ihn gebeten, der Spur weiter nachzugehen. Ich habe wiederum Jo über Bretts Ermittlungen unterrichtet."
Weber sah sie dankbar und verwundert an, denn Behlau war zu keinem Zeitpunkt über seine Theorie informiert gewesen. Aber der MK-Leiter sagte nichts und schien nicht überrascht zu sein. Anscheinend hatte Caro vorab mit ihm gesprochen und ihre Angaben mit ihm abgesprochen. Wahrscheinlich, um ihn und seine auf eigene Faust vorgenommenen Recherchen zu decken, so dass keine Missstimmung unter den Kollegen aufkam.
Chiara sagte darauf nichts, also fuhr Weber fort:
„An dem Punkt war ich, als die Kollegin uns von der Videoüberwachung am Bahnhof erzählte."
Er sah zu ihr hinüber.
Du hast selber auf eigene Faust ermittelte, also halt die Füße still, sollte sein Blick sagen. Und Chiara schien ihn zu verstehen, was er an ihrem falschen Grinsen feststellte.
„Auf dem vergrößerten Foto habe ich dann Landsberg erkannt. Da musste ich dann meine Theorie überarbeiten und habe Katrin Bauer durch die Bewährungshelferin ersetzt. Jetzt ging es nur darum zu klären, wie Katrins Handynummer da hineinpasst. Ich blieb dabei, dass Rudi Bauer auch in der Sache

drinsteckt. Damit ließ sich erklären, dass Landsberg das Smartphone von ihrem Kollegen bekommen hat. Katrin Bauer hat Teresa in einem Telefonat bestätigt, dass sie ihr Handy verloren hat, als sie mit ihrem Mann unterwegs war. Ich gehe davon aus, dass er das Smartphone genommen und es Landsberg gegeben hat."

„Was sagt Bauer selbst dazu?", fragte Peter Eldeg. Nachdem sie mit Landsberg fertig gewesen waren, hatten sie bei der Staatsanwaltschaft einen Haftbefehl gegen Rudi Bauer angeregt. Kempa war ihrer Argumentation gefolgt und hatte diesen beantragt. Der zuständige Richter sah aufgrund der Beweislage genug Anhaltspunkte für eine Mittäterschaft Bauers und stellte den Haftbefehl aus. Er war daraufhin von Eldeg und Helge Mutz an seiner Arbeitsstelle verhaftet worden. Der Bewährungshelfer hatte sich nicht gegen die Maßnahme gewehrt, sondern alles stillschweigend über sich ergehen lassen. Es kam den Kollegen so vor, als ob er bereits auf sie gewartet hätte. Weber hatte sich aufgrund seiner Bekanntschaft zu ihm aus der Verhaftung herausgehalten. Eldeg und Mutz hatten auch die Vernehmung durchgeführt, während Chiara, Teresa und Phil Anderson Bauers Haus durchsucht hatten. Seine Frau hatte einen Zusammenbruch erlitten, als sie von der Verhaftung ihres Mannes erfahren hatte. Sie musste mit einem Rettungswagen ins Krankenhaus gebracht werden. Ihre Schwester war erschienen, um sich um Emma zu kümmern. Rudi Bauer hatte keine Aussage gemacht. Landsberg und er sollten am nächsten Tag dem Haftrichter vorgeführt werden.

Kapitel 31

Die Vorführung am Mittag war erfolgreich verlaufen. Der Haftrichter hatte bei Judith Landsberg keine Probleme gesehen, den Haftbefehl zu verkünden. Bei Rudi Bauer hatte er länger überlegen müssen, letztendlich war er der Argumentation und der Beweiskette gefolgt, die Behlau und Weber vortrugen. Beide hatten die Vorführungen für die MK begleitet. Der Anwalt hatte alles versucht, um seinen Mandanten frei zu bekommen, doch im Endeffekt ohne Erfolg. Als Bauer von einem Justizbeamten abgeführt wurde, begegnete sein Blick dem Webers.

„Finde sie", sagte er, bevor er aus dem Raum geführt wurde.

Kaum war der Kommissar wieder in seinem Büro, da klingelte sein Handy. Der Anrufer rief mit unterdrückter Nummer an.

„Ja", meldete er sich.

„Sie ist im ‚1001 Nacht' in Essen", sagte der Mann am anderen Ende der Leitung.

Es war Snow.

„Und Glückwunsch zu den Verhaftungen", fügte er hinzu, bevor er das Gespräch beendete.

Weber startete seinen PC und rief Google auf. Dann gab er dort „1001 Nacht" und Essen als Suchbegriffe ein und bekam als Antwort den Hinweis auf ein Bordell in der City der Ruhrgebietsstadt. Das Etablissement öffnete täglich um 18 Uhr und schloss um 3 Uhr nachts. Weber tippte seinen Bericht, rief danach Yuna an und erzählte ihr, dass es heute spät werden würde. Dann machte er sich auf den Weg ins Ruhrgebiet.

Sie hatte sich auf ihrem Bett zusammengerollt. Die Schmerzen wollten nicht nachlassen. Der letzte Abend und die Nacht waren die schlimmsten gewesen, die sie erlebt hatte, seit sie hierher verschleppt worden war. Sie hatte kaum eine Pause gehabt, maximal waren es 30 Minuten gewesen und die Männer hatten sie teilweise brutaler behandelt, als sie es bisher erlebt hatte. Ihr Unterleib brannte wie Feuer und die Mittel gegen die Schmerzen, die man ihr gegeben hatte, hatten im Laufe der Nacht ihre Wirkung verloren. Schließlich hatte man ihr etwas gespritzt, dass ihr zumindest für ein paar Stunden Linderung verschafft hatte. Aber jetzt wollten sie ihr nichts mehr geben. Sie hatte sie angefleht und angeboten, ihnen einen zu Blasen, wenn sie ihr etwas spritzten. Sie hatten sich geweigert. Ihr letzter Kunde, der erst vor einer Stunde gegangen war, hatte ihr zum Abschluss einen heftigen Schlag in den Magen verpasst und als sie wimmernd am Boden gelegen hatte, zwei Mal nachgetreten. Sie hatte mindestens eine Rippe brechen hören. Sie hatte geschrien vor Schmerzen und sie waren hereingekommen und mussten den Kerl von ihr wegziehen, sonst hätte er sie totgetreten. Sie hatten sie aufs Bett gelegt und allein gelassen. Dabei hatten sie geflüstert und gedacht, dass sie ohnmächtig sei und nichts mitbekommt.

„Sie ist am Ende", hatte der Mann gesagt.

„Und das bedeutet was?", fragte die Frau.

„Sie wird uns nichts mehr einbringen. Sie ist fertig. Wir müssen sie ersetzen."

„Wie denn, wo Rico tot ist?"

„Ich habe schon Ersatz für ihn gefunden. Er ist auch schon dran. Ich habe ihm gesagt, dass er etwas schneller machen muss als sonst, da wir keine Zeit haben. Die Kunden wollen nicht so lange auf eine Nachfolgerin warten, ansonsten gehen sie woanders hin."

„Was machen wir also mit dem Mädchen?"

„Ich kümmere mich morgen um sie."

Nach einer kurzen Pause fügte er hinzu:

„Es gibt auch Männer, die sich noch für so ein Wrack interessieren und ordentlich zahlen. Die brauchen so Kaputte, weil sie mit den anderen nicht klarkommen. Selber völlig fertige Typen, die bei der kleinsten Gegenwehr zurückziehen. Deshalb suchen sie Mädchen, die nicht mehr in der Lage sind, sich zu wehren. Und unser Mädchen hier sieht ja auch noch ganz gut aus. Ich werde noch einiges an Kohle für sie rausschlagen können."

Sie ließen sie auf dem Bett liegen und verließen das Zimmer. Sie wusste, dass ihre letzte Chance gekommen war, ihr Schicksal selbst in die Hand zu nehmen. Sie wollte eigenhändig entscheiden, wie es in ihrem Leben weiterging, oder wie es endete.

Sie wäre am Ende, hatte der Mann gesagt und kaputt. Sie wusste, dass er Recht hatte. Ihr fehlte die Kraft, gegen ihre Peiniger Widerstand zu leisten, gegen ihre Schmerzen, ihre Sucht anzukämpfen. Die Drogen hatten ihr Linderung verschafft. Damit hatten sie sie aber auch gefügig und abhängig gemacht. Heroin hatten sie ihr wiederholt gespritzt. In letzter Zeit sogar jeden Tag, sodass sie weiterhin funktionierte. Aber ihr Körper machte das nicht mehr lange mit. Heute musste es passieren. Sie nahm alles, was ihr an Kraft geblieben war zusammen und setzte sich auf. Ein fürchterlicher Schmerz durchzuckte sie von den Rippen ausgehend bis in die letzten Windungen ihres Gehirns. Ihr wurde schwarz vor Augen und sie drohte endgültig wegzukippen. Sie schloss die Augen und unterdrückte die aufkommende, allumfassende Ohnmacht mit aller ihr zur Verfügung stehenden Willenskraft. Sie merkte, dass ihr das nicht mehr oft gelingen würde. Sie öffnete die Augen und stand auf.

Weber hatte länger gebraucht, um nach Essen zu fahren, als er gedacht hatte. Auf der A2 hatte es kurz hinter dem Kamener Kreuz einen schweren LKW-Unfall gegeben, wobei eines der beteiligten Fahrzeuge in Brand geraten war. Die Autobahn hatte daraufhin für fast zwei Stunden gesperrt werden müssen und Weber hatte keine Chance gehabt, die BAB zu verlassen. Er hatte so lange warten müssen, bis die Kollegen die Sperrung wieder aufgehoben hatten. Es war bereits dunkel, als er vor dem Gebäude in der Essener Innenstadt anhielt, in dem sich das Bordell befand. Er parkte seinen Wagen und näherte sich dem Puff. Das Etablissement lag in der Nähe des Hauptbahnhofs. Es war ein fünfstöckiges Gebäude, das über einen eigenen Parkplatz verfügte, welcher von einem hohen Bretterzaun umgeben war. Weber hatte überlegt, ob er Anderson mitnehmen sollte, sich aber dagegen entschieden, da er niemanden in seine private Unternehmung hineinziehen wollte. Er wusste nicht, was ihn im Bordell erwartete und wie er es anstellen sollte, Sofia da herauszuholen. Er hatte seine Dienstwaffe dabei, aber er konnte sich ja nicht den Weg freischießen. Er wollte sich als Gast ausgeben und sein Interesse an jungen Mädchen zum Ausdruck bringen. Sobald er Sofia entdeckt hatte, würde er sie schnappen und das Gebäude verlassen. Sollte es dabei zu Problemen kommen, würde er die Kollegen über den Notruf zur Hilfe holen. An der Eingangstür gab es eine Klingel, die Weber betätigte. Oberhalb der Tür war eine Überwachungskamera angebracht, die auf den Eingang gerichtet war. Er sah in die Kamera und wartete. Sein Blick wanderte über die Fassade des Hauses bis zum Dach hinauf. Er wollte seine Augen schon wieder abwenden, als er meinte, dort oben eine Bewegung zu sehen. Er schaute genauer hin. Da stand tatsächlich jemand!

Sie hatte es geschafft, unbeobachtet das Zimmer zu verlassen und sich zur Treppe geschleppt, die nach oben führte. Ihre Kammer lag im dritten Stock, so dass sie es nicht weit bis zum Dach hatte. Trotzdem hatte sie auf dem Weg mehrmals kurz anhalten müssen, um nicht ohnmächtig zu werden. Die Schmerzen waren die schlimmsten, die sie jemals durchgemacht hatte. Mit allerletzter Kraft hatte sie die Tür zum Flachdach öffnen können und war nach draußen in die kühle Luft gestolpert. Die frische Brise verlieh ihr neuen Mut und sie ging auf den Rand des Daches zu.

Weber starrte noch immer nach oben, als sich die Tür öffnete.
„Hallo", hörte er eine weibliche Stimme.
„Schön, dass du da bist. Komm doch rein."
Weber senkte den Blick und schaute die Frau an.
„Da steht jemand am Rand des Daches."
Er zeigte mit dem Finger hinauf. Die Frau trat aus dem Haus und schaute ebenfalls nach oben. Die Silhouette der Person war deutlich zu erkennen. Sie stand mittlerweile so nah am Rand wie es möglich war, ohne herunterzufallen. Es war klar, was sie vorhatte.
„Rufen Sie die Feuerwehr und die Polizei!", rief Weber und rannte ins Gebäude.
„Wie kommt man aufs Dach?", fragte er die erste Person, die er entdeckte und die aussah, als ob sie hierher gehörte. Die Frau schaute ihn mit großen Augen an.
„Schätzchen", sagte sie dann mit einem Grinsen, „auf dem Dach bedienen wir keine Kunden. Aber wenn du ein

paar extra Scheine rüber wandern lässt, mache ich gerne eine Ausnahme."

„Mein Gott", sagte Weber entsetzt.

„Denken Sie eigentlich nur ans Vögeln? Auf dem Dach steht jemand und will runterspringen. Also, wo geht es zum Dach?"

Die Frau zeigte auf eine Tür links von ihnen. Sie war so geschockt, dass sie kein Wort herausbrachte. Der Kommissar stürmte zur Tür und riss sie auf. Dahinter kam eine Treppe zum Vorschein, die nach oben führte. Zwei Stufen auf einmal nehmend rannte er los.

Ein weiterer Schritt und es wäre vorbei. Sie schloss die Augen und dachte an ihre Familie. Ihren Vater, ihre Mutter und ihre Schwester. Gerne hätte sie noch einmal mit ihnen gesprochen, sich entschuldigt, dass sie sie verlassen hatte, ohne ein Wort zu sagen. Sie hatten sich sicher große Sorgen gemacht. Sie wünschte, sie könnte die Uhr zurückdrehen. Hätte sie doch auf ihre Eltern gehört. Aber sie hatte sich total in ihn verliebt. Er war so zärtlich und lieb zu ihr gewesen. Hatte ihr das Gefühl gegeben, sie zu verstehen und mit ihr eine gemeinsame Zukunft aufbauen zu wollen. Als er ihr dann vorschlug, zusammen zu verschwinden, glaubte sie sich am Ziel ihrer Träume. Was war aus ihren Vorstellungen geworden? Sie hatten hier geendet. In diesem Puff. Mehrmals täglich missbraucht von alten, fetten Kerlen, die nicht der Sex aufgeilte, sondern das Gefühl der Macht, die sie über eine junge Frau hatten. Die sie geschlagen und getreten, beschimpft, gedemütigt und auf die sie sogar uriniert hatten. Damit war jetzt Schluss. Endgültig!

„Verdammt, was soll der Scheiss?", rief der Mann, der plötzlich hinter ihr auf dem Dach auftauchte.

„Du machst die ganze Nachbarschaft auf uns
aufmerksam. Komm zurück und ich gebe dir was.“
Sie drehte sich um. Er war es. Er, der sie hier wie eine
Gefangene gehalten hatte. Der die Kerle zu ihr gelassen
hatte, die sie zerstört hatten. Er, dem sie sicher eine
ganze Menge Geld eingebracht hatte und der jetzt mit
ihr, wo sie am Ende war, nochmal Kohle machen wollte.
Sie rang sich ein Lächeln ab. Gut, dass er da war. Zu
gerne würde sie sein Gesicht sehen, wenn sie den
letzten Schritt machte, wenn er feststellte, dass er kein
Geld mehr für sie bekommen würde und sie ihm ein
Schnippchen geschlagen hatte. Und sicher würde die
Polizei kommen und Fragen stellen. Eventuell sogar den
Puff dicht machen. Sie drehte sich wieder zum Rand des
Dachs.

„Nein“, rief Weber, als er auf das Flachdach trat. Mit
einem Blick hatte er die Lage erfasst. Eine junge Frau
stand am Rand des Dachs, mit dem Rücken zu ihm. Zwei
Schritte hinter ihr befand sich ein Mann, der auf sie
einredete. Er kannte den Typen nicht, aber sie erkannte
er auch von hinten.
„Sofia, tu es nicht!“
Er sah, wie sie zusammenzuckte. Der Mann drehte sich
um und starrte ihn an.
„Verschwinden sie hier“, rief er wütend.
„Gehen sie nach unten zu einem der Mädchen. Die
Nummer geht aufs Haus. Ich regle das hier.“
Weber ging nicht auf ihn ein und trat näher.
„Sofia, bitte. Deine Eltern schicken mich. Sie machen
sich Sorgen um dich und möchten, dass du zu ihnen
zurückkommst.“
Sie sah ihn immer noch ungläubig an.
„Ich weiß, was dir zugestoßen ist. Der Typ, der dir das
angetan hat, ist tot. Deine Eltern freuen sich auf dich. Es

wird alles wieder so wie früher. Niemand wird dir Vorwürfe machen, niemand wird dir mehr wehtun." Natürlich erwähnte er nicht, dass die Geliebte ihres Vaters den Loverboy hatte töten lassen. Erstmal musste er sie vom Dach runter schaffen. Für alles andere war danach noch Zeit. Der Typ, der zwischen ihm und Sofia stand, machte die Sache nicht einfacher. Sicher gehörte er zum Bordell oder war der Chef. Aber darauf konnte er jetzt keine Rücksicht nehmen.

„Die Leute, die dir das angetan haben, werden bestraft werden. Die werden für lange Zeit ins Gefängnis kommen. Du brauchst keine Angst mehr vor denen zu haben. Ich verspreche es dir. Ich bin Polizist", sagte er dann.

Der Mann fuhr auf dem Absatz herum und starrte ihn verächtlich an. Aber auch Sofia drehte sich um und ging einen Schritt vom Abgrund weg. Sie blickte ihm in die Augen und er sah ein Aufblitzen darin. War das Hoffnung? Weber streckte die rechte Hand aus und schritt weiter auf sie zu.

„Komm", sagte er. „Ich bring dich hier raus."

Er war noch zwei Meter von ihr entfernt, als sich der Mann plötzlich umdrehte, zu Sofia ging und sie mit einem kräftigen Stoß vom Dach stieß. Weber schrie laut auf und stürmte zum Dachrand. Doch Sofia war in der Dunkelheit verschwunden. Er stand am Rand und schaute in die Tiefe, als von unten ein dumpfes Klatschen heraufdrang. Er schloss die Augen. Ihm war schlecht und seine Kopfschmerzen kamen plötzlich und heftig.

„Sie gehörte mir", hörte er den Typen hinter sich sagen. „Niemand nimmt sie mir weg. Ich entscheide, was aus ihr wird und niemand anderer. Auch nicht die Polizei."

Vor Webers Augen verschwamm alles. Seine Knie
wurden weich und er drohte umzufallen. Er ging einen
Schritt vor und packte den Mann am Kragen.
„Sie dreckiges Schwein", schrie er ihm ins Gesicht.
„Sie haben sie umgebracht. Dafür bring ich sie in den
Knast."
Der Mann lachte ihn aus.
„Versuchen sie es doch. Wer wird ihnen glauben? Alle
haben gesehen, dass sie am Rand des Daches stand,
noch bevor ich hier oben war. Und dann ist sie eben
gesprungen. Eine drogenabhängige Nutte, die mit ihrem
Leben nicht mehr zurechtkam. Dafür wird mich kein
Gericht der Welt einsperren. Und jetzt lassen sie mich
los."
Weber schloss erneut die Augen und lockerte für einen
Moment seinen Griff. Im nächsten Augenblick packte er
jedoch fester zu und schleuderte den Mann in einer
fließenden Bewegung vom Dach.

Weber stand mit seinem Pkw auf einem Parkplatz an der
A2. Er hatte seinen Sitz soweit wie möglich
zurückgedreht und saß mit geschlossenen Augen dort. Er
hatte sich an einer Tankstelle in Essen eine große
Flasche Mineralwasser gekauft und zwei
Schmerztabletten eingeworfen. Er versuchte nicht nur,
seine Kopfschmerzen im Zaun zu halten, sondern auch,
das zuvor erlebte zu verarbeiten. Wieder hatte er in
einem Blackout einen Menschen getötet. Sicher hatte es
der Typ verdient, von dem er aber nicht mal den Namen
kannte.
Nachdem Polizei und Feuerwehr am Bordell eingetroffen
waren, hatte er die allgemeine Hektik und Aufregung
genutzt, um sich unbemerkt zu entfernen. Zumindest
hoffte er, dass sich niemand an ihn erinnern würde.
Insbesondere die Frau nicht, die er im Gebäude nach

dem Weg zum Dach gefragt hatte. Immerhin hatte ihn keiner dort oben gesehen. Weber schrak auf, als plötzlich sein Handy klingelte.

Er sah auf das Display und bemerkte, dass der Anrufer mit unterdrückter Nummer anrief. Er hatte so ein Gefühl, wer da am anderen Ende der Leitung sein würde. Deshalb nahm er das Gespräch an und sollte mit seiner Vermutung Recht behalten. Es war Snow.

„Brett, Brett, Brett", sagte dieser und benutzte zum ersten Mal Webers Spitznamen.

„Ich hatte Ihnen den Tipp gegeben, damit Sie das Mädchen da rausholen und nicht, um einen meiner Verwalter zu töten."

Weber erstarrte.

„Der Puff gehört Ihnen? Sie haben Sofia entführen lassen?"

Er schrie regelrecht in den Hörer. Wäre Snow jetzt vor Ort gewesen, hätte er ihn sicher zusammengeschlagen.

„Nein", antwortete er.

„Ich wusste nicht, dass mein Verwalter mit Loverboys zusammenarbeitet. Anscheinend hat er sich etwas dazuverdient, ohne dass ich davon wusste."

Snows Stimme klang ehrlich, aber Weber glaubte ihm nicht.

„Sie wollen mir doch nicht ernsthaft erzählen, dass einer Ihrer Männer Geschäfte macht, von denen Sie nichts erfahren? Zumal er das anscheinend schon länger macht."

„Doch, genau das will ich", antwortete der Gauner.

„Sie haben keine Ahnung, wie viele Häuser ich besitze, aber es sind einige. Da kann man nicht jeden Mitarbeiter unter Kontrolle haben."

Weber glaubte ihm.

„Was nun?", fragte er dann.

„Ich werde niemandem erzählen, dass ich Ihnen den Tipp gegeben habe. Aber sehen Sie zu, dass Sie nicht überall Leichen hinterlassen. Irgendwann kann ich Ihnen auch nicht mehr helfen."

Damit beendete er das Gespräch. Weber blieb noch eine Stunde auf dem Parkplatz stehen und fuhr dann nach Hause.